司南

逆鱗卷 上

側側輕寒

目錄

第二卷

逆鱗

第一章　芳草江南

夏末細雨，籠罩著六朝金粉地。

地氣太燙，雨絲太薄，下了兩、三個時辰亦帶不走暑氣，反倒讓天氣更加悶熱。

處理完手頭的公務，朱聿恆看看外面的天色，便換了衣服，去陪伴前幾日腿疾發作的父王用膳。

他常年在順天承聖上親自教誨，與父母相處的時間並不多。因此回到應天後，但凡有時間，便盡量擠時間承歡膝下。

他弟妹甚多，一家人在廳中也是其樂融融。只是母親因為擔憂他的身體，一直給他盛補湯：「阿琰，這兩日精神可好？你看你又瘦了。」

「多謝母妃關心，孩兒如今身體已大好了。」朱聿恆料想祖父沒有將他的病情告知父母，更不願讓父母徒為自己擔憂，便也不向他們提及此事。

見太子妃一直命人給兒子布菜，太子湊到兒子耳邊，悄聲告狀：「你母妃早上只讓父王吃了一碗小米粥、兩個棗糕，這可怎麼得了？你去勸勸她，讓父王多吃點，啊？」

太子妃一聽就不樂意了，出聲道：「阿琰你瞧瞧，你父王腿疾發作後，整日不動又胖了多少！如今兩個小太監扶他起身都艱難，太醫一再請他節食、多活動，他就是不肯聽！」

朱聿恆笑著安撫父母，說道：「父王，母妃也是為您身子著想，確實該聽取。但這早膳也確實少了點，孩兒請母妃酌量增加些許？」

坐在旁邊的二弟朱聿堃噗哧一聲笑了出來，說：「父王才不餓呢……」說到這裡，他又趕緊閉了嘴，只朝著朱聿恆擠了擠眼。

「可不是，中午沒到他就瞞著我偷偷傳了四次食！」太子妃鬱悶地數點給兒子聽：「其中包括半隻燒鵝、一個蹄膀！」

太子吶吶道：「要考慮的事情一多啊，人就容易餓。這不最近正忙於登萊流民的安置方案嘛……」

朱聿恆親自動手，將幾盤清淡的菜轉移到父親面前：「登萊流民父王不必勞心，南京工部、戶部這幾日已經出了草案，對策穩重平實，孩兒看著還算不錯。」

太子無奈地夾起素菜：「然則其中還有幾條要讓他們改進，一是調撥和轉運、分發糧食時，宜另設他方監管……」

朱聿恆一一應了，一頓飯吃完，幾處細節已商榷完畢。太子肥胖的身子有些坐不住，但還是堅持再吃了半隻烤鴨才離席。

弟妹們都散了，他陪母親用茶，聽著母親繼續氣惱埋怨：「日日叮囑他保重身體，可他連少吃兩口都不成！阿琰，你可不能學你父王，一定得保重身體知道嗎？你今年都大病兩場了，知道爹娘有多擔心？」

「母妃說的是，孩兒謹記於心。」朱聿恆笑著撫慰道。

「你看聖上日日操勞國事，如今年過五旬還要御駕親征。九州四海，天下這麼大，帝王這樁事業，沒有一副好身體，怎麼扛得下來？」母親抬手輕撫他的臉頰。兒子已經長得高大偉岸，她望著他的眼中卻依舊滿是關切：「阿琰，你自小懂事，把所有重任都扛在自己肩上，可再辛苦你也得善待自身，一定要保重身體，啊？」

朱聿恆只覺眼眶一熱，重重點頭。

但不知是不是意識影響了身體，他只覺得自己身上那兩條血脈突突跳動起來，隱隱的微痛，讓他的身體略有僵硬。

幸好母親並沒有注意到他的細微異常，招手讓女官捧了個螺鈿盒過來，交給他說：「這是聖上特地命人從順天送過來給你的，說是西洋新進貢的珍寶，你看看。」

「我一個大男人，要這些東西幹什麼？」朱聿恆說著，隨手打開手邊那個盒子看了看。

螺鈿盒分為三層，裡面有構件連在盒蓋上，隨著盒蓋打開，三層內盒依次上升，將裡面的東西完整展現在他面前。

第一層是二十四顆碩大的鴿血紅寶石，殷紅濃豔；第二層是四十八顆藍寶石，湛藍通透；第三層則是滿滿一屜珍珠，大的如拇指，小的如小指甲蓋，顆顆圓潤生輝。

朱聿恆看了看，抬手將第三層那顆最大最亮的珍珠取出來，又將盒子重新蓋好，沒有說話。

「明白聖上的意思了？」母親瞥著他的動作，笑著拍拍他的手背道：「這一盒珠寶，剛好可以鑲嵌一頂六龍四鳳珠冠，正是太孫妃的規格。」

周圍人又送了一堆卷軸過來，擺在案上。

「聖上一意栽培你，是東宮、也是天下的幸事。可你常年埋首於政事軍務之中，連終身大事也顧不上了，這也說不過去呀。」母親笑著解開幾張給他看：「你瞧，這是母妃打聽到的幾個姑娘，人品相貌都沒話說。你先看看小像，中意哪幾個，母妃就召她們過來，你再親自相看。」

朱聿恆略微看了幾眼，漫不經心玩著手中那顆澄圓明燦的珠子，讓它從掌心轉到指節，又從虎口轉到指尖——

就像阿南閒著沒事時那樣。

「這是張家的姑娘，溫柔賢淑……這是李家的姑娘，知書識禮……」母親介紹了幾個，見他只望著手中的珍珠沉默，無奈收起那堆畫像，試探著問：「那你喜歡什麼樣的姑娘？只要說一聲，應天、南直隸或者整個天底下，你祖父和爹娘，定能幫你尋來。」

朱聿恆緩緩道：「以後再說吧。孩兒最近這段時間忙得不可開交，怕是無暇考慮這些。」

「阿琰，這不是你一個人的事。再不早做決定，這次聖上送來的是珠寶，下次就會是太孫妃了。到時候，你連選擇的餘地都沒有。」

朱聿恆點了點頭，低頭看著母親那殷切的目光，頓了片刻，才低低道：「是，孩兒知道。」

「知道的話，就盡快挑個合意的姑娘成親，給我們生個孫子，聖上也期待著抱重皇孫的那一日呢！」

應天城南，秦淮河畔，天下最繁華熱鬧的地方。南京禮部的教坊就設在此處。

朱聿恆下了馬車，韋杭之替他撐著傘，打量著面前的十六樓。

這十六樓是官辦的酒樓，旁邊便是南京教坊司，客人在酒樓飲酒時，可去教坊司延請樂伎助興，因此附近成了煙花繁華之地。

朱聿恆抬頭看向樓上，幾個正等客人的豔麗女子立即笑著朝他招手，甚至有人拋了帕子下來。

他微微皺眉，問韋杭之：「阿南在此處？」

那帕子正掛住了韋杭之的傘沿，他忙扯下來一把扔掉，說道：「確是這裡。南姑娘這行徑……委實有些荒誕。」

朱聿恆便不再多說，抬腳邁了進去，對擁上來的小二、酒保、歌女、樂伎視而不見，逕自上了二樓。

樓上一個女子正在唱著歌，那歌喉婉轉柔美，竟似帶著些窗外江南煙雨的氣息。

「瘦岩岩，愁濃難補眉兒淡。香消翠減，雨昏煙暗，芳草遍江南。」

她唱的是喬吉的一首《春閨怨》，市井豔曲，纏綿悱惻。

朱聿恆的記憶極好，儘管沒看她的臉，但僅聽這歌聲，也可以辨認出這是之前在放生池伺候過竺星河的歌女，應該是叫方碧眠。

他的目光穿過滿樓紅翠，落在了蜷在美人靠上的阿南身上。

她穿著件男裝，簡潔的衣飾襯得明豔俐落的五官瀟灑英氣，只是本性難移，她還是那副懶洋洋沒骨頭的模樣，倚欄半坐著。

燦亮的眸光落在他身上，她的臉上露出了戲謔的神情：「阿言，你也來這種地方呀？」

聽到「阿言」二字，坐在她對面、背朝樓梯的一個褐衣男子頓時跳了起來，想要回頭又硬生生忍住，抬手遮住臉就要往樓下溜。

「卓晏，別跑了。」朱聿恆示意他不必欲蓋彌彰。

見他已經認出自己，卓晏只能回身，苦著臉向他行了個禮：「我都穿成這樣了，您還看得出來啊？」

朱聿恆沒說話，微抬下巴示意。

卓晏膽顫心驚，趕緊把方碧眠及一干樂伎都匆匆打發走，然後請朱聿恆到內裡雅間坐下。

阿南有些遺憾：「聽說這個碧眠姑娘難得見客的，好容易她今天在教坊，被我們請來才唱了一首曲子，話還沒講過呢。」

朱聿恆沒理她，只皺眉道：「你正在丁憂期，自己逃出來荒唐也就罷了，還帶著阿南來這種地方，成何體統？」

卓晏囁嚅著，不敢回話，阿南卻笑嘻嘻地給他斟了杯茶，說：「其實不是卓少帶我來的……是我帶他來的。」

朱聿恆只覺得眼皮一跳，不敢置信地看著她。

「我們又不做什麼，就是聽聽曲子而已。」阿南望著垂下腦袋的卓晏，湊到朱聿恆耳邊悄悄道：「卓少也夠可憐的。家裡出事後，狐朋狗友都拋棄他了，還要困在家裡為那個假娘親守喪。我作為朋友，拉他出來散散心沒什麼吧？」

一個姑娘家，居然如此滿不在乎地在這種地方廝混，朱聿恆生硬道：「荒謬！下次不許了。」

「是，不來了不來了。」卓晏猛點頭。

阿南則拋給朱聿恆一個「管天管地還管我」的笑容，眨眨眼問：「你不是也來了嗎？」

朱聿恆頓了頓：「我是來找妳的。」

「找到這邊來了？什麼大事呀？」

朱聿恆從袖中拿出一個小小的荷包，放在桌上推到她面前。

阿南疑惑地打開一看，是一顆渾圓光亮的珍珠，幾乎有拇指大，珠光瑩潤，甚至可以清晰映出她的五官。

「給我的？」即使在海上十幾年，也難遇這麼美的珍珠，她拿起照著自己的面容，驚喜不已。

朱聿恆看向她的臂環：「那上面，缺了一顆。」

阿南抬手看看臂環上那個圓形的缺痕，笑道：「對呀，我把之前的珠子送給了囡囡，還沒找到合適的替補呢。」

說著，她動作俐落地解下臂環，調整爪托將珍珠鑲嵌上去，晃了晃自己這個五彩斑斕得幾近雜亂的臂環，心滿意足：「這是朝廷賞給我的嗎？多謝啦！」

「不是朝廷，這是……」朱聿恆看著她那笑得如同彎月的雙眼，最終沒有解釋：「算是彌補妳之前的損失吧。」

阿南愛不釋手撫摸著這顆完美的珍珠：「那我賺了。」

見她喜愛之情溢於言表，朱聿恆便又道：「另外，上次說過的夜明珠，我倉促南下時沒來得及從庫房找出來，現在應該已經在送過來的路途上了……」

「夜明珠就不用了，我自己那顆夠用了。」阿南終於捨得拉下袖子遮住自己的臂環，笑道：「真要感謝的話，不如幫我搞一些黑火油吧，我準備回杭州和楚先生研究些東西，想來想去，也只有你能幫我搞到了。不過我對這批火油有些特殊要求啊……」

朱聿恆略加思忖，對卓晏道：「你去一趟南直隸神機營，把他們提督叫來。」

卓晏現在已是個白身，見朱聿恆吩咐他做事，知道太孫殿下有心要拉自己一把，心下大喜，跳起來就奔去了。

屋內只剩下他們兩人，朱聿恆又從袖中取出一張帖子，遞到她面前。

這帖子是織金絹帛壓成，以五彩絲線繡了翬鳥牡丹，彩繡輝煌，光彩奪目。

阿南疑惑地接過，打開一看，裡面寫著時維太子妃壽辰，故東宮廣邀各勳貴人家女姪七月廿七齊赴含涼殿，共賀嘉時，執此為憑云云。

阿南不覺好笑，抬起那雙亮晶晶的杏兒眼盯著他問：「太子妃生辰，找勳貴家的女兒聊天，跟我有什麼關係？」

朱聿恆有些不自然地別開頭，道：「妳在順天立下豐功偉績，太子妃自然要褒獎妳的。」

阿南撓頭：「不用了吧，我最怵這種大場面了……」

「宮裡的帖子送來了，並非妳可以考慮去不去。」

阿南只能苦著臉，將那帖子打開又看了看，說：「好吧，那我先去買件莊重點的衣服，這可是大場面。」

「倒也不必緊張，太子妃性情柔善，定會喜歡妳的。」說到這兒，他臉上略顯彆扭，又添了一句：「她喜歡淺色。」

「淺色，那要白白瘦瘦的姑娘穿起來才好看啊。」阿南看看自己的手背膚色，有點煩惱：「我不適合那麼安靜的顏色。」

「總之不必太在意，妳平常心就好。」朱聿恆示意阿南收好請帖。

此時隔壁傳來幾個女子的笑聲，其中有個姑娘聲音特別大：「咦，那不是吳家的馬車嗎？裡面坐著的該不會是太孫妃吧？」

「什麼，是太子妃垂青的那個吳眉月嗎？真的被選上了？」

阿南最愛聽這種坊間閒扯，塞好請柬，興匆匆扒到窗口去看。

下面是一輛平平無奇的青棚馬車走過，車簾也遮得嚴嚴實實的，根本看不見裡面的人。

太孫妃，這麼說……

想起葛稚雅在雷峰塔內衝口而出的那一聲「殿下」，阿南心中泛起一絲怪異的感覺，目光不自覺地在朱聿恆臉上轉了轉。

這下著細雨的沉悶夏午，原本昏暗的天色因為他清雋秀挺的面容，竟也顯得明亮起來。

香消翠減，雨昏煙暗。江南遍地的芳草怎及他濯濯如松的風姿。

她回身在朱聿恆面前坐下，給自己續了一盞茶，抬眼看著面前的朱聿恆，玩世不恭的慣常笑意又出現在她臉上：「怎麼了阿言，茶太差了喝不慣？你看起來不太開心呀。」

朱聿恆聲音沉緩道：「太吵了，把窗關上。」

「是，提督大人。」阿南起身把窗戶關好，似笑非笑地靠在窗上。

「那些流言……不聽也罷。」因為心頭無言的悸動，朱聿恆開了口，又不知如何說下去。

畢竟，他有什麼立場解釋呢？又該怎麼對她解釋呢？

「你是說太孫妃的事？莫非你知道內幕，最終花落誰家？」

看著她臉上那戲謔的神情，朱聿恆別開了頭：「不知道。」

兩人一時陷入沉默。他微垂雙目看著面前嫋嫋的茶氣，她手中無意識轉著茶杯。院落之中，不知道誰在吹著一曲《折楊柳》，笛聲輕輕細細，娓娓如訴，像一抹似有若無的煙嵐在他們身邊流轉。

啜了口茶，阿南因為笛聲想起一件事：「對了，上次葛家那支笛子，現在哪兒？」

「應該在南京刑部衙門的證物房。」

「我前幾天給你制定練手計畫時，忽然想起一個可能性，所以想借來看看，或許能解開它的祕密。」阿南捏著茶杯湊近他，一掃剛剛的玩世不恭，語氣也變得凝重起來：「畢竟，這是你身上『山河社稷圖』唯一的線索了。」

朱聿恆默然點頭，起身去門外吩咐了一聲，讓侍衛將那支笛子取來。

「前兩次發作都是在月初，現在掐指一算，時間也差不多了……」阿南掰著手指頭算了算，抬眼望著他：「你有查出什麼線索嗎？」

朱聿恆搖了搖頭，道：「朝廷已經下達命令，讓各地嚴密排查最近可能出現的隱患，但天下之大，山河廣袤，倉促之間又如何能尋得出那一處？」

「唔……」阿南皺眉沉吟著，似乎還想說什麼，只聽門扉扣響，卓晏帶著諸葛嘉和南直隸神機營的戴耘到來了。

神機營中，最不缺的就是火油、火藥等，阿南敲上了朝廷這根大竹槓，跟他們毫不客氣，在桌上劃拉著算了算，說：「東西有點多，我去借點筆墨。」

她邁著一溜煙的興奮步伐出門，讓朱聿恆彷彿看到一隻偷了雞的小狐狸。

過了足有一盞茶工夫，阿南才拿著張寫滿了字的紙回來，說：「這裡的帳房可真小氣，不許我借筆墨，我只能在那邊寫好了拿回來。」

諸葛嘉見上面全是火油、火藥、硫磺、芒硝之類的危險物事，那清冷眉眼上頓時跟罩了寒霜似的：「要這麼多，恐怕有所不便。」

本以為她只是要一點東西試玩的朱聿恆，瞥了一眼後也不覺皺眉，對阿南道：「這些都是民間嚴控之物，撥給妳本已不合律令，何況如此多種類、分量，確實無法調配。」

阿南噘起嘴看著他，見他神情強硬，只能湊近他壓低聲音，動之以情誘之以利：「剛你還說我為朝廷立下了大功，難道救下順天城還不值得這麼點火藥嗎？再說了，我們是互幫互助呀，我這又不是為了自己，對你也有利的！」

戴耘摸不透她與皇太孫的關係，硬著頭皮出來打圓場：「姑娘，這東西確實有點多，別說我們了，神機營庫房的出入帳都不敢做，擔不起這個責啊！」

「那難道就真的沒有辦法了嗎？」阿南望著朱聿恆，一臉懇求：「幫個忙嘛！」

「用途呢？」朱聿恆問。

「我要和楚元知一起研究個新火器，威力無敵的那種，肯定可以幫到你的。」

聽她這樣說，又想到剛剛她提及笛子的事情，朱聿恆自然也明白了她的意思。

他便道：「這樣吧，我給楚元知在神機營安排個職務，然後將一應東西調到他的名下，出入便合理了。不過為安全起見，火藥不能帶出神機營，火油可以讓楚元知領一部分，但也要酌減一半。」

諸葛嘉與戴耘如釋重負，趕緊應允，準備退出。

阿南看著朱聿恆嘟囔：「小氣鬼，一口就給我打了個對折……」

朱聿恆淡淡道：「凡事都得按規矩。」

「看在珍珠的分上，算了算了……」阿南正說著，旁邊忽然傳來一聲女子尖叫聲。

叫喊者顯然在極度驚嚇恐慌之中，那聲音就像是硬生生撕裂了喉嚨逼出來的，聽在耳中令人心口一顫。

阿南立即站起身，開門出去一看，走廊拐彎處有個姑娘正連滾帶爬地往這邊撲來，可才跑了兩步就手腳發軟癱倒在地，只能竭力尖叫著，大喊：「救命……救命啊！」

「綺霞？」阿南一眼就認出了這被嚇壞的姑娘，忙上去扶起她，問：「怎麼了？」

綺霞嚇得涕淚滿面，死死揪著她的手，面無人色道：「阿南，他死了……死人了！」

皇太孫所處的範圍內竟然出了事！韋杭之大驚，抓緊了手中的佩刀，向廊下幾個穿便衣的侍衛使了個眼色。

侍衛立即分成兩批，一批護住朱聿恆及他所處的房間，一批奔入那個出事的房間。

阿南扶著綺霞在欄杆邊坐下，輕拍著綺霞的手背安撫她，探頭往屋內看去。

酒樓的雅間並不大，一張八仙桌、幾把椅子，還有一張小榻放在窗下以供客人歇息。小榻旁邊是臉盆架，擱了一個彩繪木盆，裡面盛著清水，以供客人喝醉時可以洗把臉。

而此時，一個穿著寶藍直裰的健壯男人，正趴跪在臉盆架前，臉埋在木盆中，一動不動。

饒是阿南見多識廣，也被這詭異的情景給震了一下，脫口而出：「死在臉盆裡？」

「怎麼回事？」諸葛嘉沉聲問綺霞。

綺霞語無倫次，驚慌道：「我……我一進門就看到他扎在水裡，一動不動，還以為是在、在洗臉，叫他不應，就過去扶他起來……可我拉不動，只看到他的臉在水裡偏了偏，那……那是一張死人臉啊！」

說到這裡，她看看自己剛剛拉過屍體的手，崩潰驚哭，再也說不下去了。

屋內一個侍衛上前查看屍體，將那男人衣領揪住，扳過身子。

男人啪答一下就滑倒在了地上，臉盆被打翻，潑了滿地的水。他面色慘白，嘴唇和指甲烏紫，口鼻間瀰漫著一片細小的白色泡沫。

「確是死了，而且……是溺死的。」

眾人的目光都看向那個淺淺的木盆，難以相信一個人竟然能在這樣一個木盆中溺斃。

朱聿恆在門外看見那個人的臉，不由得微皺眉頭。

阿南低聲問：「阿言，你認識他？」

「這是登州知府苗永望。」

滿臉涕淚的綺霞也慌忙點頭：「是啊是啊，是苗大人！」

「登州知府？」阿南有些詫異：「他一個山東的父母官，跑到應天來幹什麼？而且還如此詭異地死在這裡……」

朱聿恆沒有回答，目光又落在旁邊牆壁之上，略一皺眉。

阿南順著他的目光看去，只看見牆上三個極淡的微青色印記，應是有人用手指在牆上輕抹出來的。

淡淡的三枚月牙形狀，月牙的下端湊在一起，那形狀顏色看起來像是一朵青蓮。

阿南看了看說道：「指印纖細，應該是哪個姑娘手上沾了眉黛，就順手擦在這兒了，不知是什麼時候弄的。」

朱聿恆點了下頭表示贊同。

刑部的仵作很快趕到，是個五十來歲的老頭，脾氣有點大，張口就埋怨：「一群人湧進來，還把死者的屍體都翻倒了，這一塌糊塗，老頭子處理起來有點難！」

諸葛嘉冷冷道：「屍體是我叫人翻的。萬一只是嗆水閉氣呢，我是救還不救？別說他是朝廷命官，就算普通人，能讓他這樣趴在水裡等著你們來？」

刑部的人臉都青了，吶吶賠罪：「諸葛提督恕罪，這老頭性情古怪，口無遮攔，不過他驗屍的手段在南直隸算是數一數二的。」

老頭「嘿」了一聲，一邊查驗屍身一邊道：「奇怪，死者若是被人按進水盆之中，則必有掙扎痕跡，至少也會留下瘀痕，可目前看來，他身上並無任何外傷……」

卓晏愛和三教九流打交道，蹲在仵作旁邊問：「那，有沒有可能是死了之後，被人按進水盆造成溺死假象的？」

「不可能，這位公子可以看看死者的口鼻。」仵作指著死者面部，說道：「這些小泡沫，是人在嗆咳之時的鼻涕和口涎結成的。若是死後按入水中的，其時已無呼吸，又怎會有這樣的東西？」

卓晏聽他說得有理，連連點頭。

「人怎麼可能把自己在臉盆裡溺死呢？」諸葛嘉冷冷道：「嗆到一口水後，自然便會起身抬頭，怎麼可能還硬生生扎在水裡？」

仵作沉聲道：「老朽難道不知此事於理不合？可他沒有任何外傷，脖子和身上連個紅印都沒有，絕不可能是被人按進水裡的。」

卓晏抽動兩下鼻翼，聞了聞空氣，問：「會不會是喝醉酒栽進去了？或者被人下藥麻暈了擺進去的？」

「壺中酒只少了一點，而且這種淡酒，又剛入喉，我看不至於醉倒。」仵作一口就否定了他的猜測：「麻藥和被人弄暈也是無稽之談，沒見他手還痙攣地抓著衣物嗎？失去意識的話不能這樣。第一個發現屍身的人是誰？」

「是……是我。」綺霞此時腳還是軟得站不起來，阿南便扶著她到現場指認。

「苗大人以前……在順天時就與我相熟，這次在應天我們重逢，他又點了我。我、我陪他喝了兩杯，他只說是為公務來應天的，然後我有相熟的客人喊我……」說到這裡，她小心翼翼地瞟了一下旁邊的卓晏。

卓晏立即解釋：「是我喊的。我最愛綺霞的笛子，所以請她來與碧眠姑娘合奏一曲。」

諸葛嘉瞥了綺霞一眼，問：「那麼，她什麼時候為你們吹完笛子的，又為何遲遲才回去？」

此話一出，卓晏的臉色也遲疑起來。

畢竟，朱聿恆一來，他便讓眾人都散了，距離後來綺霞發現屍身足有半個時辰。

她把客人撂在雅間這麼久不回去，絕對於理不合。

綺霞那本就煞白的臉色，此時更為難看，囁嚅道：「我……我在下面又遇見了幾個熟人，聊得興起，一時就忘了苗大人了……可我真的才回來，我一直在樓下，真的！」

韋杭之問侍衛們：「你們一直守在樓梯口的，是否有注意到這位姑娘出入？」

有兩個侍衛點頭肯定道：「確實如這位姑娘所說，她與眾人一起出去後，便只回來過一次，而且剛進屋不久就叫嚷起來了。」

「那麼，這裡還有什麼人進出過？」

「這……死者這房間朝院子，而我們守的這邊朝街，是以看不到那邊屋內進去了什麼人。不過，這樓只有一座樓梯，而這段時間內上下進出的人並不多，樓上究竟有幾個人，查一下就知道。」

刑部的人商議著，將在場的人都一一記錄下來，結果一遍行蹤理下來，清清楚楚的，只有兩個人有接近過這間屋子。

除了綺霞之外，另一個便是阿南。

她出去借筆墨時，曾經繞到拐彎處片刻。

「我？」阿南覺得好笑：「我一直在屋內和你們大人說話呢。」

韋杭之看著她，欲言又止。

阿南一拍腦袋想起來，無奈道：「對，中途出去了一會兒，但我借了筆墨就回來了，樓下帳房先生可以作證。」

韋杭之看看朱聿恆臉色，硬著頭皮補充：「在下樓之前，妳先順著二樓走廊，拐彎繞去了那邊。」

「這個自然啊，如果二樓轉個彎能借到的話，為什麼要下樓？」阿南皺眉道：「我轉過去一看，那邊全都是雅間，和我們這邊一樣的，估計沒有筆墨可借，所以立馬就轉回來下樓了。」

在場眾人誰沒在她手下吃過虧，因此都只看著她沒說話，心想，妳這個女煞星，這兩、三步的時間，還不知道能殺幾個人呢。

「這是在懷疑我嘍？」阿南看著眾人的神情，似笑非笑地轉向朱聿恆：「該解釋的，我都解釋了，你看著辦吧。」

朱聿恆朝她點了點頭，目光轉到苗永望的屍身上，道：「此案大有蹊蹺，目前一切尚未明晰，若說她去那邊看過一眼便有嫌疑，未免太過武斷。」

刑部的人忙點頭稱是，明白這姑娘今天是收不了押了。

朱聿恆不掌刑律，只吩咐：「來龍去脈查清楚後，將卷宗抄錄一份給我看看。」

阿南有心留下看熱鬧，但見剛剛去取笛子的侍衛已經回來了，朱聿恆揮揮那支笛子向她示意。

綺霞那邊也已經錄完口供，按了手印，阿南便讓她趕緊跟著他們跑掉，免得在這裡多生事端。

十二寸長的笛子，笛身金黃，金絲纏身，通體泛著晦暗的金光，入手頗為沉重。

阿南一邊騎馬行過秦淮河畔，一邊心不在焉地轉著這支笛子，心裡還在想著剛剛那樁案件：「奇了怪了，如果不是被強按著溺死的話，難道……真的會有人把自己的臉埋入水中，用這樣的方式自盡？」

卓晏則道：「我更不明白的是，他就算要自殺，跳河、跳崖哪兒都行，何必在酒樓死在一盆水上呢？」

「何況，世上哪有人能對自己這麼狠，都快嗆死了還不抬頭的？」阿南轉著手中笛子，說：「太詭異了，簡直像鬼迷心竅。」

「難道，這就是傳說中的水鬼附身？」卓晏一臉疑懼，說話聲音微顫。

朱聿恆瞥了他們一眼，對這種怪力亂神之說不予置評。

阿南想起自己在卓晏母親靈堂動的手腳，有點不好意思地轉了話題：「綺霞，妳笛子吹得最好了，來試一試？」

綺霞剛剛被嚇得現在還有些魂不附體，接過她手中的笛子，手被壓得一沉，差點抓不住。她勉強定定神，打開隨身帶的小盒子，取出一張笛膜，貼上後試著吹了吹。

那笛音沉悶嗚咽，眾人聽得直皺眉頭。

綺霞放下笛子，小聲道：「這漆未免太厚了，聲音發不出來啊。」

「漆太厚……」阿南眨眨眼，將笛子拿起來在面前看了看，眼睛忽然亮起來。

「快快快，阿言，我可能知道這笛子藏著什麼祕密了！」

讓卓晏好好護送綺霞回教坊司後，阿南拉上朱聿恆直奔她所住的應天驛館。

笛身外部厚重的金漆，在調配好的藥水中漸漸溶化。

藥水的主料是硼砂，因此不需防護。阿南小心地刷去漸解的油漆，那原本光滑的笛身變得凹凸不平。

「一開始我覺得這笛子如此沉重，或許是裡面夾帶了什麼東西，但這笛子確是中空的，而綺霞又說漆很厚，我便想到了，夾帶的東西或許不在笛子中間，而是在笛身之內。」阿南說著，取過旁邊的小針，用細細的尖挑著笛身的纏絲。

金絲被膠與漆黏合在笛身上，纏得極緊。但膠漆已被溶解，她手法又俐落，不多時，便只剩下了一根光裸笛身。

她擦乾笛子，交到朱聿恆手中。

除去了外面的金漆之後，裡面依舊是金色的模樣，只是那金色並不均勻，有些似是在笛子表面，又有些似乎在笛子內部。

朱聿恆細細打量道：「這竹壁之內，似有東西在。」

「對，看得出東西是怎麼藏進去的嗎？」阿南丟了刷子與針，笑問。

朱聿恆撫摸著笛子下面凹凹凸凸的金漆觸感，又看著竹子內部層層疊疊的金漆字，頓時了然：「將笛子翻滾著劈成一捲薄片，然後在上面用金漆寫上字，再重新捲好，用膠封住，外面塗上金漆。這字寫了密密麻麻這麼多層，這竹子怕是被劈了有丈許長……用什麼手法能做出來呢？」

「如果是我，會先用薄刃將竹子翻滾剖開，然後將兩個刀片相對拼在一起，中間留一條狹縫，將竹片從中拉過。一次次地調整狹縫，使其越來越小，便能刮出越來越薄的竹片。但對方能將竹子劈得這般薄如蟬翼，寫字後又能重新原封如初，現如今的我怕是已做不到了……」

阿南用指尖在笛子上細細尋找著劈口，說到此處時，神情黯淡下來。

從三千階跌落，她雖忍著巨大的痛苦，竭力讓自己逐漸恢復，但依舊回不到巔峰了。

朱聿恆望著她幽微低黯的神情，開解道：「或許，竹子質地堅脆，容易開裂，對方用了祕法處理，便可使質地改變，從而更易打薄？」

「嗯，也有道理，竹子在藥油中浸泡過，增強了韌度，拉薄片的難度也會減小。」她略略振作了些，又拉起他的手，將笛子放在他的掌中：「不過沒事，有你呢，我相信你一定能將它完整剖解開的。」

朱聿恆點點頭，收張了幾下手指，在阿南的指導下，順著笛子邊緣慢慢撫摸。靜下心轉了十來圈之後，他終於摸到薄薄的一線觸感，定睛卻看不出那一處有任何的痕跡。

「竹子被削得太薄了，近似一層透明的膜，你用手指輕撚，看能不能將斷口弄出來。」

朱聿恆點頭，反覆揉搓那一處，許久，終於出現了細微一條白邊，如絨線般橫貫過笛身。

阿南將一片薄薄的刀遞給他，讓他順著那個斷口，將竹膜劈出來。

朱聿恆深吸一口氣，將刃口抵在斷口處，下手極輕地向內推去。

然而，那條細微的白邊立即被他削了下來，如一縷蛛絲般在窗外照進來的光線中一閃即逝，飄飛了出去。

阿南眼疾手快，將他的手按住了。

朱聿恆盯著自己手中的薄刃，又將目光轉向覆在自己手背上的她的手。

那雙布著大小傷痕的手，將他手中的刀片取走。她輕嘆了口氣，說：「還不行，你對手的控制已很強了，但精度不夠，太過細微的活計還是做不到。」

看著她臉上的失望神情，朱聿恆抿脣沉默了片刻，然後道：「我繼續練習。」

阿南看著他眼中認真的神情，忽然想起他第一次跟自己回家時，說的那句話——

「天下之大，我控制一顆骰子、一場賭局，有什麼意義？」

她當時還嘲笑他胸懷天下不像個太監，現在想起來，忍不住就笑了出來。

見她忽朝自己莞爾一笑，朱聿恆正不明所以，阿南卻轉了話題，說：「我再給你做個岐中易吧。不過這次不是『十二天宮』了，叫『九曲關山』，力道有絲毫分寸掌控不好就解不開的一種岐中易，過兩天做好了給你。」

離開驛館，朱聿恆回到自己所居的東宮東院。

東方為朝陽初升之所，太子是天下的未來，自然要居於正東。而皇太孫則居於東宮之東，朝陽最早覆照之所。

江南潮溼，如今又是夏暑剛過，東院也並不覺開闊舒朗，只感水氣悶溼。

穿過玉簪蔥蘢的庭院，轉過走廊之時，耳邊芭蕉樹葉微微一晃，剛剛歇了不久的雨點又落了下來。

朱聿恆邁入正堂，各地送達的文書都在案頭等候他審閱。在堆疊的家國大事之上，是一份封漆完好的黃綾摺子。

這是聖上送來的，自然無人敢怠慢。

瀚泓帶上了殿門，在不斷擊打於屋頂地面的雨聲之中，朱聿恆拆開了摺子查看。

這是數年之前，七寶太監第六次下西洋後，將到訪的幾處風土人情集略上報的摺子。洋洋灑灑數千言，其中有新近被朱砂標註出的幾行文字，示意朱聿恆仔細觀看。

南洋一帶有鯨鯢出沒之島，頗有龍涎香出產。後該島為海盜所占，劫掠漁民船工，強迫其冒險搜取香料，為禍二十載，竟無管束。至某日島上熾火忽起，一白衣少女依仗火勢，孤身殺盡島上匪盜，白衣染血盡赤，釋放眾奴役而去。口耳相傳，漁民皆以為神明化身，在島上刻仙跡祭拜。或云，該女為永泰船隊海匪也。永泰者，十八年前突現於南洋之船隊，自言華夏後裔，持江南口音。後嘯聚數千眾，縱橫諸海擋者披靡，被海上諸國尊奉為四海之主。疑其駐於婆羅洲一帶，但滄海遼闊，未可知也。

朱聿恆看到，祖父的朱批在「十八年前」四字下著重圈點了一下。

他自然知道是什麼意思，捏著摺子的手指不由收緊，心口微震。

十八年前，宮闈巨變，朝堂傾覆。炆帝自焚於應天宮苑之中，屍骨至今未見，隨他一起蹤跡全無的，還有南邊一應達官貴戚。

而就在十八年前，海外出現了這支船隊。

草草掠過這份奏摺，再無任何關於永泰的事情，他的目光在「白衣少女」四字上停了停，又轉而看向十八年前那四個字。

看來，阿南的身分比他所想的，更為棘手。

可……他想著自己送給阿南的珍珠，想著她將自己置於膝頭，在黑暗中輕哼著小曲的情形，又是心亂如麻，不知祖父對他傳遞的訓誡，是否已太遲了。

最終，他將黃綾摺子收起，鎖在了屜中。

是也罷，否也罷，只要他信阿南，一切紛紜是非便都無關緊要。

外面叩門聲響，南京刑部侍郎秦子實親自送卷宗過來求見。

南京六部職權遠不如北京，如今登州知府死在轄區，最可怕的還是在鬧市酒樓、距離皇太孫殿下只隔了一個房間的地方被殺。這種大案要案，刑部侍郎自然得親身上陣，並且從快從速，短短兩、三個時辰，就把來龍去脈給摸了個透。

登萊一帶近年來災荒不斷，青蓮宗趁機煽動民眾叛亂，朝廷雖已派人鎮壓，但追根溯源，還是得安撫民心，賑濟災民。

蘇杭是本朝財賦重地，因此朝廷讓苗永望到南直隸求賑。而他卻偷空微服，帶著一個隨從來到秦淮河邊，享受倚紅偎翠的感覺——

誰知道，那個隨從在樓下打盹等候時，他死在了樓上。

當時在樓上的人都已一一嚴查。除了阿南與諸葛嘉、卓晏、戴耘等，便是一群教坊的歌女。

朱聿恆看到此處，對秦子實道：「諸葛嘉和卓晏、戴耘等，行蹤清晰，他們是我叫過去的，上樓後便到房內回話，並未離開過。」

「是，卑職詢問了現場所有證人，確實如此。」

「那個綺霞，行蹤可查明了？」

「查明了。她與苗永望在順天確是舊識，因此被叫去雅間陪酒。她被卓晏一行叫去時，二樓幾個招客的歌女曾從窗口看見死者還坐著喝酒，而她回來後一進門便發現屍體了，因此，她的嫌疑似可排除。」
朱聿恆順口問：「那幾個招客的歌女，後來又在何處？」
「一共六人，當時倚在欄杆邊閒聊。卓晏過來後，先喊了綺霞，後來那位南姑娘愛熱鬧，就把她們一起都叫過去唱曲兒了，因此她們可以相互作證，確無一人有作案時間。」
這麼說，所有人都已經洗脫了殺人的嫌疑，除了……
秦子實拱手道：「卑職與仵作、推官等初步商討後，認為此案唯有兩個可能性。一是苗永望自盡；二是那個女海客司南下的手。」
朱聿恆翻著卷宗，推敲其中細節，又將當時的情形和整座酒樓的布局保衛情況，在心裡又過了一遍。
他帶來的侍衛把守了門口、樓梯口，甚至樓下前後門也有暗衛布置。因此，當時那座酒樓無人可能偷偷潛入，更無人能避過這麼多耳目私自行動。
可若說苗永望那詭異的死法是自盡，他又絕難相信。
他思索著，眼前又出現了用眉黛繪在牆壁之上的三枚新月痕跡，考慮那代表著什麼。
秦子實揣摩著他的神色，見他沉吟不語，便試探道：「以卑職看來，苗永望在酒樓自盡的可能性極小，或應盡快批捕嫌犯司南，以免錯失抓捕良機。」
朱聿恆抬手示意他不必多說：「她曾為朝廷立下大功，此次在酒樓，亦只有片刻時間不在眾人眼前，若因此斷定是她作案，未免太過草率。你們可審慎深查，等有了確鑿證據，再來告知本王不遲。」

秦子實聽他的口氣，心中一驚，這是不僅不肯批捕，而且就算有了證據，也要先請示過他才能動手的意思了。

不知殿下為何要一力包庇這個女嫌犯，一時之間秦子實有些無措，只得下意識應了，然後匆匆退出。

第二章　水殿風來

七月廿七，太子妃壽辰日。

阿南收到朱聿恆送來的天青色冰綃裙，在鏡子面前比劃著，考慮到底要不要去赴宴。

「算了算了，看在阿言這麼用心的分上，去去也無妨。」再說了，公子還陷在放生池呢，有機會見識見識朝廷的派頭，或者能和太子妃搭上一、兩句話，肯定也不算壞事。

於是她騎著馬溜溜達達出了應天城，順秦淮河上游而行。

官道上時有一、兩輛馬車從她身邊經過，阿南還認出了那個吳家姑娘的車。有幾個馬車上的閨秀打起車簾透氣時，也都用扇子半遮著臉，看見路邊有個姑娘單身騎馬，都面帶錯愕地打量她。

阿南倒是不介意，甚至還大大方方地朝她們一笑。

「請問可是司南姑娘？」站在行宮門前迎賓的小太監早已得了朱聿恆吩咐，一見她的模樣便立即迎上來，驗看過織金彩線朱砂印的帖子，滿臉堆笑地帶她和那群閨秀向上方行去。

冰綃衣的裙襬垂地，拖在地上有些不便，阿南的個性哪耐小步慢行，提起裙角幾步就跨上了遊廊。抬頭一望，前方森森古木掩映之中，出現了一帶金瓦紅牆。

行宮依山而建，層層臺階順著山勢向上延伸。臺階最上方是一帶白練似的瀑布，傾瀉在山頂屋宇之上，化成一片濛濛水氣籠罩住下方樓閣，顯得仙氣飄渺。

看見這般美景，眾人都面露神往之色。

引路太監道：「各位姑娘，此處行宮為瀑布分隔，宮殿分列山峰左右，請諸位隨我到左峰來。道路溼滑，還請小心腳下。」

山道一轉，左峰便出現在他們面前。木頭遇水易朽，左峰宮闕全用琉璃磚瓦搭成，外看光彩生輝，內裡幽深陰涼，需要宮燈照明。

瀑布左右兩處樓閣中間隔了碧綠水潭，只有一條漢白玉拱橋相連左右。阿南抬頭看見右峰是疏朗臺閣，八角高臺斜挑，琉璃磚砌成八根柱子撐起屋頂，沒有牆壁，一片通透。

瀑布不斷灑落在琉璃宮闕之上，日光映照著水光，霧氣濛濛，散射出無數虹霓炫光。下方水潭清澈，只在後方角落中栽種鬱鬱蔥蔥的樹木。阿南仔細一看，原來後方藏著一具巨大的龍骨水車。

高山之巔並無太多泉水，這宏大的瀑布水流需要龍骨水車循環運送，才得以經年往復。

阿南查看這邊的布局，正在讚嘆工匠的巧思，耳邊忽然傳來樂聲，隨著水風飄散於林間，更顯悠揚。

殿內一角有群樂伎正在彈奏樂曲，絲竹管弦好不熱鬧。

阿南一下看見了坐在人群中的綺霞，忙朝她招手。

綺霞抬頭看見她，驚喜之下吹錯了一個音。

旁邊的方碧眠抬頭瞥了她一眼，綺霞趕緊朝阿南飛了個眼風。按捺著將那一曲吹完，才趁著休息間隙跑到阿南身邊，上下打量她，嘖嘖稱奇：「妳怎麼會在這裡？也來選妃了？」

「什麼選妃？」阿南莫名其妙。

「太孫妃啊！」綺霞看她雖然穿了件漂亮衣服，可是頭上只挽了個素淨螺髻，插了簇藍色小絨花，看著實在不像話，當即拔下自己頭上的金釵，給她插上。「看人家個個打扮得花枝招展，妳怎麼這樣來了呀？這個好歹是金的，先借給妳！」

阿南扶著金釵，笑道：「妳誤會了，我之前在順天替朝廷辦了件事，現在太子妃壽辰順便召見我，可能是以示嘉獎吧。話說回來，今天選的什麼妃？」

「原來妳不是候選人啊。」綺霞一聽她這麼說，臉上頓時露出失望的神情。「最近皇太孫不是回應天了嘛，太子妃殿下又藉著壽辰的名義召見這麼多適齡未婚女子，坊間都說，她是要藉機相看兒媳呢。」

說著，她又悄悄指指站在欄杆旁的幾個姑娘，說：「中間穿淺紅紗衣的那個，叫吳眉月，她祖父當年門生遍天下，現在朝中的很多大官都稱她祖父是恩師，大家都說太孫妃準是她了！」

阿南打量那個吳眉月，纖纖巧巧的個子，白白淨淨的小臉，嬌嬌柔柔的模樣。

「挺漂亮的。」阿南說著，心裡想，可是看起來不太般配，畢竟這個小姑娘站在阿言身旁，可能只到他胸口吧。

「那妳說張家那個姑娘呢？」

「太瘦了吧……」

「李家的呢？」

「看起來很高傲啊，個性很孤僻的樣子。」

今日過來的幾個姑娘，環肥燕瘦都很出挑。只是阿南想像了一下她們站在阿言身邊的模樣，總覺得心裡彆扭，有種怪怪的感覺。

正想抽空和綺霞聊聊苗永望的案子，忽聽得旁邊傳來擊掌聲，殿上頓時肅靜下來。

「太子妃要來了，我趕緊回去。」綺霞慌忙說著，又指指她頭上的金釵：「這很貴的，我就這麼點壓箱底的東西，千萬別丟了啊！」

阿南摸摸這素股金釵，不由得笑了：「知道啦。」

東宮一行人已到山腳下。

太子與太子妃換了肩輿，侍從們列隊上山。

朱聿恆落在後方，抬頭看向上方，思忖著是否要與父母一起出現在阿南面前。

恰在此時，韋杭之疾步上前：「殿下，順天有飛鴿急報。」

飛鴿傳書比八百里加急還要快些，但因為不夠穩妥，通常都會放飛多隻保證到達，攜帶的紙卷也要以加密文字書寫。

朱聿恆接過來，展開紙卷查看，那跟隨父母上山的腳步頓時停住了。

這並不是普通的公文，而是聖上的口諭。

加密的文字轉換過來，赫然只有一句話——

切勿近水，遠離江海。

聖上特意命飛鴿緊急傳遞的，居然只是這麼一句話。

朱聿恆眼前頓時閃過苗永望溺死在木盆中的身影。他捏緊了紙條，下意識抬頭看向上方的瀑布。

太子一行已經轉過瀑布，進了水殿之中。

韋杭之站在他身後，聽到他壓低的聲音：「今日行宮的防衛由誰負責？讓他立即過來。」

不多時，一個剽悍精壯的漢子匆匆奔來，向他行禮：「行宮護衛使張達年，參見殿下。」

朱聿恆也不多話，示意他隨自己山上去，一邊走，一邊詢問具體布防，重點詢問瀑布的事情。

張達年謹慎回答：「最近未曾降雨，山頂池水不多，這瀑布由龍骨水車引水上去的，絕無氾濫危險。而且下方池邊都圍著半人高的欄杆，應無墜水之虞。另外行宮早已仔細清理過數次，整座山並無其他任何上山途徑，殿下盡可放心。」

朱聿恆點了點頭，大步跨上了山道，走近左岸琉璃殿。

在阿南與一眾女子的期盼下，迴廊處先是出現了一隊侍女。她們或捧行爐，或持傘障，徐徐行來。中間是錦衣侍衛，將乘坐肩輿的太子與太子妃護在正中，後方是貼身侍女和一個肩輿上的年輕女子，最後是帶著箱籠盆盂的太監，跟在隊伍最後。

這浩浩蕩蕩數十人，沿山間遊廊而上，秩序井然，連咳嗽聲都沒有。

太子肥胖白淨，頷下微鬚，四個小太監一起將他扶下肩輿。他腿腳似有不便，後方那個年輕女子趕上來，體貼地攙住太子，與太監們一起扶著他上座。

太子妃則輕搭著侍女手腕，含笑站定，向殿內眾人點頭示意。她已有四旬年紀，因為保養得宜，依舊姿容秀麗，略為豐腴的面容更顯溫和嫻靜。

阿南隨著眾人一起下拜行禮，起身後按捺不住自己愛看美人的心態，打量太子身旁那個年輕女子。

她正緊貼太子身後坐著，似是時刻等著伺候他。二十五、六年紀，韶華正盛，頭上簪著一朵絹製牡丹，金絲為蕊，紅絹為瓣；身上是翠綠的羅衣，繡著品紅海棠。這一身豔麗逼人的裝扮，因為她容顏太美，居然硬生生壓住了。

阿南目光又遍掃過殿內，滿目是花一樣的年紀與容顏，卻只有偏殿低頭彈琴的方碧眠，足以與這個盛裝打扮的美女抗衡。

在她打量滿殿美人的同時，迎賓已走近太子妃，低聲對她介紹阿南。

太子妃的目光其實早已在阿南身上掃過一遍。畢竟她在人群中十分顯目——身量高䠷，皮膚微黑，孤身一人還透著一股散漫的勁兒，怎麼看都不像是應選的佳麗。

阿南迎著太子妃的目光微微一笑，大方行禮：「海客司南，拜見太子妃殿下。」

「哦，妳便是在順天立下大功的那位姑娘？」太子妃的目光定在她的身上。

天青色冰綃裙裳的氤氳顏色，讓她蜜色的皮膚與英挺的五官更顯明亮，深黑的眸子光彩熠熠，雙眉濃如燕翅，高挺的鼻梁與顏色鮮亮的雙唇，再加上身量高䠷矯健，整個人有股懾人的神采，在殿內矯矯不群。

太子妃含笑點頭，目光向下，瞧見了她臂環上那顆明亮的珍珠。

這亮眼的稀世明珠，讓太子妃一眼便看出，是那日朱聿恆從盒子中唯一取走的那顆珠寶。

她的雙眉輕輕揚了揚，瞥了殿外一眼，見朱聿恆尚未出現，難免又打量了阿南一眼，對身旁女官低聲吩咐了一句。

齊天樂奏響，太監們抬著小桌案入殿，一一陳設果點看盤，很快便有人將阿南引到離太子妃最近的那一張桌案坐下。

只聽得前方擊掌聲起，女官示意大家肅靜。

太子與太子妃一同起身，帶領眾人一起舉杯祝酒。第一杯先祝聖上萬壽無疆，第二杯祝山河安穩人壽年豐，第三杯才是太子妃芳齡永駐，身體康健。

滿屋皆是女眷，太子顯然不適合在此間多逗留，因此按程序向太子妃敬酒賀壽後，只對眾人講了幾句場面話，便到後方休息去了。

那個美人扶著太子出了殿門，幾隊侍衛相隨，經過水池上那座高高拱橋，便走入了對面樓閣之中。

眾人紛紛向太子妃呈上壽禮，從賀壽圖到繡品，目不暇接。太子妃興致頗高，笑著一一點評，稱讚各位姑娘蕙質蘭心。

殿內滿堂美人言笑晏晏，共飲瓊漿；對面瀑布虹彩燦爛，如同仙境；偏殿的管弦正繁，演奏到《賀永年》的中段。正在這一派喜樂之際，忽聽得嗡一聲尖銳嘯叫聲，壓過了所有樂聲笑聲，在殿內如同有形的水波般瀰漫開來。

隨著那聲音擴散的，還有瘋狂橫衝向殿內的巨大水浪——是對面那條傾瀉奔流的瀑布突然改變了方向。

流淌不息的水浪猛然間流量倍增，在轟然巨響之中，狂浪上下相激，暴增的水量無處宣洩，便如巨大的海浪打橫向殿內猛撲而來，直沖入琉璃殿中。

懸於梁柱之上的宮燈瞬間被激浪撲滅，陷入陰暗。

眼前陡然一黑，又有冰冷的水直擊而來，殿內所有年輕少女抱頭驚叫，亂成一片。

因為今日女眷集聚，侍衛們早已被屏退在殿外，殿內那幾個看來比較老成的女官，也是慌了手腳，呆呆看著那片巨大的水浪直沖進殿，竟無法動彈。

只有阿南距離太子妃最近。她是從各種險境中拚殺出來的人，怪聲在殿中響起之時，便已警覺地按住面前几案。此時瀑布向內沖來，她立即抓起面前案桌，縱身而起擋在太子妃面前。

桌上陳設的盤碗尚未來得及滑落到地上，便已在水流的衝擊下粉碎。阿南的睫毛微微一顫，手中的木桌板擋不住巨大的衝力，已經逼得她往後倒去。

眼看下一波更大的激浪已經再度湧入，阿南手一鬆便丟開了破裂的桌板，抱住身後的太子妃滾向後方的屏風，一腳蹬了過去。

巨大的沉香木屏風應聲倒下，擋在了她們面前。水流的衝力直擊在屏風上，瞬間如同千斤重壓。幸好前面有破碎的几案將屏風卡住，否則她們怕是扛不住這重擊。

直到水流衝擊的聲音停止，阿南才掀開屏風，扶著太子妃站起來，推她站到殿基高處。

守候在外的侍衛們終於從殿外衝進來。殿內光線晦暗，依稀看見滿殿都是被水流沖得摔倒在地驚慌失措的人。

太子妃藉著朦朧光亮，高聲指揮侍衛們救助周邊幾個摔在水中的姑娘，聲音沉穩如昔。只是陡遭大變，她身體難以保持平衡，要緊緊地扯著阿南的手臂才站得住。

阿南穩穩地扶住她，低聲指給太子妃各處需要注意的狀況。她目光犀利，在將殿內情形一一稟報的同時，還注意到偏殿的綺霞正倉皇地扶著方碧眠跌坐在地上。

侍衛和女官們迅速救助安撫傷者，亦有女官上來扶太子妃去偏殿安歇。

太子妃見殿內眾人雖然狼狽，但水浪退去後並無人失蹤，才鬆了一口氣，輕輕握了握阿南的手。

她雖然全身溼透，但身上雍容氣度不減，聲音依舊沉靜：「這回真是多虧姑娘了，妳先歇一會兒吧。」

阿南應聲退下，涉水跑到綺霞身邊，見方碧眠右衣袖上全是血跡，忙問：「怎麼了？」

綺霞語帶哭腔地擦起方碧眠的衣袖給阿南看：「剛剛那個水沖來時，旁邊吹笙的姊妹摔向我這邊，笙管差點插到我眼睛裡，幸好碧眠抬手幫我擋住了，可、可她的手……」

方碧眠肌膚雪白，纖細右臂上被戳出了一個血洞，正在汩汩流血，看來格外令人心驚。

阿南見綺霞用帕子胡亂綁紮傷口，便抬手接過帕子，先將方碧眠的上臂紮住，彈出臂環中的銀針取酒沖了沖，將傷口旁的竹木屑剔除乾淨，才用帕子將她的傷處包紮好。

方碧眠疼得面色煞白，曲著右手被綺霞扶起，聲音虛軟：「綺霞，我……我站不起來……」

「方姑娘太虛弱了，妳扶她去休息一下吧。」阿南見她的傷處動一下就裂開冒血，帕子上全是血跡，便幫綺霞將她扶到殿後無人處靜躺，囑咐她盡量不要動彈。

阿南起身回殿，繞過水池。

日光依舊明燦，山林之間水風呼嘯。瀑布向下傾瀉，彷彿一匹安靜的白練懸掛於兩山之間。

若不是殿內現在凌亂一片，傷患呻吟不止，剛剛那巨大的水龍激流彷彿只是一場幻覺。

一轉頭，她看到朱聿恆沿著白玉拱橋向她大步走來。對面高臺瀑布耀出絢麗霓虹，七彩光華籠罩在琉璃臺閣之上，也籠罩在他頎長嚴整的身影之上。水風輕揚他身上的天青色錦衣，水光山色，動人心魄。

阿南的目光不由自主地定在他的身上，被攫取了所有注意力。直到他走到自己面前，將手中一塊雪白帕子遞到她面前，她才回過神來，接過來擦著自己溼漉漉的頭髮，心裡升起一股懊惱——明明差不多的天青色，怎麼他穿得俊逸出塵，自己卻搞得灰頭土臉狼狽不堪？

「我剛去看了，太子妃一切無虞。她說此次多虧有妳，不然局面怕是不好收拾。」朱聿恆說著，又仔細打量她上下，確定沒看到傷痕才問：「妳沒事吧？」

「放心吧，我怎麼會有事呢？」阿南一邊擦頭髮，一邊朝他揚揚脣角：「那邊情況怎麼樣？」

「右峰下臨絕壁，與這邊相接的唯有這座拱橋，事發之時侍衛已經把守好了這唯一的出入口，可確定安全無虞。」

阿南打量右峰那邊的懸崖峭壁，確實無人能潛入，便又問：「這行宮設計如此精巧，藉瀑布長流之水而消暑，簡直奇思妙想，是哪位能工巧匠設計的？」

「這我倒不知。六十年前太祖攻下金陵後，因龍鳳皇帝身有熱病，便在來之前遣人先建了行宮，準備來江南避暑。工圖冊與建造全都是他那邊的人著手的。」朱聿恆說道。

當時天下紛爭，群雄並起，本朝太祖也是勢力之一，共尊韓凌兒為帝，抗擊異族。但行宮建好後，韓凌兒在南下之時溺亡於淮河，因此其實並未來過這座行宮。

阿南恍然大悟，指著對面高臺問：「所以那兩個水晶大缸，是用來供奉蓮花的？」畢竟，當年龍鳳皇帝依託青蓮宗而起事，自然要設下這排場。

見朱聿恆點頭，阿南又脫口而出：「你說，這裡會不會是關先生設計的？」

朱聿恆眉梢微揚：「確有這個可能，我讓人查查看當時修建的工圖。」

若確實是關先生所為，又萬一能從中找到些山河社稷圖的線索，那自是再好不過了。

朱聿恆抬頭看看日頭，向殿內走去：「我先去看看太子妃殿下是否已整肅完畢。這裡既有意外，還是及早離開為好。」

阿南想起綺霞和方碧眠，也快步向殿後走去，看是否能過去幫一把。結果剛繞過兩棵樹，差點和對面的綺霞撞個滿懷。

阿南一把扶住綺霞，見她正捂著眼睛，便問：「怎麼了？」

「沒什麼。我剛在殿內找妳半天，可能裡面太暗了，一出來一道白光猛刺過來，我眼睛都要瞎了。」綺霞抬手將湧出的眼淚擦掉，抓著她的手說道：「阿南，碧眠撐不住暈倒了，現在殿後躺著呢。她的傷口一動就冒血，教坊司也不敢帶她下山。要不……妳向太子妃求個情，讓她至少能進殿內躺一躺？雖然我們教坊的女子低賤，可殿後全是瀑布水風，她又受那麼重的傷，怎麼頂得住呀！」

阿南點頭道：「行，我去找太子妃求求情，她仁慈寬厚，應該——」

話音未落，忽聽得對面瀑布的嘈雜聲中，似乎夾雜了一聲驚呼。

阿南和綺霞下意識轉頭，一起看向對面。

只見一條女子身影從後方樓閣中衝出，順著橋直奔高臺，向著流瀉的瀑布衝去。

正午日光猛烈，周圍又全是水色暈光，阿南看不清對方低埋的臉。但那豔麗的綠底紅花服飾讓她一眼就認出來了，這個快步奔向瀑布的女子，正是剛才陪伴在太子身邊的美人。

只是她如今步伐驚亂，已全然失去了之前如牡丹般華貴雍容的姿態，只顧著向瀑布奔去。

但在奔到高臺上時，她忽然頓住了腳步，那衝向臺外瀑布的步伐硬生生停下了，口中的驚呼也陡然停住，像是卡在了喉嚨之中，瞬間停頓。

阿南知道那邊肯定出了什麼事，但八角高臺雖然四面無牆，那美人所處的角度卻十分不湊巧，剛好就在一根柱子之後，整個人被徹底擋住。

阿南忙奔到欄杆旁，與綺霞一起探頭去看柱子後發生了什麼。柱子的旁邊，就是那個高大的水晶缸。透過明淨的水晶缸壁，阿南一眼便看見了，柱子後方隱藏著一個灰綠人影。

那人背對著她們，手持利刃，一刀扎進了美人的胸口。

但在這一瞬間，美人也終於發出了最後絕望而淒厲的尖叫聲：「救……救命！」

右側山峰搜檢無異後，太子身邊的侍衛們大都調到左殿來了，只有把守在拱橋上的侍衛們離得最近，聽到夾雜在瀑布水聲中的尖叫，立即向著左右張望，尋找聲音來源。

阿南指著那根琉璃柱大呼：「在高臺上，有刺客！」

那幾名侍衛立即轉身，向著被瀑布籠罩的高臺疾奔。

未等他們跑出幾步，只聽到一聲淒厲慘叫，那條衫裙鮮豔的身影已從柱子後被推了下去，隨著長流不息的瀑布水流墜入了下方池子之中，清澈的池水迅速被狂湧的鮮血染成一片猩紅。

綺霞早已不敢看了，瑟瑟發抖地捂著臉，別開頭尖叫。

殿內正在收拾殘局的人被驚動，放下手頭東西一湧而出，就連朱聿恆也循聲出來了。

幾個侍衛已經追到了高臺之上，阿南對著那邊大叫：「刺客還在亭子內！」

可侍衛們卻在八角的琉璃頂下面面相覷四下張望，一看便知他們在臺上並未尋到任何外人蹤跡。

在一片詭異中，領頭侍衛發現了亭內血跡，他伸手在水晶缸壁上抹了一把，轉頭說了聲什麼，幾個人立即長刀出鞘，在高臺上搜尋起來。

阿南和綺霞面面相覷，她們明明看到凶手就在柱子後面，怎麼這幾步路的時間，就消失不見了？

朱聿恆已趕到池邊，阿南指著水中急道：「有人落水了，快救人！」

朱聿恆吩咐下去，一個侍衛立即脫了鞋帽佩刀，躍下水向著鮮血彌散的地方游去。

朱聿恆排開人群向著阿南大步走去，問：「怎麼回事？」

阿南一指對面亭子，道：「剛剛那裡有刺客躲藏著，把人殺了又推下水去了！」

朱聿恆雙眉一揚，立即轉向對面，正要下令搜查，只聽得頭頂轟鳴聲響，夾雜著旁邊人的尖叫聲，在他們耳畔瞬間爆發。

在巨大而尖銳的悠長響聲中，頭頂瀑布再度湧出巨大水流，萬千白浪如雪崩般直擊向下方水潭。

淺潭怎麼可能容得下這驟增的水勢，大股波濤凶猛地傾瀉奔騰，勢不可擋地向著岸上人猛撲而來。

朱聿恆立即拉住阿南，與她一起抱緊欄杆，勉強在浪頭之下維持住平衡。

激浪之中，岸上其他人被水浪沖得摔了一地，狂浪沖入殿門，在裡面迴盪席捲，裡面又是哀聲一片。

等浪頭過去，眾人都是驚慌失措，唯有朱聿恆神情冷峻，吩咐侍衛們立即去對面保護太子，以免出事。

阿南抬起頭，看見瀑布之下的高臺已空無一物，侍衛們連同瓷桌椅、水晶缸都被激浪掃落，如今只剩了空蕩蕩的八角臺。

身旁的綺霞尖叫一聲，伸出顫抖的手揪住阿南衣袖，指著下方叫：「她……她掉下去了！」

瀑布匯於水池，這些水又自拱橋之下流瀉於山間，形成第二折瀑布。那個被殺的美人正被激浪從水池中被沖出，身形冒出水面一瞬間，便立即向下方墜落，跌下百丈瀑布，怕是屍骨難尋。

阿南略一思忖，立即奔到池子後方，去查看那具龍骨水車。

日光大亮，五彩虹光再度高掛於山間。

細微的「吱呀」聲中，巨大的龍骨水車依舊不緊不慢地將潭水往上方輸送。

眾人卻只覺得身體發冷，面前仙境般的美景也顯得詭異陰森起來。

去。

朱聿恆吩咐侍衛們立即準備返程，又朝著阿南一點頭，立即向著對面右峰奔

阿南會意，趕緊前去迎接從殿內出來的太子妃。

太子妃處變不驚，鎮定自若地被女官和侍衛簇擁而出，如坐在自己熟悉的高堂華殿之中，從容不迫。

看見阿南過來，她開口問：「司南姑娘，本宮剛才看到，妳與那個樂伎最早發現刺客蹤跡？」

阿南招手讓綺霞過來，回稟太子妃：「是，我二人當時正在瀑布邊閒聊，忽聽見對面傳來驚叫聲，抬頭一看，是那位……」

她不知死者身分，難免停頓了一下。

太子妃顯然也看到了水中那翠衣紅花的衣角，提示道：「袁才人。」

阿南才知道那是東宮之中僅次於太子妃的媵妾，便繼續道：「我們看見袁才人一邊驚呼著，一邊向瀑布奔去，只是瀑布水聲太大，將她聲音遮蓋過去，因此除了我們之外，並無他人聽見……」

她將當時情形一五一十述說了一遍，說到自己看見一個綠衣人在水晶魚缸後殺人之時，太子妃終於開了口，問：「什麼樣的綠衣人？」

阿南仔細回想，道：「因為屋簷上全是瀑布往下流淌，就像隔了一層暴雨，再加上那人又躲在水晶缸之後，更加了一層障礙，因此看得並不分明。袁才人是

一邊低呼一邊跑進亭子的，在柱子後聲音忽然停止，我估計她應該是在當時被藏在柱子後的凶手刺中了胸口。而我與綺霞跑到欄杆邊時，只看到凶手將刀子從她胸口拔出來的一刻。那人身上穿著灰綠衣服，比袁才人高半個頭左右，右手舉著一柄利刃，刀子一拔出，袁才人的鮮血便噴湧到了他身上和水缸上，讓場景更加模糊。」

綺霞在旁邊拚命點頭，表示自己也看到了一模一樣的場景：「我……我也看到魚缸後那個刺客了，只是我眼睛痛，看得沒有阿南這麼仔細。」

太子妃神情凝重，問：「那刺客如此凶殘，袁才人豈有生還之理？」

阿南點了一下頭：「怕是凶多吉少。」

「真是咄咄怪事。」太子妃沉吟道：「妳們兩人都看到了刺客行凶，可侍衛們趕到的時候，卻沒有發現任何人……這刺客是逃到何處去了呢？」

阿南肯定道：「雖不知他如何逃脫，但據我推算，此人必定還藏身在附近，請殿下務必小心。」

「姑娘言之有理。」太子妃行事爽利，當即命女官整肅好回宮儀仗，又令嚴密封鎖消息，私下找尋袁才人，不得將此事洩漏半分。

這邊正在準備，那邊朱聿恆已經護送太子走過拱橋。

太子氣喘吁吁地搭著身邊太監的手走過拱橋，肥胖的面容上滿帶驚怒。

顯然朱聿恆已將袁才人的消息稟報給他。在走到橋頭之時，太子手撫欄杆向著下方望去，見瀑布流瀉懸空，下方足有百十丈高，頓時滿目絕望。

朱聿恆護送太子與太子妃下山，綺霞趕緊拉著阿南去殿後照看方碧眠。

到了後方一看，情況比阿南所想的還要淒涼——瀑布狂湧波及至此，四周廊下全是水。方碧眠全身溼透地躺在陰溼的青石板上，意識昏沉。

綺霞慌忙上前抱扶起方碧眠：「碧眠，妳怎麼了？快醒醒……」

方碧眠昏迷不醒，毫無反應。綺霞探探她額頭，懊惱不已：「糟了！傷口見水發燒了！」

「別慌，我看看。」阿南將方碧眠臂上溼透的帕子解下來一看，果然見了水的傷口早已泛白翻捲。

綺霞眼淚頓時就掉下來了：「這……她手會不會殘了啊？都是為了我……」

「別急，傷口雖深，但好歹不大，好好養護會痊癒的。」阿南撫慰她，抬頭看見旁邊幾個侍衛有點面熟，認出是之前隨侍過阿言的，便厚著臉皮向他們討了些金瘡藥和乾淨白布，將方碧眠的傷處拭乾，妥善包紮好。

山路多臺階，方碧眠昏沉發熱，阿南正在煩惱怎麼把她弄下山去，見朱聿恆已帶著緊急調集的人手再度上山，當下請他調了個縛輦，又找了兩個士兵，幫綺霞將方碧眠抬回教坊司去。

「阿南，妳先別走。」朱聿恆叫住了她。

阿南「咦」了一聲，回頭聽他說道：「袁才人之死妳親眼目睹，當時情形需要妳詳加複述。」

阿南一想也有道理，便揮別綺霞，抬頭一看，最先趕到的是諸葛嘉和戴耘。秦淮河上游正是神機營大營所在，因此他們帶領增調的士兵最快趕到，迅速封鎖現場搜查。

諸葛嘉與阿南向來不對付，一看見她臉上就露出「怎麼又是妳」的表情。阿南還他一個「你以為姑奶奶想這樣？」的白眼。

負責行宮守備的錦衣衛百戶唐翀將工圖與名冊送來，幾人在殿中一一對照，篩選出有作案可能的人。

第一張是所有女眷及其家人的名單。但事發之時，她們都已被護送下山，不可能有機會作案。

第二張是今日樂工的名單。

唐翀稟報道：「當時一眾樂工都與女眷一起下山，留在行宮的只有兩人，一個叫綺霞，一個叫方碧眠。」

「她們的嫌疑可以排除。事發之時，綺霞就在我身旁，我們是一起目睹袁才人被刺客殺害的。」阿南在旁邊說道：「而方碧眠右手重傷，就算她可以瞞過所有人眼目潛入右峰，但我看到的刺客下手狠準、拔刀俐落，那手絕不可能是受了重傷的。另外，刺客身穿灰綠衣服，方碧眠則穿著教坊統一的淡藍衣衫，哪有換衣服的機會？」

眾人皆以為然，畢竟教坊所有人進行宮內，按例都要搜身，若攜帶了任何無關物事，都會被記錄在案。

唐翀是事發時最早趕去現場的六人之一，他帶領諸葛嘉與戴耘走到高臺上，將當時情形又詳細講述了一番：「當時我一聽到示警，知道這邊出事，便立即率人從拱橋過來，轉過山坳，上了連通高臺的曲橋，直衝上高臺。從聽到呼救聲到我們追上曲橋，不到十次呼吸，但就是這麼短暫的時間，臺上瞬間空空如也，刺客失去了任何蹤跡。」

阿南也指著對面道：「而我們在對面，看著刺客在柱子後刺殺了袁才人，又將她從臺上推落。那之後，刺客再也沒有出現在高臺上。」

「就那麼平空消失，簡直見鬼了！」唐翀脫口而出，幾乎忘了面前還有皇太孫在。

諸葛嘉和戴耘面面相覷，不敢置信：「難道……刺客就在周圍所有人的注視和後方迫近的侍衛們之間，無聲無息、平空消失了？」

阿南點了一下頭，朱聿恆則沉聲道：「確實如此。」

連皇太孫都這樣說，兩人不敢相信，但又不得不信。

「按照常理來說，此事絕無可能，不過……」見所有的路都堵上了，諸葛嘉面帶著遲疑表情，開口：「屬下倒是想到了一個……匪夷所思的手法。」

朱聿恆示意他盡可開口。

「阿南姑娘，妳剛剛說，當時在對面目擊刺殺事件的，只有妳和那個綺霞？」

「對，一開始我們不知道發生了什麼，直到發現袁才人被刺殺，才叫喊示警，引得殿內的人出來查看。」

「那妳有沒有想過一個可能性，對面水霧迷濛，妳又隔著兩層水晶缸壁，看到的情形都是扭曲——或許，妳們的眼睛可能會欺騙妳？」

「你這是指，我當時看錯了？」阿南冷笑一聲：「諸葛提督，刺客灰綠衣服、比袁才人高半個頭、右手殺人行動俐落，有細節有動作，我記得清清楚楚。其次，袁才人被推落，水中冒出大團血花，證明她確實被刺傷了。」

朱聿恆亦肯定道：「袁才人落水後的情形，確是重傷的模樣。」

戴耘一直在旁沉吟不語，此時忽然「咦」了一聲，自言自語：「難道……」

朱聿恆看了他一眼，他自覺失言，只能吶吶道：「屬下聽了諸葛提督的話，也想到一個可能，只是亦是匪夷所思。」

朱聿恆示意他說來聽聽，他才遲疑道：「屬下喜看坊間戲法，記得一個遁形之法名叫移花接木。」

阿南對這些神祕之事大感興趣，立即豎起耳朵。

「其實說穿了也不難，就是藝人將一件特製的衣服縫在自己背後，以棉花碎布填充好，看起來便像是背著另一個人般。但妙就妙在藝人將自己身軀接了一個假人頭，而自己真正的頭做得彷彿在背後那個假人身上，半真半假的在模糊光線下午一看，確實難辨真偽。」

阿南沉吟問：「你的意思是，當時亭內其實只有袁才人，只是她做了個局，故意讓我們以為有刺客，所以她跳下水潭後，我們才找不到那個她假造出來的凶手？」

諸葛嘉贊同道：「所以，當時亭中確實只有一個人在，這樣便既能解釋袁才人為何突然跑到瀑布旁邊，又能解釋刺客失蹤之謎了。」

阿南回想著當時的情形，忽然想起袁才人那件衣服是華麗大袖，或許真的能塞得下假人。她剛來了點興致，想打聽那個戲法去哪兒看，卻聽朱聿恆道：「一切都只是猜測，得等刑部與大理寺的人到來再詳加推斷。我們現今該做的，就是將行宮嚴密梳篦，不能放過任何蛛絲馬跡。」

聽他的口氣，諸葛嘉和戴耘便都知道他對他們的提議不以為然，識趣地不再開口。

事情交代清楚了，阿南便要甩手走人，但看見唐犻手中的工圖，心裡又癢癢的，問朱聿恆：「那圖能借我看看嗎？這樓閣瀑布如此精妙，我想借來研究下。」

如此簡單的要求，她料想阿言應當不至於拒絕，誰知他卻道：「怕是不行，這是皇家行宮，外人不得妄窺布局。」

「小氣鬼……」阿南嘟囔著，轉身揮揮手就走：「那我走了，有事就去應天驛館找我。」

在行宮內弄得全身溼透，阿南回驛站後便立即打水洗澡。天青色冰綃衣在泥水裡滾得皺巴巴的，雖然她不是去參選太孫妃的，但一想到自己這副醜模樣，不知怎麼的就有點鬱悶。

解頭髮時她才發覺，綺霞那支金釵還在自己頭上。只是黃金柔軟，折騰這一番，不知何時已經彎扁得不成樣子了。

她取下來將釵子掰正。雖只是半兩不到的素股金釵，但綺霞這樣的姑娘能攢錢買一支真金的釵子，實屬不易。

阿南晾乾頭髮，便去秦淮河畔教坊司找綺霞，想及早將釵子還回去。

秦淮河是脂香粉膩之處，此時初初入夜，燈影映在河中，上下交輝，伴著姑娘們的歌聲笑聲，更顯香豔。

綺霞正在方碧眠的屋內餵她喝粥。方碧眠雖已醒來，但她燒得迷迷糊糊、毫無胃口，根本吃不下東西。

方碧眠無奈只能將粥碗捧回，口中抱怨著那個吹笙的虹衣：「真是混帳東西，把姊妹害成這樣，跑得比誰都快！被我抓住非撕爛她的臉！」

「綺霞姑娘如此凶悍，那不是相好的都要跑光了？」阿南站在簷下笑道。

綺霞放下粥碗，作勢要打她。阿南忙把金釵還給她，說道：「別惱別惱，我請妳吃飯，妳要吃什麼？」

「鹽水鴨！」綺霞毫不客氣，立馬就去換鞋子：「要箭子巷那家的，我三天不吃他家的鴨子就渾身難受！」

阿南和綺霞在店內叫了一隻鴨子，見綺霞的眼睛一直滴溜溜在那個年輕愛笑的小二身上打轉，便揶揄道。

「我看妳是三天看不見他家小二渾身難受吧？」

綺霞笑著捶她一下，說道：「他笑起來確實好看嘛。不過像我這種身分，跟正經人哪有緣分啊？也就指望能遇到幾個出手大方的恩客，搞點錢養老了。」

正說著，鹽水鴨上來了。綺霞撕下一條腿吃著，情緒有點低落：「阿南，卓世子家怎麼一夜間塌臺了啊？失去這麼一個大主顧，我這幾天又不停被叫去問話無法赴局，司裡的脂粉錢我都要交不起了。苗永望那個王八蛋，死就死了，還給我惹一堆麻煩，刑部這兩天傳喚了我五次！五次啊，我根本沒法開張！」

「別擔心，到時候實在不行，我給妳支點。」阿南知道教坊司的姑娘每月固定要上交錢額的，便給她倒酒勸慰：「忍忍吧，查清就沒事了……話說回來，為什麼事發當時妳一直待在下面，不回去繼續陪那個苗大人？」

綺霞微酡的面頰不自覺便浮上了一層陰霾，她的手下意識摸向了頭上那根素股金釵，又彷彿燙手般縮了回來。

阿南打量她的神情，等待回答。

綺霞放下手，悻悻道：「這事……哎呀我不想說。萬一官府的人知道我噁心苗永望，那我的麻煩豈不是更大？」

阿南問：「妳與他不是老熟人嗎？」

「是啊，五、六年了。」綺霞咬住下唇，臉色難看。最終，她還是轉換了話題，問：「妳那邊呢？麻煩大嗎？」

「我倒還好，大概是阿言幫我說了話吧。」

「那個阿言什麼身分啊，真是神通廣大。」綺霞八卦兮兮地貼近她問：「我看對妳挺關照的。」

「他？」阿南不覺笑了，轉著手中酒杯道：「別亂想，我們沒可能的。他快成親了，而我也已有心上人了。」

綺霞笑嘻嘻望著她：「什麼人啊，還能比那個阿言更俊？」

「這個不好比。但在我心裡，我家公子就是最好的。」阿南托腮望著窗外，眼中倒映著那些迷幻燈影，表情也蒙上了一層虛妄的溫柔甜蜜，就像沉在一場夢境中般迷離。

「是公子將我從絕境中救了出來，也是他送我去學了一身的本事，才造就了現在的我……要是沒有公子啊，這世上也就沒有阿南了。而且他不僅待我恩重如山，十幾年來還對我關懷備至，愛護有加，妳說在這天底下、在我心裡，誰能比得上他？」

綺霞抿著酒打量她，若有所思。

阿南挑挑眉：「怎麼了？」

「沒什麼，我只是忽然想到了一個姊妹……就是荷裳，妳還記得嗎？」

「記得啊，我還記得她相好是打鈸的，一副鬼靈精模樣，特別愛說笑，荷裳老是被逗得咯咯直笑……哎妳說荷裳整天這麼笑，以後是不是皺紋也會多一些？」

「不會。」綺霞夾一筷子菜吃著，說：「荷裳有次赴局時，不小心摔了個挺貴重的玉瓶，實在還不起，怎麼辦呢？她只能去那家做了婢妾，以身還債，和打鈸的饒二再也沒有緣分了。」

「以身還債……」阿南捏著茶杯愣了片刻，然後忍不住輕掐了她一把：「想什麼呢？我和我家公子兩情相悅、兩心相許，跟欠不欠債的沒有半點關係！」

「沒有沒有，我只是一瞬間腦中就閃過了荷裳，不知怎麼搞的……」綺霞見她要生氣，趕緊賠不是：「再說了，妳怎麼可能會是欠債呢？妳是知恩圖報、以身相許！」

「才不是！」阿南堅決道：「我和公子他……」

她一時遲疑，尚未找到具體的話語形容自己與公子的感情，旁邊忽傳來腳步聲。兩個公人走了進來，掃了屋內一眼：「誰是教坊司樂伎綺霞？」

「我是。」綺霞一看又是官府差役，無奈地站起身：「兩位官爺，這黑天下雨的不會又要叫我去問話吧？早上不是問過了麼……」

話音未落，官差一條鎖鍊就掛在了她的脖頸上：「妳的事兒犯了，衙門批了文書，即刻收押！」

綺霞嚇得渾身一顫，手中筷子頓時掉落在地。

阿南忙按住鎖鍊，打探問：「兩位差爺，綺霞犯的什麼事？」

官差不耐煩道：「登州知府的命案！」

「苗知府的命案，之前官府早已徹查過，確定綺霞與此事無關了！」

鐵鍊勒得脖子生疼，綺霞不得不抬手抓著點，勉強透氣：「是啊，我當時真的不在，你們問過好幾次了……」

「我們奉命行事，妳有什麼話，堂上審訊時再招供！」官差說著，扯起綺霞就走：「走！」

眼見官差如狼似虎，綺霞只能拔下頭上金釵，匆匆塞到阿南手中：「阿南，妳先幫我保管著，要是我……妳把它賣了，好歹替我料理一下身後事。」

「別胡說，妳沒事的！」阿南收好鑰匙和金釵，眼看著綺霞在雨中被官差拉走。

她站在店門口思忖許久，是否該去找阿言詢問此事。

可這都入夜了，她要去何處找他呢？總不可能闖入東宮去找人吧？

正思索著，卻聽雨中傳來達達的馬蹄聲，兩匹高大墨驪拉著一輛金漆玉飾的馬車在她面前停下。

車簾被打起些許，街邊被風雨暈染的燈光照出朱聿恆的面容，讓他一貫沉鬱的面容，顯出難得的溫柔。

「怎麼不帶傘？」他隔窗問簷下的她。

「因為你會來接我的。」正愁去哪兒找他的阿南如釋重負，一個箭步躍上了馬車。

車內十分寬敞，她在他對面坐下，撣著身上的雨珠，問：「怎麼回事，為什麼綺霞又被抓走了？」

「是麼？」朱聿恆顯然不知此事，道：「我找人替妳詢問一下。」

阿南挑挑眉：「咦，那你來找我是？」

「這是妳之前想看的工圖。」朱聿恆從身旁取出一本冊子給她：「行宮重地，按律不得私自窺探工圖，但……妳若在我身邊稍微看一下，不算違規。」

「真的？我就知道阿言最好了！」阿南歡喜地接過來，不管馬車在雨夜顛簸，立即翻看裡面的內容。

扉頁之上，赫然便是「上遼行省平章關奪」的落款。

關先生曾席捲上都及遼陽，自然被任命為上遼平章。

「那座行宮，果然是關先生設計修建的！」阿南有點激動。

朱聿恆道：「確實是他親筆所繪圖冊，妳看裡面的字跡。」

藉著車內晃動的琉璃燈盞，阿南迫不及待翻看裡面的內容，發現字跡果然與薊承明那張地圖上的一樣，一手行草筆走龍蛇，彷彿可以看到他寫字時那飛快的速度。

阿南正看著，翻到某一頁時忽然「咦」了一聲，將冊子豎起，轉給朱聿恆看。

那是一簇灰黃的印記，三枚新月形狀，合成一朵花的模樣。雖已年深日久，但依舊可以看出那筆觸不是用筆寫成的，應當是用指尖抹成。

朱聿恆點了點頭，說道：「與薊承明那張地圖上的漩渦一樣，是六十年前以手指點胭脂繪下的。」

「而且，這印記的形狀，與苗永望死時身邊留下的印記一模一樣啊！只不過那印記是用青色眉黛畫下的。」阿南舉著書上的記號看著，大感興趣：「六十年前的關先生，和六十年後登州知府詭異死亡的現場，居然留下了相同的痕跡！」

朱聿恆緩緩道：「對，這其中，必有關聯。」

阿南看著那印記，再一想又皺起眉頭：「不過也不一定。畢竟，有些姑娘比較邋遢，畫完了眉或者塗完胭脂後懶得洗手，隨手就在牆壁上、書頁上抹掉痕跡，也不是不可能……畢竟這三捺的痕跡，或許可以湊巧弄得出來。」

琉璃燈光華柔和朦朧，照出朱聿恆凝望她的雙眼，裡面含著幽微鋒芒：

「不，絕不是湊巧。」

阿南合上了書，認真地望著他：「有新的佐證出現？」

朱聿恆「嗯」了一聲，卻沒有回答，只打起車簾。

雨絲籠罩著外面的世界，他們出了高大的城門，向著東南而去。

「去行宮？好啊，我倒要看看關……」阿南看著車外，敏銳地認出了方向。但話音未落，她又忽然閉了口，朝他眨了眨眼，把臉板了起來：「不行，你叫我去我就去嗎？官府又沒給我發俸祿，為什麼我要替朝廷出力累死累活的呀？」

朱聿恆哪會不懂她的意思，淡淡道：「綺霞的案子，我會讓他們好好審查的。若有需要，到時我親自過問。」

「就知道阿言你最好了！」阿南心花怒放，趕緊翻開冊子：「來，我們再推敲一下，左右雙峰之間究竟有沒有可以潛渡的方法。」

他們湊在燈下仔細研究那本工圖。暗夜山道，又有大雨，馬車的顛簸搖晃中他們忽然碰了頭。

阿南捂著額頭吸著冷氣抬頭看朱聿恆，見他那一貫清冷的目光因這突如其來的碰觸竟有些茫然，忍不住笑了出來：「碰多了就傻了，以後不能湊這麼近了。」

朱聿恆抿脣默然，馬車徐徐停下，已經抵達行宮。

山路之上撐傘難行，兩人披上油絹衣，在防水行燈的光照下，順著遊廊向上而行。

大雨嘈雜地敲打著山峰水潭，石階溼滑，阿南卻毫無所懼，幾步跨到了瀑布邊，與朱聿恆並肩走過拱橋，來到右峰。

殿閣內依次點起宮燈，照亮這飄渺宮室。

絕壁上挑出來的一點地盤，建築自然短窄，沒有前後殿，只在左右用碧紗櫥隔出臥榻，充作休寢之所。

朱聿恆帶阿南踏進北邊的碧紗櫥。裡面打掃得乾乾淨淨，設著床榻與小几，香爐內煙霧已滅，尚存依稀香氣。旁邊小門敞開著，出去就是曲橋，通往高臺。

此處涼意最盛，太子肥胖怕熱，自然安歇在此處。

朱聿恆對阿南道：「瀑布第一次出現異狀時，我立即帶人到這邊查看，袁才人還在這裡陪侍。不過太子殿下睡眠極淺，安歇後不喜人在周邊走動，因此宮女們便都退出候在了簷下，是以無人知曉袁才人為何要獨自從後方小門出殿，奔向後方瀑布。」

「不對，這於理不合。」阿南一聽便搖頭，指著後方瀑布道：「瀑布聲音嘈雜，太子殿下既然睡眠淺，歇在這敞開的軒榭中如何安睡？何況袁才人當時邊跑邊喊，太子殿下怎麼可能一無所知？」

「甚至，在袁才人出事後，太子殿下才剛被喚醒。」朱聿恆說著，走到香爐前，掀開蓋子撚起一撮灰燼，遞到她的面前。

阿南就著他的指尖聞了聞，雙眉微揚：「羊躑躅，蒙汗藥中最常用的東西。」

朱聿恆彈去指尖灰跡，聲音微冷：「是。」

「這東西，顯然是為睡眠警覺的太子殿下準備的。如果不是袁才人突然跑出去，刺客下手的目標就是……」

她沒有說出口，但兩人都心知肚明，這是針對太子殿下而設的局。

朱聿恆的嗓音低沉了下來：「確實，刺客冒這麼大的風險刺殺東宮一個妃嬪，可能性並不大。我認為他潛入後不小心被袁才人撞上，才殺人滅口。」

畢竟，這裡距離睡在殿中的太子殿下，已經只有幾步距離。

飛鴿傳書的內容又一次浮現在朱聿恆腦中。

切勿近水。

聖上定是知道了什麼，因此給他發了這訊息示警。從這複雜的布局看來，背後怕是早已預謀良久。

若不是袁才人的異常驚動了眾人，太子殿下或許已遭不測。

而刺客一擊不成，必有下一次，若不能及早揪出刺客，到時敵暗己明，怕是難以防範反擊。

見他臉色難看，阿南安慰道：「怕什麼，再狡猾的狐狸也躲不過老獵手的眼睛，如今對方已露形跡，只要我們盡快揪住狐狸尾巴，相信太子殿下應該無虞。」

朱聿恆默然地點了點頭，抬手一指面前的高臺，說：「走吧，我帶妳去看看凶手當時留下的記號。」

那記號做在琉璃柱上，背向瀑布，因此暴漲的瀑布水並未將它徹底沖刷掉，只顯得淺淡。但他們依舊可以看出，那三枚新月痕跡簇成一朵半開的花，似蓮如蘭，姿態綽約。

朱聿恆指著那個印記道：「這三個月牙的弧度和下方微收的手法，與當日酒樓裡那個標記，幾乎一模一樣，不作第二人想。」

「所以，這個刺客與當日酒樓中的凶手，必有關聯——而且極有可能是同一個人。」阿南斷言，又微皺眉頭問他：「這麼說，綺霞是因此而被帶走的？」

朱聿恆搖頭道：「應該不是。此事我尚未告知任何人，妳是第一個知道的。」

這麼說，她力壓所有衙門，成為他第一個趕來商量的人了。

阿南朝他一笑：「那我可得好好幫你一把，咱們爭取能從這裡挖點山河社稷圖的線索來。」

「這案子未必與山河社稷圖有關，但與關先生必有關係——甚至還可因此確定，目前發生的這兩樁命案，與青蓮宗有關係。」朱聿恆指著工圖冊上的胭脂痕跡，道：「畢竟，這是同為青蓮宗的關先生當年留下的印記。」

「這印記……」阿南比照著工圖上的方位，抬頭看向頭頂。臺頂由石梁構建而成，八根巨大的漢白玉梁延伸向中間，攢出端整金頂，懸掛著一盞三十六支巨大琉璃燈。

阿南手中流光射出，勾住石梁後一個翻身，躍上了臺頂正中。

燈臺中尚有油跡，她掏出手中火折，點燃了中間的燈芯。

燈芯的火迅速向外擴張延伸，三十六支燈盞中火苗齊齊亮起，覆照在高臺之上。

周圍水氣氤氳，琉璃燈罩上蒙著散碎水珠。朦朧燈光映著水光，周圍波光粼粼，如同仙境絕景。

朱聿恆仰頭望著上方的阿南，她籠罩在這虛幻又迷離的光彩中，朝他微微而笑，抬手指向地上：「阿言，你看。」

朱聿恆順著她的手看向高臺的地面，只見三十六盞燈光匯聚成明燦的一片光團，覆照在他們腳下。

在光團的正中，是燈影形成的巨大淡青色蓮花影，與工圖上那朵用胭脂塗成的標記一模一樣。因為阿南的手剛剛在點燈時碰觸了燈罩，此時那朵巨大的青蓮正也隨著燈影晃動，在朱聿恆的腳下恍惚移動。

原來，關先生並不用實物來描繪青蓮，而是通過精確布置琉璃罩上的燈光，用光影營造出了一朵青蓮。

周圍瀑布濺起水珠，如無數光點在他們周身亂跳。她在光中，他在影中，兩人站在蓮花影中上下遙望，恍然如夢。

她看見幽微的光照進他的雙眸之中，他凝視著她，眼底有種比燈光更為熠熠的光彩落定在她的身上，一瞬不瞬。

穿過世間萬物，這一剎那，他的眼中似乎只有她的存在。

阿南心口突地一跳，有些彆扭地扭開頭，把目光轉回燈上。

隨即，她發現了一些怪異的端倪，抬手撫燈思索片刻後，低頭對朱聿恆道：

「阿言，你把工圖冊上那朵胭脂蓮花刮掉看看。」

圖冊上由陳年胭脂繪成的青蓮，正蓋在燈盞類目中，上方是琉璃盞的樣式，中間是胭脂青蓮，下方標註著三十六字樣。

六十年前的胭脂早已灰黃乾脆，很方便就刮掉了。他們立即看到印記下方顯露出了墨跡，原來這胭脂是用來覆蓋之前的字跡的。

「七十二。」朱聿恆抬頭，告訴阿南下面被覆蓋的三個字。

阿南露出「果然如此」的笑容，指指燈盞：「我就說這燈盞還留有一半的燈頭，原本可以更加華美盛大，燈影的蓮花也可以更清晰明亮的。所以，他們在做好燈托之後又臨時更改了燈盞數目，是為什麼呢？」

朱聿恆略一沉吟，對她招手：「跟我來。」

阿南翻身自漢白玉梁躍下，跟著他回到山壁殿閣中，走到南邊碧紗櫥。

書櫥上放著一疊陳年檔案，朱聿恆將它們搬到書案上，說道：「這是從南京六部調集來的、所有與龍鳳皇帝及關先生有關的檔案。或許我們可以看看，是否有蛛絲馬跡。」

已近亥末，但查根問柢的欲望讓他們毫無睡意，把檔案一分兩半，兩人坐下便翻了起來。

窗外疾風驟雨，殿內只有他們相對而坐。宮燈以暖黃色的光芒包裹住他們，在雨聲和水風中闢出一層只屬於兩人的靜謐空間。

他們在燈下迅速翻閱，查找臨時修改燈盞數量的原因。朱聿恆看完一本毫無所獲，將它擱到一邊，不自覺抬頭看向對面的阿南。

阿南睫毛長且濃密，燈光斜照，在她的面容上映出如同蜻蜓翅翼的一片陰影。陰影之下，是她燦亮的一雙眸子，正在飛速掃過面前的資料。

她忽然發現了什麼，眼眸一轉便看向了他，朱聿恆還未來得及轉開眼，兩人目光便直直撞上了。

暗流忽然被堵在心口，朱聿恆張了張口，一時難以出聲。

阿南卻面帶著愉快的笑容，將手中的冊子丟到他面前：「看，杭州府，青鸞臺——這邊縮減的形制，被調撥去了那裡。」

「青鸞臺？」朱聿恆在腦中搜索了一遍，確定自己從未聽過這個地名。

低頭看向冊子上的紀錄，目光在那上面所繪的圖形上一一掃過後，自小在朝堂風雨中歷練出來的朱聿恆，忽而霍然站起，帶動得燭火一陣搖曳。

他失去了一貫的冷靜自若，盯著那上面的字許久，目光才緩緩移到阿南的臉上。

而阿南朝他微微一笑：「沒錯，三千斤精銅，一百二十斤黃金，機括、槓桿……以及，加工成一定形狀的瓔珞、寶石、琉璃片。」

阿南的指尖在各式圖樣上劃過，抬眼望著他：「以你棋九步的能力，掃一眼應當就足以將這些散亂的機括零件組合起來了吧，那是什麼形狀？」

「青鸞……」朱聿恆聲音低低的，卻帶著不容質疑的確切：「和順天地下那只一樣內藏機括的青鸞。只是順天那只是站立的，而這一只，是盤旋飛舞的青鸞。」

「對，而且可以看出，匆忙調撥物資去杭州建造的這個青鸞臺，它的形制規模與我們在順天城地下所見的一樣巨大。」阿南的手按在圖冊之上，凝重而緩慢地道：「如果按照之前的機關來推算，那麼這個青鸞臺，可能就是你身上山河社稷圖的另一個牽引點，也就是，決定你下一條血脈的關鍵所在。」

第三章　東海揚塵

杭州距離應天只有兩、三天路程，朱聿恆多次去過杭州辦事，阿南更在杭州大街小巷混得爛熟，但兩人都未曾聽說過，杭州有個叫做青鸞臺的地方。

朱聿恆離開行宮，夤夜至工部調閱六十年前的杭州方志，讓眾人尋找名叫青鸞臺的所在。

而阿南拿著朱聿恆的手書，第二天就跑江寧大牢去探望綺霞。

應天府北面為上元縣，南面為江寧縣。秦淮河一帶隸屬江寧，綺霞自然被關押在此。

心裡琢磨著綺霞的事兒，阿南埋頭往裡走，冷不防與裡面急匆匆往外走的人相撞，一個趔趄差點摔倒。

阿南趕緊護住手中的提籃：「走路小心點啊，我的東西……」

話音未落，她詫異地停下了手：「卓少？你怎麼在這兒？」

卓晏蹲下來幫她撿拾東西，怒道：「真是虎落平陽被犬欺，沒想到我現在連探個監都被推出來了！」

阿南自然知道他來探望誰：「綺霞怎麼樣？」

「那些人說她是朝廷要犯，東宮下的令旨，任何人不得探看。」卓晏悻悻道：「我還想塞點錢打點打點，結果直接被推出來了！」

「東宮？」阿南詫異問：「不是苗永望的事嗎，怎麼是東宮出面？」

「別提了，合該綺霞倒楣。」卓晏看看旁邊，壓低聲音道：「苗永望的夫人與太子妃是舊交，來應天撫棺之時，求太子妃為她做主，說綺霞必定是殺苗大人的凶手！」

「她說是就是？之前不是已查明綺霞與此案無關了嗎？僅憑她一句話怎麼能翻案？」

卓晏抿了抿脣，面露遲疑之色：「因為……綺霞當年確曾刺過苗永望，而且這兩日官府找教坊司的人問過了，她們都記得綺霞說過，總有一天，她要殺了苗永望！」

厚重的磚牆讓江寧大牢更顯陰暗，即使是夏暑之際，踏入其中依舊通身泛寒。

阿南提著食盒，走進關押綺霞的獄室。

狹窄陰溼的室內，牆角鋪著些霉爛的稻草，放著個便桶，其餘一無所有。綺霞蜷縮在稻草堆上，大概是哭累了，正睜著紅腫的眼睛盯著上方巴掌大的窗洞。

聽到開門的聲音，她木然轉頭看了看，等看清阿南的面容時，癟了癟嘴似想笑又似想哭：「阿南，我這回……可能真的要完了……」

她的手指紫脹，又蜷在稻草上坐都坐不穩，阿南不由得又心疼又憤怒。她探頭喊外面的卓晏趕緊買點傷藥來，一邊把稻草歸攏，墊著綺霞受刑後的身子。

「我知道妳沒有殺人，當時在酒樓內，我殺人的嫌疑還比妳大呢！」阿南擺下帶來的幾碟飯菜，綺霞的手被擠壞了，握不住筷子，阿南便將碗端起，給她餵著飯，說道：「放心吧，我一定會把凶手找出來，盡快把妳接出來的。」

「可、可我……我想招了，我真的忍不下去了……」綺霞嚼著飯，腫得跟桃子似的眼睛裡滿是恨意：「阿南，我這輩子好慘啊！爹娘把我賣了我熬下來了，交不出脂粉錢被打罵我也熬過來了，十四歲就被苗永望那個人渣強暴了我還是得熬下來……現在他死了還要連累我，受這麼多罪，妳說我活著幹什麼？」

「妳說什麼胡話！」阿南把一個魚丸塞到她嘴裡，打斷她的話：「妳現在要是受不了罪胡亂招了，到時候要讓教坊姊妹們去菜市口看妳殺頭？一刀下去鮮血亂濺腦袋亂飛，妳想想那又有多痛？萬一判妳個凌遲，要挨三千多刀，妳說妳現在這點痛又算什麼？」

「嗚……」綺霞臉上的木然頓時變成驚恐畏懼。

「所以妳趕緊跟我說說，妳當初刺殺苗永望是怎麼回事？教坊司的姊妹們也證實妳之前說過要殺了苗永望，有這樣的事情嗎？」

「有……」綺霞聲音嘶啞：「我已經在堂上招過了，我當時，真的很想殺了苗永望……」

阿南持著筷子，一邊給她餵飯，一邊專注地聽她說下去。

綺霞幼年隨父母逃荒到順天周邊，正逢教坊司採買女童，她便被賣掉換了半袋小米。長大後她相貌雖不算頂尖，但因為天賦和勤奮，十二、三歲便吹得一手好笛子，邀請她去助興的大小宴席倒也不少。

上了十四歲後，教坊司抽取的脂粉錢便多了，即使綺霞奔赴一個又一個酒宴，可打點嬤嬤的錢也不多了。有次她被請去赴私局，嬤嬤懶得動身，她跟著幾個姊妹一起前去，結果遇上了苗永望，被他灌酒後失了身。

當時她抄起剪刀要與苗永望拚命，但十四歲的小姑娘怎麼敵得過正當壯年的男人，最終只在他左臂上留下了一道口子。

苗永望是個場面人，既然是綺霞的第一個恩客，便大度地原諒了她，給她打了支金釵，又給嬤嬤姊妹們大散茶點、紅包。她們輪番上陣勸說，終於讓綺霞明白身在教坊司遲早要接受這樣的命運，最後不得不認了命。

後來苗永望每到順天，都要來找綺霞，教坊司的姊妹都讚他有情有義，綺霞算是遇到好人了。

綺霞自那之後倒也放開了，她性格開朗酒量好，笛子吹得又動人，叫她酬酢助興的宴會從來不缺。只是宴樂班子領不了幾分工銀，教坊裡每月催刮的脂粉錢不在少數，她又不肯像其他姑娘一樣找幾個有錢的相好撈錢，一轉眼六年過去，她已經快二十歲了，卻還沒存下以後的體己錢。

那時卓晏還和她笑談過，說：「綺霞妳不如跟了我吧，我愛聽妳吹笛子。」她一口拒絕，唾棄道：「得了吧，你還愛聽芳芳的琵琶、圓圓的簫呢，照顧一整個教坊你忙得過來嗎？」

因此在知道教坊司要轉調幾個擅長吹彈的姑娘到蘇杭這邊時，她當即就決定來了，希望南方富庶，能撈點養老的錢。

在接風宴上有相熟的姑娘認出了她，喝多了後笑嘻嘻問她：「綺霞，妳怎麼混得這麼落魄啊，還戴著苗大人送的素股金釵呢？」

綺霞也醉笑道：「妳不懂，總有一天我要把這金釵扎進他心口去，報仇雪恨！」

周圍人打聽那是她十四歲時的第一個客人，頓時哄堂大笑，只有卓晏沒有笑。他走過去扶起綺霞，說：「妳喝多了，我送妳回去吧。」

「不多，我現在酒量好著呢。」綺霞挽著他的手醉醺醺往外走，嘻嘻笑問：「哎你說，我當初酒量怎麼不像現在這麼好啊……」

卓晏無奈地將她推上馬車，她抱著自己的笛子蜷縮在座上，頭擱在他肩膀，轉眼已陷入沉睡。

醒來後，她早已將一切忘得一乾二淨，可酒席上的人都還記得她說過的話。於是在苗永望死後，她酒後的話便被翻了出來，並且和她十四歲那年刺傷過苗永望的罪狀一起，最終讓她下了大牢。

阿南將來龍去脈聽清楚了，才問：「那，妳準備怎麼辦？」

「在受刑的時候，我想過乾脆認了吧，我真受不了這折磨……」綺霞舉起自己紫脹的十指看著，語調絕望：「再說了，我都淪落成這樣了，活著又有什麼意思呢……」

「活著當然有意思了！」阿南將最後一杓飯菜遞到她口中，乾脆俐落問：「是應天的鹽水鴨不好吃了，還是順天的烤鴨不好吃？是春天的花朵不鮮豔，還是秋天的月兒不夠亮？妳好好把這口氣憋住，千萬不要胡亂認罪，等妳出來後，咱們還要打扮得漂漂亮亮去吃鵝掌、雞脯、奶皮、豌豆黃呢！」

綺霞睜大紅腫的眼睛盯著她，又有流淚的跡象。

阿南抬手幫她擦點眼淚，說：「苗永望的死雖然蹊蹺，但我不信這世上能有什麼殺人方法會是鐵板一塊。妳安心在這裡待幾天，我們會盡快幫妳洗清罪責的，知道嗎？」

「嗯！」綺霞咀嚼著她遞來的飯，用力點頭。
即使她知道阿南與自己一樣，既無家世也無職權，甚至還是個女子。但，看著阿南堅定懇切的神情，她就是相信她。
獄卒幫卓晏轉送金瘡藥進來，阿南替綺霞將傷處抹好，囑咐她按時抹藥，才出了監獄。
在外等待的卓晏急急地伸手接過食盒幫她拎著，問：「綺霞怎麼樣？」
「還好，受了點折磨。萬幸傷勢不是很重，好好抹藥不繼續受刑的話，過三、四天應該就會好了。」
卓晏點頭，送她回驛館的路上長吁短嘆：「我當時不應該把綺霞從苗永望的身邊喊來的，不然她也不至於中途離場，現在背上了殺人嫌疑。」
「幸好你把綺霞喊來了。」阿南安慰他道：「不然的話，說不定她已遭池魚之殃，被兇手一起殺害了。」
「說得也對！」卓晏大力點頭。
「現在的問題是，我們究竟要怎樣才能幫綺霞洗清冤屈，盡快把她救出來。」
卓晏回想著苗永望那詭異的死法，只覺得頭大，探討不出什麼來：「我估計刑部那些人一時半會兒破不了案的，苗永望死得太詭異了。」
「還是得盡快，我要趕緊去杭州呢。」
「我也想回杭州了。」卓晏說著，想起自家的樂賞園現在都沒人了，想必已是長滿雜草，不由傷感地嘆了口氣，問她：「回杭州有什麼急事嗎？」
阿南苦笑道：「我兩個朋友起了糾紛，我得去調解調解。」
卓晏大奇，問：「起糾紛去官府理論不就可以了，怎麼還得妳去調解？」
阿南搖頭：「這事兒，官府沒法解決。」
卓晏一想也對，阿南一群人是海盜出身，江湖上的事情官府肯定難以插手。
「妳看……能不能先解決了綺霞這邊的事兒再說？妳那兩個朋友的事情緊急嗎？」
「綺霞這邊只能託阿言幫幫忙了，其他人怕是擺不平。至於我朋友嘛……」阿南嘆了口氣，煩惱道：「挺久的恩怨了，上一輩結下的，急倒也不急了，只是我不知道該怎麼處理才好。」
卓晏自與阿南相識以來，從沒見她煩惱過，現下又有求於她，便拉她進了旁邊的酒肆，說道：「論起調停事理，這我最擅長了，妳跟我說說是怎麼回事，我肯定能幫妳出主意！」
阿南心道這種大事我怎麼可能與人商議？但卓晏畢竟是在關懷自己，又已經被拉進了店中，便無奈地點了盞楊梅渴水喝著，敷衍道：「事情挺複雜的，你要想聽，我就簡短說說。」
卓晏殷勤地幫她剝香榧：「妳說！」
「其實我這兩個朋友算起來還是親戚，上輩老人將家產全部留給了長房，也就是我朋友某甲。其他各房當然不高興，於是集合起來把當時年幼的某甲趕出了家門，當家的換成了我另一個朋友某乙的爹。現在甲長大了，他要回來找乙討還公道。甲對我有恩，我發過誓要幫他的，可乙也和我出生入死，和我有過命的交情，你說……我現在能不糾結麼？」

卓晏心思簡單，脫口而出：「這有什麼可糾結的？世上事總繞不開一個理字，某甲既然是正當繼承人，那咱們肯定站在他那邊啊！」

阿南看著他笑了笑，心想，我看未必，說不定阿言抓捕公子時，你就在旁邊當幫手呢。

「雖然如此，但乙父占的家產，如今他接手後大為振興，甲二十年後回來討還公道，靠他家吃飯的掌櫃、夥計、合夥人們，能答應輕易換主人嗎？」阿南手捧著瓷杯，渴水也壓不下她的煩悶：「再說了，是乙的父輩當年對不起甲，乙又沒做錯事，甚至他以前都不知道世上還有個甲存在，豈不是太冤枉？」

「這確實難以取捨……」卓晏撓頭道：「而且你們江湖人士，動不動就打打殺殺的，兩個朋友生死相搏時，妳可怎麼辦呀？」

「如今只能走一步看一步了，希望柳暗花明，能有轉機。」阿南一口氣喝完了杯中渴水，道：「到時再說吧。天無絕人之路，我們現在看著面前是懸崖峭壁，說不定過幾天一個轉機，就能搭出一條生路來呢？」

眼看時間不早，卓晏怕祖母嘮叨，將阿南送到驛站外就匆匆走了。

阿南一邊思索著一邊踏進驛站，抬頭就看見了守在自己所住屋門前的韋杭之。

「韋大哥辛苦了。」她笑嘻嘻地與他打招呼，往屋內一望，日光透過窗櫺籠罩在阿言端坐的身軀之上，也照在他那雙舉世無匹的手上——他的手中，正握著她做好後擱在桌上的「九曲闔山」，在緩慢拆解著。

他還未掌握這個岐中易的訣竅，手部的動作尚不流暢。

十二天宮需要手指從各種不可思議的角度穿插勾挑，練出最靈活的指法，才能拆解；而九曲闔山則曲折層疊，每一個圈環都需要保持極細微精確的角度與斜度，才能一步步拆解下去，若是有一絲一毫的偏差，便前功盡棄，連復原都幾乎不可能。

「看，你還沒有摸到最精妙的那個角度和力度。」阿南笑吟吟地走進屋內，以慣常的散漫姿勢往椅子上一歪，看著他拆解：「一定要好好練手哦，不能鬆懈，練好了才能早日把笛子解出來啊。」

朱聿恆瞥了她一眼，低低地「嗯」了一聲，仔細地觀察著手中岐中易，在腦中將它們所有的勾連都想清楚後，試著解了一步，隨即便又將那個環退了回來——因為他的手指撥動差了一毫釐，所以環扣沒能對上。

但等他退回來後，卻又發現退回來的位置與剛剛錯開了一絲，於是所有在腦中預設好的步驟，全部不成立了，要重新規劃。

他忍不住瞥了阿南一眼，見她笑吟吟地托著下巴看自己，便抿脣屏息靜氣，再度分析起面前的岐中易來。

阿南也不指導他，任由他自己琢磨力道和方位，只坐沒坐相地蜷在椅子裡，趴在椅背上看著他：「阿言，應天府草菅人命、亂判命案，你管不管？」

朱聿恆早已知道她今天去探望綺霞的事情，便淡淡道：「本來不歸我管，但我知道妳需要，所以來之前已部署好了。苗永望的案子會交由三法司共同辦理，相信不日會有進展。」

阿南頓時來了精神，雙眸亮亮地望著他：「真的？」

朱聿恆點了一下頭：「畢竟我們探討過了，殺害苗永望的凶手與刺殺袁才人的，極有可能是同一人，所以此案本來就得重視。」

「趕緊把綺霞救出來吧，再折磨下去她受不了的。」阿南喃喃說著，眼睛一瞥看見了朱聿恆身邊的一個盒子：「那是什麼？」

他示意她打開看看。阿南捧起來掀開盒蓋一看，裡面是一簇火焰般絢爛的珊瑚，紅灩灩的光華，動人心魂。

她「咦」了一聲，抬手摸了摸：「珊瑚？」

「是一個疍民在東海撈到的，因珊瑚形似火鳳，眾人都說是祥瑞，因此進獻到杭州府衙，又送到了南京禮部。」朱聿恆說著，將珊瑚從盒中取出，遞給了她。

這珊瑚足有一尺半長寬，通身殷紅色，在水流長久的沖刷下，珊瑚已經變得十分光滑。而最奇妙的是，下方的珊瑚根正如鳳凰身子，前方有細長的分叉，正如鳳頭銜靈芝；左右兩側伸出的枝杈如同舒展的雙翼；後方拖曳出長長的通紅枝椏，與鳳凰尾羽一般無二。

「這珊瑚鳳凰雕琢得形神兼備，真是難得。」阿南誇讚著，轉念一想，脫口而出：「杭州送來的，難道這是青鸞臺的線索？」

「對，杭州所有老舊地圖和地方誌都已翻遍，官府也找了許多七、八十歲以上的杭州老人詢問過，但沒有任何關於青鸞臺的蛛絲馬跡，甚至連青鸞二字，也並無有關地名。」朱聿恆輕按手中九曲關山，緩緩道：「直到今日內庫進呈了這具珊瑚過來……」

說到這裡，朱聿恆略微頓了頓，畢竟，這其實是為了太孫妃的儀聘之事在做準備。望著與他只有咫尺距離的阿南，他聲音略有波動：「經司倉判斷，這珊瑚紋路這般圓滑，在水下至少有五、六十年了。我考慮它來自錢塘灣，或與青鸞臺有關，便找禮部的人瞭解了一下，終於發現了一個與青鸞有關的地方。」

阿南大感興趣：「這麼說，在東海之上？」

「不。」朱聿恆搖了搖頭：「在東海之下。」

「東海之下？聽起來好像很神祕的樣子！」阿南兩眼灼灼發亮。

朱聿恆將盒中的冊子取出，翻到一頁指給她。

那是禮部記錄的祥瑞情形，只有寥寥數語。

杭州疍民江白漣，捕魚之時於水下見青鸞翔舞。循而趨之，於海沙之中覓拾珊瑚鳳鳥一只，進獻於南京禮部。

「青鸞翔舞……」阿南自言自語著，又將珊瑚鳳凰拿起來仔細查看，研究上面的水磨痕跡：「水下出現青鸞，這珊瑚又與關先生修建青鸞臺的時間對上，這肯定不是巧合。只是，青鸞畢竟是鳥類，如何能在海水之下飛舞呢？這事聽來可真怪異……」

「禮部每年進獻祥瑞之人絡繹不絕，故此紀錄簡略。或許找到那個疍民江白漣，詳加詢問後能具體瞭解。」

「那還等什麼？趕緊去杭州呀！要是真的能因此找到青鸞臺，那你身上的山河社稷圖或許就有指望了！」

關先生在順天城地下所留的幾幅畫，其中順天大火和黃河水患都已應驗，而玉門關之前之後都有缺失，那上面剝落的畫幅所對應的，或許就有東海這個青鸞臺。

關係自己的生死存亡，朱聿恆自然已經命人加緊徹查：「玉門關那邊，朝廷已經遣人嚴密排查，但近期似無災患跡象。而九玄門的青鸞既然出現在了東海之中，又有實物發現，我想必定有問題，確可深究。」

「那我趕緊收拾一下，咱們去杭州仔細查看一下海底情況。」阿南是個風風火火的性子，跳下椅子就要收拾東西，見朱聿恆並不動身，好奇問：「你出行那麼大陣仗，怎麼還不去準備？」

朱聿恆微抿雙脣，停頓片刻才道：「我要在應天再待幾日，畢竟這邊還有緊急公務。」

阿南脫口而出：「公務再急能有你的身體重要嗎？」

她這乍然流露的關切，讓他心口一熱，差點衝口而出，我們一起去。

但最終，他還是默然搖了搖頭，說：「此次太子殿下受驚，怕是要臥病一段時間。而刺客的真正目標顯然是太子殿下，我怎可獨自抽身前往杭州？」

阿南這才想起，他的父母目前在應天，還身陷危局之中。

「看不出你一個神機營提督，事兒還挺忙。」阿南說著，見他神情黯然，顯然對父母安危十分憂慮，便輕輕拍了拍他的肩膀以示安慰，道：「也好，本來我想讓你派個人關照綺霞，現在你可以直接出面解決她的案子了，畢竟她的案子和刺客大有關聯。」

朱聿恆道：「妳放心。」

短短三個字，但阿南知道他既已許諾，綺霞便沒多大事了，於是轉移了話題問：「對了阿言，你會天元術嗎？可以解到幾？」

「三吧，再上面的沒試過了。」

君子六藝，禮、樂、射、御、書、數。數排在最後，而且當今聖上最重騎射，所以他的射、御是每日必練的，但數算則較受忽視。

「才到三？」阿南有些失望：「唐朝王孝通就能解到天元三了，現在都快一千年，阿言你居然也只算到三？」

朱聿恆道：「他是算曆博士，我是軍營提督。」

「好吧，我教你。」阿南抓了把算籌，展開紙卷，將《四元玉鑑》及增乘開平方法一一解說了一遍。

朱聿恆掃了她畫給自己的圖一眼，拿著算籌按照她說的演算法，抹平四元後逐一消解，最終物易天位，得到結果。

他輕舒了一口氣，抬手按住寫著最終數字的紙，輕輕推向阿南。

「我就知道阿言什麼都是一學就會！」阿南早已看到結果，從袖中拿出一張紙歡喜道：「交給你啦，用天元術和割圓術，替我算出這組資料最詳細的中心點，割圓術要退位後七位數，我要誤差不超過三尺……不，一尺。」

那上面的資料十分龐大，最大有百餘丈，最小也有八、九十來丈。資料詳盡到寸。要計算這樣不規則的一個巨圓中心點，殊為困難。

朱聿恆推算著這組數字，問：「這是妳新設的陣法嗎？為什麼不做成正圓？」

阿南含糊道：「在水力衝擊下，維持正圓不太可能。」

朱聿恆料想應該是她要在東海使用，想到她要為了他的安危而奔赴海上，心中不覺湧起巨大的不安。

他叫人送了個三十二檔算盤過來，又拿起算籌，在桌上開始計算。

阿南則到旁邊銀店裡買了些米粒珠，又借了他家爐具，拿回來在簷下燒好炭，陪著朱聿恆。

朱聿恆在計算間隙抬頭看她，見她掏出懷裡一支素股金釵，放在小爐中熔了，重新倒出打製。

他隔窗問她：「這是什麼？」

「待會兒你就知道了。」阿南朝他一笑，又低頭小心地用小剪刀和小錘子加工初成雛形的金釵：「快點幫我算出來哦，不許分心。」

朱聿恆看看面前這浩如煙海的數據，讓韋杭之去工部調了八個帳房來打算盤，他統合數據，一直算了約有兩個時辰，才得出了最終的結果。

朱聿恆輕舒一口氣，將結果又查驗了一遍，抬頭正想問阿南對不對，卻發現她已經進屋來了，正俯身專注查看自己的運算。他這一轉頭，兩人的臉頰幾乎湊到了一起，似貼未貼的肌膚上恍惚溫熱。

兩人都怔了一下，下意識地彼此挪開，有點不自然地一個看向左邊，一個看向右邊。

略帶彆扭的氣氛，讓阿南的語調都有些不自然：「阿言你好快啊，那我可以出發去杭州了？」

「我給妳寫份手書，一切事宜杭州府會替妳安排好的。若需要海上助力，妳就去找海寧水軍。」朱聿恆將手中數據捲起，交到她手中，低聲道：「妳此番孤身赴險，我……」

見他欲言又止，阿南笑著朝他眨眨眼，接過數據：「你只管忙你的，本姑娘在海裡長大的，大風大浪見多了，怕什麼？再說杭州那邊你都安排好了，說不定我去了也就是扎個猛子下去看一眼的事兒，沒問題的。」

她笑容輕快，彷彿不是去往那不可測的深海，而是要前往繁花盛開的春日。

「阿南……」朱聿恆的心口瀰漫起濃濃的酸澀與不安。他頓了頓，最終才輕輕道：「萬事小心。」

阿南朝他輕快一笑：「放心吧。你記得好好練手，我回來會檢查你進度的，到時可別讓我失望哦！」

送走了阿南，剛回到東宮，朱聿恆遙遙聽見了嘈雜聲響。

韋杭之立即打探消息，回來稟報：「邯王殿下來了，正在清寧殿後堂敘話。」

「邯王？」朱聿恆微微皺眉。

他這個二叔悍勇烈性，仗著太子孝悌溫善對他多有容忍，雖封地在九江，但常來應天，每次過來必有一場大響動。

果然，朱聿恆剛進前殿，便聽到了邯王的聲音。他混跡行伍多年，一開口便是高聲大氣：「太子殿下，袁才人何在？我家王妃算著本月就是姊姊生日了，託我送了賀禮過來呢。」

袁才人出身榮國公府，當時一雙姊妹花，姊姊入東宮，妹妹適邯王，也是一時佳話。

太子殿下神情低黯，嘆道：「袁才人壽辰未到，二弟遠來辛苦，先歇息幾日再說吧。」

「也行，那壽禮便先送進去吧，讓她給妹妹寫張回函，我在此等著。」邯王喝著茶，一派悠閒模樣。

見他不肯甘休，太子只能道：「袁才人她……怕是倉促間無法回函。」

「怎麼，我千里迢迢過來，她幾個字都不給我寫？」

見太子面露悲戚之色，太子妃便答：「昨日去行宮避暑，袁才人失足落水了。不過邯王無需擔憂，袁才人溫柔婉順，在東宮有口皆碑，相信吉人天相，定能得上天庇佑。」

「靠天不如靠己，人都出事了，難道還能坐等她被風吹回來不成？我看現下該加派人手，盡快搜尋為好！」邯王立即道：「需不需要本王搭把手，替東宮找找啊？」

「二皇叔您領兵作戰精熟搜索，若是肯幫手那是求之不得，姪兒正要找您討教一二。」他話音未落，只聽朱聿恆的聲音自殿外傳來，清朗自若。

殿上眾人正因邯王氣焰而大氣都不敢出，一聽到他的聲音，頓時都鬆了一口氣。

朱聿恆自殿外跨進，大步從容向邯王走去。

朝坐在上方的父母一點頭，他對著邯王拱手行禮：「二皇叔遠道而來，姪兒遲迎，還望見諒。」

邯王皮笑肉不笑地拍拍他的肩，道：「聽說你這幾個月接連犯病，聖上都心疼你，讓你來應天養病了。改天二叔帶你打獵去，好強身健體，年紀輕輕的可別落下病根啊。」

「多謝二皇叔。不過應天虎踞龍蟠，是太子所鎮之處，二皇叔怕是不熟悉地勢，還是讓姪兒帶您去吧。」朱聿恆還以一笑，抬手請他落座。

東宮最難惹的就是這個姪兒，邯王見他說話綿裡藏針，自己無從藉故發作，只能悻悻問：「你剛說搜索的事兒，是找袁才人麼？」

朱聿恆在邯王身旁坐下，接過後方宮女遞來的茶盞：「是，袁才人此番出事，父王心急如焚，東宮傾盡全力，姪兒奉命夤夜搜尋，排布了數百士卒沿著瀑布水流打撈，所有河灣溝壑全部細細尋找，可至今一無所獲。」

邯王雖是來藉故鬧事的，但聽他描述也是疑惑頓生：「姪子你親自出馬，帶那麼多人去瀑布下游找，還能找不到？」

「袁才人落水之時，秦淮河入口處便緊急封鎖了，山間水道更是梳篦了四次，可惜一無所獲。」朱聿恆啜著茶若有所思：「按理，水流再急也不可能沖刷得這麼快，但……再找尋不到的話，可能就要去秦淮河尋找了。」

「這……」邯王對水性一竅不通，哪裡說得出門道來，只能乾瞪眼道：「總之，還是得加派人手，緊急搜索！」

「二皇叔說的是。」朱聿恆就坡下驢，道：「如此，姪兒得盡快去了，便先送二皇叔至下榻處接風洗塵吧。」

眼看朱聿恆將邯王帶出了東宮，太子與太子妃默然相視，都鬆了一口氣。

「這可真是巧了，袁才人剛剛出事，邯王便來興師問罪了。」

「沒有這麼巧的事。」太子緩緩搖頭，在太監們的攙扶下向著內堂走去：「老二是來者不善啊，他對此事的瞭解比我們所透露的要多得多，袁才人的消息也絕不可能在短時間內傳到九江去。」

「所以……」太子妃沉吟著，兩人心知肚明，但都沒說出口。

最終，太子妃只問：「要知會聿兒一聲，提醒他嗎？」

「妳沒見他剛剛面對邯王的模樣嗎？他比我們察覺得只會更早。」太子低聲道：「聿兒辦事，咱就放心吧。這世上沒有他應付不了的事，也沒有他應付不了的人。」

將邯王安置妥當，朱聿恆又到刑部，對照行宮地勢圖和工圖冊，再研究一遍袁才人還能有什麼消失的途徑。

甚至，他還考慮起了屍體被猛獸從河中拖到周邊山林的可能性，如果真是這樣的話，那找到的可能不會是全屍了。到時邯王必然聯合榮國公興風作浪，對於東宮自是不小打擊。而邯王此次顯然是趁機而來，他與刺客是否有關聯，也值得思量。

正在思索間，韋杭之忽然進來稟報：「殿下，已經尋到疑似袁才人的……骸骨了。」

朱聿恆微皺眉頭，沒想到他正在設想最壞的結局，結局便真的出現了。

他起身與韋杭之向外走去，問：「如何找到的？」

「之前諸葛提督提議，認為水性不定，或許漁民常在水上，會較易知曉方向，因此招了一批人來幫忙打撈。」

「此事我知道。」

「果然，一個常在蘇杭一帶來往的疍民，叫江白漣的，他撐著船過來，片刻間便尋到了……」

「江白漣？」朱聿恆停下腳步，打斷了他的話：「他沒回杭州？」

韋杭之有些詫異：「殿下認識此人？」

朱聿恆搖了搖頭，下意識看向了南方，心口湧起一絲不安。

看來，阿南的青鸞臺之行，第一步便要撲空了。

希望她在未能徹底摸清情況之前，不要為了他而急著下水。不然，若東海水下與順天地下一樣危機重重，她一個人要如何應對？

錢塘江上游為富春江，下游折之字形而奔東流，會合最後一條支流曹娥江，流入東海。

出杭州城，沿錢塘江而下，便是如喇叭型擴散的入海口。萬千海島星羅棋布，呈拱衛之勢護住杭州。

杭州衛副指揮使彭英澤看到阿南帶來的手書後，哪敢怠慢，親自帶領海寧水軍，百餘人與阿南一起乘船出海，前往江白漣當初打撈到珊瑚鳳鳥的地方。

到了杭州阿南才知道，江白漣剛好運貨去應天了。而彭英澤當日正好出海巡邏，遇到回航的江白漣，也是第一個看到珊瑚鳳鳥的人，對此事正是知情人。

江白漣是福建遷來的疍民，恪守永不上岸的規矩，靠出海捕魚為生。江浙近海舟楫如山，他特意選了一個少人前往的海域，結果網在水下被纏住了，他竭盡全力也拖不回來。

漁民沒了漁網便是沒了吃飯的家什，他自然得跳下水去，潛到海底尋回自己的漁網。

「就在他解著被石頭纏住的漁網時，忽然聽到頭頂傳來怪異的聲音，如同鳥嗚，緩緩渡過大海……」

聽到此處，阿南開口：「在水下很難聽到聲音的。」

「但江白漣確實是這麼說的。」彭英澤努力回憶當時他所說的話，道：「然後他就抬頭一看，一隻青鸞從他的頭頂飛了過去，遠遠地飛到了海的那一邊。」

阿南想著禮部記敘中「於水下見青鸞翔舞」那句，微微皺眉。畢竟，這確實不符合常理。

「無論如何，先下去探看再說。」阿南看著手中的錢塘灣地圖，審視下方情況。

錢塘江泥沙甚多，但此處離入海口頗遠，海水已是一片清澈明透，就如大塊青藍色的琉璃，與天空上下相接。若不是中間隔了一層水面日光，幾乎難以分辨上下。

「阿南，什麼時候可以回去啊？」因為在杭州這邊場面上到處是熟人、上上下下事務都精通，卓晏被指派跟她一起出海。他趴在船舷上吐得暈頭轉向，有氣無力問。

「卓少，你看看咱們所處的位置。」阿南將地圖拿給他看，用手指在上面畫了個不太規則的圓：「海灣與群島組成了一個包圍圈，咱們大差不差，剛好就在這個圓的中心點。」

「妳這麼一說的話，確實是的……」卓晏掃了一眼，又吐了兩口黃水：「那，先喊幾個水軍下海探查看看？」

彭英澤在水軍中挑了幾個身強力壯的下水，不多久，他們便一一冒頭出來，對著船上人擺手喊話，示意下方並無異樣，青鸞之類的更是一無所見。

阿南聽他們說著水下情形，思索片刻，說：「我下去看看吧。」

卓晏聞言，那因為暈船而蒼白的臉當即又泛了青：「阿南，這可是深海啊！」

「這算什麼深海？周圍全都是島嶼，再深也深不到哪裡去。」阿南心裡牽掛著公子，想著早點把這邊的事情結束掉，去辦自己的要事。

她俐落地脫掉外衣，在夏末熾熱的陽光之下，只穿著一件水靠，活動著身軀：「你們先在這兒停著，我下去看看，一陣憋氣的時間就上來。」

卓晏緊張不已，看看一望無垠的海面，又看看蒼藍的水下，一把扯住阿南穿著水靠的腳踝：「阿南，別開玩笑啊！妳就這麼跳下去，要是出事了，提督大人問罪下來，我們可擔不起啊！」

阿南見他這麼說，便笑著扯過纜繩繫住自己的腰，說：「那挑幾個水性好的和我一起下去吧，萬一下面有事，我們扯動繩子，你們把我們拉上來就行。」

卓晏略略放了下心，但依舊有些緊張，一再囑咐道：「那妳可記得一定要快點上來。」

「得了。」阿南笑著拍開他的手，縱身一躍，如一尾魚劃開波浪，鑽入了水中。

夏日午後的海水被陽光晒得十分溫暖，阿南雙腿在水中拍動，很快便鑽入了更深的水下。

即使海水清澈無比，但日光畢竟無法穿透得太深，周圍雖還明亮，水卻逐漸冰冷起來。

領頭的水軍指著下方，示意那邊有大片礁石，應該就是江白漣發現珊瑚的地方。

耳中有微痛傳來，阿南捏住鼻子鼓了鼓氣，與他們繼續下潛。

前方碧藍海水之中，漸漸呈現出一塊巨石的輪廓，與周圍的石頭相連，就如海底一片連綿起伏的山峰。

阿南在水中調轉身體，將足尖踩在那塊巨石上，觀察周圍。下方沙地上零零散散的水草中，幾條石斑魚偶爾揚起沙土，又很快消失，除此之外，似乎並無動靜。

不要說沒有青鸞的蹤跡，就連普通水下的魚群都十分少見。

阿南思索著江白漣說過的「青鸞飛到了海的那一邊」，便試著游向與海岸相反的方向，一路潛泳而去。

水越發深了，日光找不到的地方，一片陰冷。

身後跟隨的水軍，雖然都是身強力壯的男人，但平時嫻於水上作戰，潛水卻並非所長，很快，一個個都跟不上她了，只能浮上水面放棄。

最後，阿南回頭時，發現水中已經只剩了她一個人。

深海之中，周圍唯有一片凝固的碧藍。她一個人往前游去，手肘與膕窩的傷處在森冷的水中隱隱作痛。

正考慮著是否要上浮之時，眼前大團的碧藍之中忽然出現了一陣輕微的波動，水波從她的耳畔蕩漾開來，如同劃過耳邊的微風。

她下意識地抬頭，向前方水波的來處看去。

琉璃般的水下、波動的光線之中，一隻青鸞曳著長長的捲羽尾巴，橫渡過她的頭頂。

儘管她就是來尋找青鸞的，但這一刻看著它出現在自己面前，阿南還是錯愕地睜大了眼睛。

這是一只由青綠色的晶瑩水波聚成的青鸞，水渦為羽，浪濤為翼，水波組成的身軀纖毫畢現，甚至那捲羽上的小小漩渦，還旋轉著帶起了一個個小泡泡，讓它顯得更有威勢與實感。

在類似於鳥鳴的尖銳聲響中，青鸞以睥睨眾生、凌駕海天的姿態，横掠過廣袤無垠的碧海，投向深不可及的大海另一邊，最終在藍得暗黑的彼岸，消失了蹤跡。

阿南順著它飛翔的方向看去。隨著水波擴散，它的身軀在海中越變越大，也越來越模糊，最終消失在海的盡頭，化為了一片微小水波。

她回過頭，看向青鸞飛出來的地方。

碧藍的水下，依稀可以看見一條弧線出現在遠遠的面前。

此時，她因為胸中一口氣憋得太長，眼睛與耳朵都已有了痛感，胸口也有了強烈的壓迫感。

但她已經發現了端倪，不顧自己已經到了氣息竭盡之際，又往前再游了一段。

碧藍的海水波動著，透明虛幻如夢境，將海底的一切朦朦朧朧又真實無比地呈現在她的面前。

那巨大的圓弧，是高大的圓形院牆，上面零零散散長著些斑駁的海藻。

而在城牆之內，是一座約有百丈見方的宏偉城市。磚石累砌的殿閣樓宇，幽深曲折的街衢巷陌，甚至還有珊瑚水草組成的花園林圃，在明暗不定的蒼碧波光之下，如仙境又如鬼地，詭譎綺麗。

所有的龍樓鳳閣，都簇擁著、或者是朝拜著城池正中間一座高臺。但那高臺離她太遠了，只見它影影綽綽反射著上面的日光，閃著瑰麗的光華，迷離夢幻，卻實在看不清楚那上面有什麼。

阿南震撼得停在深海之中，呆了片刻。

忽然之間，腰上傳來拉扯的力量——是岸上人因為她在水下太久而慌亂，開始拉扯那條牽繫她的繩子了。

面前那座水下城市迅速離她遠去。被向上拉扯的速度太快，彷彿大海要將她硬生生擠壓出去。

阿南胸口傳來劇痛，深知太過快速出水會讓自己受傷，忙扯著繩索示意他們停手。

但岸上的人怎麼能察覺得到她這輕微的拉扯，她還在快速上升。

阿南只能當機立斷彈出臂環上的尖刃，斬斷腰上繩索，硬生生在海面下方停了下來。

她捏住口鼻，在窒息的暈眩之中，勉強控制著自己慢慢冒出水面，重回到溫暖的陽光之下。

船上眾人正拉著斷掉的繩索驚懼，見她冒出了水面，卓晏不由驚喜地撲到船邊，和眾人一起七手八腳將阿南拉上船。

阿南大口大口地喘息著，只覺眼前一陣發黑暈眩。面前的大海與藍天彷彿統統消失了，只剩下一片嘈雜在耳邊急促轟鳴著。

她意識模糊地倒在甲板上，只覺得口鼻中盡是血腥味，忍不住嘔吐了出來。

「阿南，妳流了好多血啊！」卓晏驚慌失措，手忙腳亂地給她遞上帕子。

阿南捂著鼻子，靠在船舷上喘息了許久，才略微清醒一些，恍惚道：「太久沒下水，陰溝裡翻船了……看來，得回去準備下，過兩天再來了。」

鐵門被噹啷一聲推開，蜷縮在稻草上的綺霞驚得猛睜開眼。

「出來，問話！」獄卒大聲道。

綺霞踉蹌跟著獄卒走出囚室，到了後方一間淨室。室內被打掃得乾乾淨淨，桌椅上都設了嶄新錦袱，甚至還熏了爐香。

綺霞瞬間心慌氣短，正揣測著是什麼人提審自己，怎麼排場這麼大時，卻見周圍所有獄卒都退了乾淨，只有一人從門口進來，聲音清朗沉穩：「妳是教坊司笛伎綺霞？」

來人身姿筆挺，身上豔烈的朱紅羅衣也奪不去一身冷然高華。那超卓不群的氣質，讓綺霞一見便認出是那日到酒樓找阿南的「阿言」。

想起阿南說過會幫自己的，綺霞當即顫抖著跪伏了下去：「是，綺霞求大人救命！」

朱聿恆隨手指指旁邊的椅子：「坐吧。」

「我……我坐不了。」綺霞杖責的傷還沒好，囁嚅道。

朱聿恆便將手邊一個盒子遞給她，說：「阿南託我轉交給妳的，妳看看吧。」

綺霞遲疑地接過盒子，用紫脹的雙手掀開盒蓋一看，裡面是一支輕盈的花釵。

細細的釵身上開出三、四朵以薄金片為花瓣的玫瑰花，花瓣上鑲嵌著米粒珠以作露水，花後隱現金絲纏成的雲霞，雲霞後是一顆明月珍珠，照得整支釵子花好月圓。

「阿南說，這是用妳的素股金釵改造的。我想她是希望妳擺脫過往傷痛，撥雲見月，以後會有花好月圓的一生。」

他看過卷宗，自然知道綺霞與苗永望的過往，也知道阿南的用意。

綺霞緊緊抓著花釵，口中不由自主地發出一聲嗚咽，含淚重重點頭。

「原本我近日忙碌，沒空親自過問妳的事情。但阿南跟我說，妳是個仗義的姑娘，之前她落魄的時候，妳因幫她而與人爭執，把自己的笛膜都打破了。」

雖然只是很小的事情，但阿南告訴他時，曾很認真地叮囑：「阿言，我從小在海上闖蕩，仇敵很多，但朋友很少。綺霞是我朋友，所以我一定得幫她到底。」

那時朱聿恆望著她縱馬遠去的背影，心口不由得湧起輕微的悸動。

他想，阿南過往的人生，一定很孤獨，很艱難。不然她不至於因為別人對她有一點點好，就千倍萬倍地回報——

對萍娘，對綺霞，對他……都是如此。

他拉回思緒，看著面前的綺霞，口吻依舊淡淡的：「更何況，苗永望這樁案子與行宮的變故或有關係。而妳在這兩樁案子發生之時，都在現場不遠，相信妳應該能為官府破案提供助力。」

綺霞拚命點頭，但隨即又開始遲疑：「但是……我所知道的一切，都已經一股腦講出來了！」

朱聿恆將她的口供再翻了一遍，見她翻來覆去招的都是些現場已知的證據，便將冊子合上了，起身道：「回憶或有疏漏，我帶妳去案發現場再看一遍，也許能有進展。」

第四章　遠山鳴蟬

十六樓朝朝歡笑、夜夜笙歌，早已恢復了常態，只有那日苗永望被殺的房間，如今房門緊鎖，禁止出入。

朱聿恆帶著綺霞進門，見裡面所有陳設都還保持著當日的模樣，甚至連那個打翻的水盆都還扣在地上，周圍大片乾掉的水漬。

「當日我進門時，苗大人也剛到，因天氣炎熱他渾身冒汗，我絞毛巾給他洗了把臉，結果他跟我說這回到應天，少則三兩天，多則十來天，他就要升官發財了，到時候他和家中母老……妻子商量下，定能幫我贖身……」綺霞努力回憶那日發生的一切，連苗永望那天找自己說的話都抖摟了一遍。

「他有何底氣，敢說這種話？」朱聿恆嗓音略低，帶著些寒意：「登萊動亂，他身為當地父母官，按律定被朝廷查辦，他居然敢認為還能升官發財？」

綺霞不知道他的身分，只呐呐點頭：「他真這麼說的。只是我早聽膩了這些鬼話，懶得聽他胡扯，就把話題帶過去了……」

朱聿恆沉吟思索片刻，又指著牆上那個眉黛痕跡問：「那是妳畫的？」

綺霞這才發現牆上有三條月牙痕跡，湊在一起像是一朵蓮花。她驚訝地上前仔細瞧了瞧，搖頭道：「不是我的，這螺黛很貴的，我可用不起……」

刑部一群人雖然勘察仔細，朱聿恆也是思慮周到之人，但對於眉黛這種女子的東西，一群大男人哪有研究。

聽她這麼說，朱聿恆又仔細看著那痕跡，道：「這是什麼螺黛？」

「這是金蘭齋最好的遠山黛，二兩銀子才一小顆。我們普通姊妹用的是半錢銀子一大盒的那種眉石，畫出來又黑又僵。聽金蘭齋的夥計說，這種螺黛是用波斯的黛石和青金石、雲母、珍珠一起搗碎過篩壓製陰乾的，遠看帶點微青，細看有朦朧閃光，跟我們用的是天上地下。」

朱聿恆仔細查看那幾抹青黛，確實如她所說，看起來微青且有光澤，與尋常不同。

「酒樓的人說，梅雨季牆上發霉，因此他們前幾日剛剛粉過牆，而你們是第一個用新刷的房間的。所以，妳當時進屋後，應該就看到了這個痕跡？」

綺霞搖頭：「沒有，我真沒注意過牆上的痕跡。而且我當日絞毛巾時就對著這片牆面，當時沒發現有這朵花啊！」

朱聿恆略一沉吟，確定這應該是在綺霞走後、苗永望的屍體被發現的那一段時間內出現的。

畢竟，這標記做在牆上如此顯目，他和阿南都能一眼看見，綺霞這種對妝飾十分關切的人，早該湊上去看個清楚了——除非，眉黛出現的時候，苗永望已經出了異常，綺霞才無暇關注到閒雜的東西。

朱聿恆吩咐刑部的人：「去查一查當時在樓中的人，有誰用的是這種遠山黛。」

將綺霞帶回獄中，朱聿恆讓江寧縣換了個淨室關押她，又命人送了她的日用物事進去。

諸葛嘉等候他已久，見他回來，趕緊將手中一本冊子呈上：「殿下，這是袁才人的驗屍報告，請過目。」

朱聿恆接過來看了看，袁才人被沖下河灘之後，由於水力回激，在下方潭中逆流而上，沖到了水潭上游，以致未能及時搜尋到。

只是正值夏日，她的屍體又被山中猛獸拖到林中，胸腹撕開啃咬得慘不忍睹，刺客的刀痕已找不到了。

「若非江白漣這種熟悉水性的人在，誰又能想到被瀑布沖下水潭後，屍體會被逆流沖到上游呢？」諸葛嘉見朱聿恆神情沉鬱，掩了檔案一言不發，只能試探著替手下找場子：「可見水性凶險難測，實非常人能解。」

朱聿恆想起緩緩點了一下頭，心裡又難免想起阿南來——不知道她去東海了嗎？水下凶險，她又是否一切順利？

似乎是應了他心中所想，杭州的消息正火速送到。

信內，卓晏急迫之情躍然紙上：「阿南下海受傷，已火速返岸。」

離開大海太久了，真是今非昔比。

「當年我在海上，潛得再深再久也跟沒事人一樣，如今流這麼點鼻血，能有什麼關係？」阿南被卓晏按著休息了兩天，實在躺不住了，對他抱怨。

「不行，妳給我好好躺著，提督大人把妳交給我，我就一定要好好關照妳。」卓晏對姑娘家的事情特別上心，牢牢記得她喜歡吃的菜，殷勤地每日送到她房中來。

「卓少，將來誰嫁給你，可算有福了。」阿南吃著飯，和他閒扯。

「就我這聲名狼藉的花花公子，如今家裡又失勢，誰肯嫁給我啊。」卓晏說著，臉上倒是不幽怨：「再說了教坊姑娘們多好，個個年輕漂亮又多才多藝，比娶個老婆回家管自己可好太多了！」

阿南給他一個白眼：「幸好阿言不在，不然還不被你帶壞？」

「他……他肯定不會受我影響。」卓晏說著，默默把「他將來會有三宮六院」幾個字吞回肚子裡去，又從懷中掏出一封信件：「喏，應天送來的急件，妳看看。」

「挺快啊，兩天就一個來回了。」阿南拆開信看了看，道：「阿言說他知道了，已經讓官府選擇海邊善水的漁民，還讓他們妥善準備一切下水物什，現在萬事俱備，就等我恢復了。」

裡面還寫了已經派應天的太醫攜帶傷藥趕赴杭州，希望她先好生休養，一切以身體為要云云。

阿南笑咪咪看著阿言的囑咐，沒有告訴卓晏。

卓晏又好奇地問：「阿南，妳下水後發現了什麼啊？為什麼只叫我們把那周圍守住，不許任何人下去？」

「水下有點問題，我要和阿言商量商量。」阿南喝著小米粥，又捂著胸口說：「唔，我好像真的是傷到了，挺痛的……大概要養幾天呢。對了，我有個方子，卓少你記得親自幫我去配藥哦，這個至關重要，不能配錯了！」

卓晏接過藥方，把胸脯拍得山響：「阿南妳安心休養，我一定蹲在旁邊盯著他們配藥，放心吧！」

把卓晏支走後，阿南一骨碌爬起來，換了件不起眼的衣服，直奔吳山而去。確定沒人跟蹤後，她和自己人碰了個頭。

「魏先生，這是我請人根據你們傳遞來的消息，算出的放生池中心徑。」阿南將朱聿恆得出的結果交給他們中最精術數的魏樂安，隻字不提這其實不是「請」而是「騙」來的。

魏樂安一看那上面的資料，頓時驚呆了：「這……居然真的能算出來？我知道公子在放生池上被牽絲捆縛後，已經算了十來天了，可進度還沒到三分之一呢！」

「他只用了兩個時辰。」阿南見魏樂安震驚得眼睛都快掉下來了，心裡暗自有點驕傲——畢竟，這可是她調教出來的阿言，比世上任何人都要合她心意。

「不過因為擔心他會看出這是放生池，所以我抽掉了一批內容，你還得把它補完才能得到最後的結果。」

魏樂安激動道：「南姑娘放心，有了這些，推算後面的不是難事！我估計著……兩、三天內，我準能成！」

司霖在旁邊抱臂看著阿南，冷冷插話：「妳準備什麼時候去救公子、帶幾個幫手？」

「沒法帶人去。我仔細推算過那個水下的機關，人越多，水波越混亂，造成的擾亂越多。」阿南說著，不自覺又嘆了口氣，心道：若說有人能幫自己，或許只有阿言了——

可惜，這世上最不可能幫自己破陣的，就是阿言。

「還有，妳上次不是說，為了保住公子這些年的根基，咱們最好不要與朝廷正面對抗麼？如今妳這是準備直接殺進去了？」

「公子這些年來辛苦打下的基業，我當然難捨。可如今看來，也顧不得了。」阿南示意司鷲出去觀察外面動靜，又將門掩上，目光才一一掃過堂上眾人，讓他們都注意聽著：「畢竟，朝廷很可能已經知曉公子的身分了。」

堂上眾人頓時大譁，馮勝最激動，壓低的聲音也掩不住他的激憤：「怎麼走漏的消息？知道真相的只有咱們這群最忠心的老夥計，難道是出了內鬼？」

「有個叫薊承明的太監，之前是內宮監掌印，你們誰接觸過嗎？」

堂上眾人沉默片刻，最後是常叔道：「他對老主子忠心耿耿，是我們上岸後聯繫的人之一。但我聽說他數月前在火中喪生了？」

阿南掃過眾人表情，心下微沉——看來，除了她之外，其餘人大都知道薊承明的身分。

她十四歲出師後，便發誓效忠公子，用三年時間為他立下汗馬功勞；他被尊奉為四海之主時，她就站在他的身旁。

她曾認為自己是他最倚仗的人之一，可現在看來，她似乎有點高估自己了。

常叔察覺到她神情異樣，立即解釋：「南姑娘，我們聯繫薊公公時，正值妳失陷拙巧閣，後來又送妳北上養傷，我想公子大約是希望妳好好休養，因此才未對妳提起。」

「這本是小事，公子未曾提及也是正常。」阿南通明事理，便說道：「薊承明擅自動手引發機關，想將順天城毀於一旦。後來功虧一簣，行跡敗露，竟讓人查到了他留給公子的密信。」

魏樂安急問：「密信是如何寫的？」

阿南回憶信上內容，緩緩道：「他寫自己二十年來臥薪嘗膽，為報舊主之恩不惜殞身，並伏願一脈正統，千秋萬代。」

「這、這可如何是好？」馮勝脫口而出。

眾人莫衷一是，但無人能提出解決途徑。

只有魏樂安捻鬚一嘆，道：「歷來的皇權鬥爭，哪有善了的途徑。」

「南姑娘，到這分上了，咱們只有將公子拚搶出來一條道了！」馮勝揮拳道：「實在不行，咱老夥計把這身老骨頭全都葬送在放生池，也算不辜負咱們這二十年的辛苦！」

「那可不行，馮叔你得保重身體，你還要與公子回去縱橫四海，繼續當你的海霸王呢。」

「對，當海霸王有什麼不好！」

其他人也紛紛回應：「回海上！過他娘的自由自在的日子！老子早就不爽這綁手綁腳的日子了！」

見眾人都沒有異議，阿南一錘定音：「好，趁現在我這邊方便，咱們盡快把公子給救出來！魏先生，你三天之內，一定要將最終結果交給我。」

「放心吧南姑娘，絕不辱命！」

「馮叔，你把我的棠木舟好好保養保養，下方多闢暗格，越大越好，我到時候要用。」

「行，包在我身上！」

「常叔，接應的重任交給你……」

阿南樁樁件件吩咐下去，眾人齊齊應了，一一領取阿南給他們分派的任務，又商議籌劃到時如何配合。

一群人熱火朝天地商量完，看看時間不早，阿南估計著卓晏也快配藥回來了，便告別了眾人，火速趕回驛站去。

已是七月末了，夏日暑氣正盛，灼熱的風中，滿街鳴蟬遠遠近近的雜訊，讓這午後更顯沉悶。

吳山之下，古御街左右，夾道滿街紫薇盛開，團團簇簇如枝枝錦緞堆疊。

阿南抬手碰一碰花朵，讓它們撲簌簌落在自己的掌心。

那豔麗奪目的花瓣，如同順天城下，引燃了煤層的火焰一般，散亂而毫無規則。

一瞬間，阿南心中忽然閃過一個念頭——

蓟承明當時要做的事情，公子他……知道嗎？

就如一瓢冰水猛然澆在她的頭上，在這炎熱天氣之中，她後背竟冒出了一股冷汗。

但隨即，她便用力搖頭，撇開了自己這個可怕的想法，嚴正地警告自己不要胡思亂想。

畢竟，那是她的公子，是胸懷蒼生的公子，是叮囑她去挽救黃河堤壩的公子，是將年幼的她從生死關頭救回來的公子。

哪怕一閃而逝的懷疑，都是對公子的玷汙。

阿南來到楚元知家時，破敗門庭外正在上演升官發財的戲碼。

官差帶著官印官服和大小箱籠，咬文嚼字道：「南直隸神機營誠聘楚先生為左軍把牌官一職，以後俸祿補貼、日常家用、妻兒用度衙門都會依例供給，請先生明日起準時到衙門點卯，切勿延誤。」

鄰居們頓時都震驚了。有人張大嘴久久合不上，有人交頭接耳滿臉豔羨，有人偷偷指著楚元知的手道：「就這樣也能當官？祖上燒了高香啊！」

楚元知用顫抖的手接過官印，奉上茶水錢感謝各位官差。

阿南也不上前打擾，繞到後院一看，金璧兒正在做絨花。阿南熟稔地抄起來幫她繞著，向她問起楚北淮的學業。

「小北已經從蒙班轉到地字班了，先生說他之前有底子，學得快……」一聊起孩子，金璧兒臉上頓時放出了光彩，打都打不住。

楚元知過來後看見妻子和這個女煞星聊得火熱，心下油然升起不祥的惶惑：「南姑娘，神機營說……有一批芒硝火油讓我交給妳？這些東西都是危險物什，妳一個姑娘家要這麼多幹什麼？」

「多嗎？我看看。」阿南開心地起身去翻看著那些東西：「你是天下用火的第一大行家，還擔憂這些東西危險？」

楚元知苦笑道：「姑娘折煞在下了，在妳面前我哪敢班門弄斧。」

「我說正經的啊，破陣我擅長，但設陣肯定不如你。」阿南查看著神機營給他送來的東西，懊喪道：「阿言這個小氣鬼，摳死了！答應給我一半的，結果現在送來的連三分之一都不到！」

「倉促之間，哪有這麼快啊。」楚元知忙解釋：「這只是今天順便帶來的。」

「可以啊楚先生，剛入職就替上司說話啦。」阿南笑著揶揄他，蹲下打開火油，與他一起商議起了自己需要的東西。

「一定要盡快研究出來啊，楚先生，我真的亟需！」

「放心南姑娘，兩天後準時交到妳手上。」

回到驛館一看，卓晏正急得跳腳，見她回來了才鬆了一口氣：「阿南，妳身體還沒好，跑哪兒去了？」

阿南笑道：「找楚先生去了，我和他商量些新的機關。」

卓晏將配好的藥丸交給她，問：「這藥沒事吧？大夫說裡面幾味藥材有毒。」

「沒事，我會謹慎著用的。」

卓晏聽著有些不安：「阿南，妳不要太為難自己。」

「誰叫命運喜歡為難我呢？可能我這個名字就起得不好。」阿南不由得笑了，她調著手上臂環，道：「所以，我要趕緊下海幫阿言把事情處理了，你看我這麼忙，真的不能浪費時間了！」

第二次下東海的陣仗，比之前的規模更大一些。

官府在附近漁村招攬的善泳高手，個個精瘦結實，一看就知道是浪裡來水裡去的人物。

知道此行要跟著阿南這個姑娘，那二十人的眼神都有些不對勁，等知道後方還有一百水軍也被調來隨她下海，眾人簡直震驚了。

有幾個相熟的漁夫忍不住交頭接耳：「我聽說官船出海時，娘們是不讓跟船的啊……這姑娘真是朝廷派來打頭的？」

「瞎說，怎麼不讓女人上船了？七寶太監下西洋時，每船還特地招了幾個老婆子，幹縫補漿洗的活兒呢。」

阿南聽他們嘀嘀咕咕，也不理會，只裹著布巾遮著頭頂烈日，笑嘻嘻地逗弄船前船後紛飛的海鷗。

反正到時候下了水，是龍是蛟，立馬就能分個清楚。

按照阿南的記憶，船這次不再停在江白漣當時捕魚的地方，而是往東南再行了二、三里，在海中定錨。

阿南指著下方海底，朗聲道：「這下方的海有十五丈深，覺得自己能潛到底的，就跟我下去，不行的話就乖乖待著，待會兒有船送你們回去。」

那二十人自然沒人會說自己不行，周圍水軍中選出來的精銳也一起應了。

眾人佩戴好銅墜坨、氣囊、驅魚藥、水下弓弩、分水刺等，脫了外衣，在日光下活動筋骨，一一跳下海適應水溫。

等身體活動開了，阿南一聲招呼，眾人隨她一起潛入海中。

雖然懸掛了銅墜坨，但到了十丈以下，下潛已十分艱難，有些人拉著錨上的鐵鍊，才能繼續向下。

等落到海底，阿南迅速掃了一眼，共有十一個漁人和二十五個水軍能跟上來。

她也不再等待，一招手示意眾人跟上自己。

在海中生活了十幾年，阿南只靠著水溫便能辨認方向，因此定錨的地方離她記得的水城雖有偏離，但相差不遠。

憑著記憶，她帶著一群人向著前方游去。

她穿著自己慣用的水靠，因為素喜豔麗，灰白色鯊魚皮水靠上繪滿豔紅赤龍紋，在一片藍綠的水中十分惹眼，一下便可看到她在前方指引的身影。

很快，那道弧形圍牆便出現在他們面前。眾人看向裡面，划水的動作都因激動而變得急促起來。

宏偉街道上，金燦燦的車馬和珊瑚花樹歷歷在目，連珊瑚樹上豔紅的寶石花鳥都還站立著。

水下城池不知用了何法，竟不長絲毫水藻水苔，以至於稍微掠去塵埃，那光彩就迷了眾人眼睛。

阿南拿下氣囊，按在口鼻上深吸了兩口氣，然後再俐落地將袋口紮緊，思索著該如何進入這座水城。

而彭英澤迫不及待，看見如此宏偉的水下城市，哪還能按捺得住，一揮手就示意水軍們跟著自己從城牆上游進去。

幽深的水下，一片死寂。就算他們游進城去，也只是攪起無聲無息的水波。

在這一片寂靜之中，阿南看著他們投向水底城池的身影，卻只覺得頭皮微麻，彷彿他們正要投身巨大的凶險之中。

不知道哪裡不對勁，但她在海中這麼多年，下意識就覺得十分不妥。

她加快速度往前游去，正要阻攔他們，眼前水波陡然一震，大片黑壓壓的細影從城池中疾彈出來，如同萬千支利箭，射向越過圍牆的人。

阿南反應何等快捷，一個仰身避開射向自己的那片「箭」影，身體急速下沉，撲在了城牆之下。

她抬眼上望，才看清那千萬疾射的細影是大片集結的針魚群。海上常有漁民會被這種魚扎傷，但這麼龐大、又潛得這麼深的針魚群，她卻從未見過，甚至令她懷疑，是不是被人飼養在其中當作護衛的。

企圖越過圍牆的人，此時全身無遮無掩，個個都被針魚刺穿了水靠與皮膚。冰冷的海水迅速刺激傷口，劇痛令所有人都抽搐著在水中掙扎翻滾，傷口的血因為水壓激射而出，化成一團團黑色血霧，如同朵朵妖花開在眾人周身。

看著上面詭異可怕的場景，阿南立即取出攜帶的驅魚藥，打開竹筒在水下潑灑，讓土黃色的藥物隨水流瀰漫開來。

眾人這才反應過來，趕緊個個取出藥物，濃重的魚藥瀰漫，終於讓針魚漸漸退卻。

那令人心悸的魚群，在將他們扎得遍體鱗傷之後，集結在一起，如同一匹巨大的黑灰色緞子，在水中漂向了遠方。

幸好，針魚雖迅猛無比，但畢竟細小，雖然大部分人見了血受了傷，但並無重傷者。

只是幾乎所有人的氣囊都被扎破了，這下根本無法在水下維持太長時間。

彭英澤一馬當先，受傷最重，艱難地挪到城牆邊，咬牙切齒拔著自己臂上扎著的魚。

阿南向他游去，而他舉著手中癟掉的氣囊向她示意，要她與眾人一起撤退，放棄這次行動。

阿南轉頭看向水城內，她覺得自己還能再堅持一下，但這麼多人受了傷，又沒了水下續氣的東西，怎麼可能還繼續得下去。

她正在思索自己是不是一個人進城時，後方忽然有幾人潑喇喇地打水，拚命地向上游。

彭英澤正想大罵一聲不要命了，轉頭一看，那臉在水下變得慘青——是十幾頭巨大的鯊魚，不知何時已悄無聲息地游了過來。

即便是天不怕地不怕的阿南，此時看著那些幽靈般出現的鯊魚，也覺後背冷汗滲了出來。

青灰的背部和翻白的肚皮，正是出海人最怕的白鮫，甚至有人叫牠噬人魔，正是海裡為數不多會攻擊漁民的凶猛大魚之一。

此時眾人身上所攜帶的魚藥幾乎都已用完，再加上人人帶傷流血，今日怕是難逃這場禍患。

一時之間，所有人都拚命打水，向著水面急促游去。

鯊魚受到驚動，在他們身後緊追不捨。

這般急切出水，就算逃脫了鯊口，怕是也要受深重內傷。可阿南又如何阻止得住他們。她只能靠在城牆上，抄起水下弓弩按在臂上，看向上方。

彭英澤受傷最重，向上游了三、四丈便已力竭，下方一條鯊魚猛然上竄，張口便向他撲咬而去。

彭英澤大驚，盡力上游，可他的速度如何能快過鯊魚，右腳掌被一下咬住，向下方拖了下去。

彭英澤張口慘呼，聲音在水中並未傳出多遠，阿南只看見他口中大股氣泡冒出，怕是已經嗆到了水。

來不及思索，阿南手中的弩箭已經激射而出，分開水流，直刺入鯊魚的腹中。

吃痛的鯊魚猛然一掙，彭英澤的身軀在水中被甩出了半圈，但終究是脫離了鯊口。

他畢竟是行伍中人，在這般劇痛絕境之下，依舊下意識揮動手中分水刺，向著撲上來的又一條鯊魚狠狠扎去。

可惜海水阻慢了他的動作，鯊魚身子一偏，分水刺從牠的鰭邊劃過，只割開了一道血口，並未造成太大傷害。

阿南第二支弩箭激射而出，不偏不倚射入鯊魚的鰓裂之中，直至沒桿。

那條鯊魚傷了要害，頓時在水中翻滾掙扎，甚至撞歪了旁邊另外兩條鯊魚，使得彭英澤身邊壓力陡減。

藉此機會，他竭力擺動雙臂，向上游去。

身後的群鯊如鬼影一般，緊追不捨，甚至有幾條已經竄上了更高的地方，撕咬其他幾個帶傷的漁民。

阿南搭上弩箭，一箭箭射出，每一箭基本都能射中一條鯊魚。只可惜跟鯊魚龐大的體型比起來，弩箭畢竟微小，即使射中了，也不過是讓牠們吃痛而已，只能稍微阻一阻牠們的速度，為上面的人爭取一點逃離時間。

弩箭畢竟有限，阿南最後一次伸手摸了個空，只能丟掉弓弩，打開皮囊又深深吸了兩口氣，等再紮緊時，已經感覺到了頭頂水流紊亂。

她將後背抵在身後的城牆上，警覺地抬頭上望。

頭頂的黑色血霧之中，有一條鯊魚正向她急速游來。

她當即套上分水刺，在牠張開遍布利齒的血盆大口猛撲向她之時，將身一矮，左手在城牆上一撐，藉助海底的泥沙，屈膝從牠的腹下硬生生滑了出去。

她手中的分水刺一路劃過鯊魚肚腹，俐落地將魚腹剖開一道大口子。只可惜這柄分水刺不甚精良，刃口已歪了。

那鯊魚重重撞在城牆上，激起大片泥沙，水下頓時渾濁起來。牠凶性大發，轉身張口向著她瘋咬。

泥沙驟翻，水流亂捲，她無法在發狂的鯊魚身邊保持平衡，倉促間揮臂直刺魚眼，可歪曲的分水刺扎偏了，卡在了魚頭上，她的身子也被發狂的魚帶得在水中翻飛，差點被甩飛。

阿南當機立斷放棄了這柄分水刺，撤身且游且退到城牆邊，藉助那堅實的磚石來保護自己的後背。

面前渾濁的海水之中，黑影更多更亂，上方的鯊魚已經集結向她衝撞而來。阿南胸中那口氣已經消耗殆盡，心肺那種壓迫的疼痛又隱隱發作，卻根本沒有時間吸氣。她在鯊群中左衝右突，驚險無比地堪堪從牠們的利齒邊擦過。

在這生死攸關的一瞬，阿南的手按住臂環，指尖扣在了阿言送給她的那顆珍珠之上，毫不猶豫地按了下去。

臂環之中，傳來輕微的琉璃破碎聲。被封印在其中的黑色濃霧疾噴而出，因鯊群亂游而紊亂的水流，迅速將周圍海域湮染成一片詭異的藍黑色。

即使憋著氣，阿南也立即捂住了口鼻，一縱身向著上方拚命游去。

黑霧毒性劇烈，在碧藍的水中燒出大塊黑色，有幾條鯊魚已開始在水中翻滾。

突破鯊群，阿南衝向上方藍綠色的天光。

正在此時，一種怪異的波動裹挾著尖銳的嘯叫聲，陡然震過整片海域，讓她在死一般寂靜的海中，感到毛骨悚然。

因為莫名力量的驅使，她回過頭，向下方看去。

水波匯聚而成的青鸞，從斜下方飛速地擴散，衝向四面八方。

它們衝出的地方，正是那個她一直沒能看清楚的燦爛高臺。四只青鸞同時從高臺上噴射而出，向著四面而去，隨著水波越擴越大，直至橫掠過四方水域，最終消失於蒼茫大海的邊緣。

阿南面前水波陡震，眼看著青鸞水波向她飛撲而來，那水波痕跡不偏不倚直衝向她，似乎要斬斷她的身軀。

明知道面前只是透明海水泛出的波紋，阿南還是下意識地偏了一偏身子，避開那撲面而來的青鸞。

然後，她看見自己鬢邊一綹散亂的頭髮，在水中被那橫掠而過的波光斬斷，隨著水波在她眼前一飄而過，隨即消失不見。

這青鸞的衝擊力，好生可怕。

一瞬間，阿南腦中掠過一道凜冽的白光，一種可怕的預想，幾乎扼住了她的心口。

還沒等她理出頭緒，下方的鯊魚又撲了上來，尖銳密集的利齒在幽暗的水下閃著駭人的光，似要將她撕碎吞噬。

難道本姑娘在海上縱橫這麼多年，居然會死在這一刻？

阿南咬一咬牙，在水中翻轉身子，想尋求一處空隙脫困而出，卻終究不可得。

周圍密密匝匝的鯊魚，看來足有六、七十頭，她的周身上下全都聚攏了伺機而噬的鯊群，等待著將她撕成碎片。

阿南抬起臂環，準備最後再殺幾條鯊魚，至少，也不能讓牠們將自己吃得太愉快了。

只是……

她的眼前，忽然閃過放生池那一片煙柳長堤，掩住了公子被關押的樓閣。那之後，她再也沒見過他，或許，已是永遠見不到了。

還有……阿言身上的山河社稷圖，她是幫不上忙了，希望他能自己找到那條生路，好好地，長久地活下去吧。

緊一緊臂環，她手中的流光破水疾射，那光華壓過了周圍所有粼粼波光，如同新月光輝，在撲過來的鯊群中耀眼閃過。

周圍所有的鯊魚，幾乎同時掙扎扭曲，血箭齊迸，將她的周身染成血海。

阿南不敢置信地在水中睜大了眼睛，自己都不相信這薄薄的流光能有這麼大的威力。

成群鯊魚扭曲掙扎著，大股大股的血箭從魚身上疾射而出，一時間她周圍的海水全部被染成猩紅，如墜血海。

大批手持機括的水軍，正成群結隊向她身處的海域游來。即使這邊大群鯊魚聚集，也擋不過他們密集發射的水弩與魚叉。

毫不遲疑，阿南立即竭力打水，衝出海面。

鮮血消失湮沒的邊緣，碧藍的天光之下，粼粼的波光籠罩著她眼前的世界。

在那如同暴風驟雨般射擊的武器中，水下頓成血腥屠殺場，幾乎染紅了這片大海。

衝破這片血海，她浮出水面，脫離了夢魘般的地獄。

日光穿透雲層，籠罩整片湛藍大海。阿南大口喘息著，因為暈眩而眼前一片朦朧。

迎著上方虛幻的光暈，她看見站在船頭俯瞰她的阿言。

日光反射著水波，蕩漾在他的周身。他蒙著一身瀲灩光華，佇立在船頭等待著她。

而她從暗黑與血腥中奮力游出，向他伸出雙臂，衝破陰寒的水中，緊緊抓住了他伸來的，溫暖的手。

朱聿恆緊握住阿南的雙手，將她從水中拉出。

她在水下待久了，又與群鯊搏鬥脫了力，此時臉色發青，身體冰冷僵硬。顧不上烈日曝晒，她倒在甲板上鬆開水靠的帶子，大口喘息著，攤平四肢讓自己的身體溫暖起來。

剛剛在船上水下指引眾人時，她一副霸氣強悍指揮若定的模樣，此時卻在眾目睽睽之下像條死魚一般躺平，手指頭都不想動一下。

周圍一片安靜，所有人都不敢出聲，連朱聿恆也站在她身旁，等待她緩過這口氣。

直到眼前陰翳過去，阿南才慢慢坐起來，被朱聿恆攙扶著回到船艙。她將緊裹全身的溼水靠從身上艱難剝下來，擦乾身體，換上乾衣服。

夏日炎熱，她帶出海的是細麻窄袖衫子，吸溼易乾，海棠紅的顏色襯得她蒼白的臉色好看了不少。

打開胭脂盒子，阿南沾了點胭脂暈開，讓自己的脣色顯得精神些。

朱聿恆敲門進來，看見她這副模樣了居然還在化妝，不由皺起眉頭。

阿南從鏡子看他一眼，又給自己的臉頰打了些粉色：「臉色太難看了，我死都要死好看些。」

可惜朱聿恆並沒有注意她的妝容，目光只落在她左頰和脖頸紅腫的擦傷上。她被衣服遮住的身軀上，不知道還有多少未曾被人察覺的傷痕。

他的目光與她在鏡中交會，他看見她的眼睛在水下太久而布滿了血絲，疲憊微腫。

他再也忍不住，開口問：「為何要如此逞強？我讓妳等待妳不等，這麼急著把自己的命拚上嗎？」

阿南聽他這質問語氣，本想問我是主子還是你是主子，但抬眼看見他眼中的關懷與焦急，不知怎麼的心口一暖，不由自主地笑了出來，應道：「是是，我知道錯了。」

這沒正經的樣子讓朱聿恆不由皺眉，哼了一聲，端起旁邊的碗遞給她。

阿南喝了一口，甜絲絲的薑茶，正好驅寒。

她捧在手裡慢慢喝著，朝著他微微而笑：「阿言你可真貼心。」

朱聿恆沒好氣地瞪她一眼，而她得意忘形，湊到他耳邊低笑道：「這次你護主有功，我回去好好犒勞你。」

朱聿恆別開頭，正不知如何對付這個憊懶的女人，目光卻掃到她妝盒中的一支螺黛。

他看著這支泛著暗青微光的螺黛，問她：「妳用的是什麼眉黛？」

阿南沒想到他會忽然問自己這個問題，隨口道：「金蘭齋的遠山黛，怎麼了？」

「二兩銀子一顆的那個？」朱聿恆的眼中含著她看不分明的複雜情緒。

阿南笑一笑，隨手拿起來對著鏡子描了描自己的眉：「怎麼了，怕我用不起？」

可惜她在水下太過疲憊，手有點虛軟，眉毛畫得不太像樣。她嘆了口氣，拿絨布沾了點面脂，將眉毛又擦掉了。

「怕妳麻煩大了。」朱聿恆望著她絨布上的顏色，道：「那朵留在苗永望身邊的青蓮標記，和描在行宮亭子上的那朵青蓮，都是用遠山黛畫的。」

「咦？」阿南回頭看他，挑挑眉：「這麼說我又在現場，又用的是同樣的眉黛，嫌疑很大？」

「非常大——甚至可以說，已經超越綺霞，成為最大嫌疑人了。」

「別嚇我啊，又來了？你之前還曾懷疑我在宮中放火，一直追著我不放呢！」

朱聿恆湊近她，海風從敞開的窗口吹進，自他的脣上掠過，將他的聲音壓得很低很低：「所以接下來，我得盯著妳不放，也不許妳離開我的視線半步，不得擅自行動。不然的話，朝廷會立即對妳採取行動的。」

「好怕哦，我何德何能讓阿言你親自盯著我？」阿南誇張地拍著胸口壓驚，隨即笑了出來：「我救過順天百萬人，我為朝廷立過功，你不會這麼殘忍吧？要讓我下獄和綺霞作伴嗎？」

日光波光交相輝映，照得她的笑顏燦爛明亮，那些可怖的暗局與可怕的凶案在這一刻的笑語中忽然遠去。

朱聿恆一直沉在陰霾中的心也如撥雲見日，甚至讓他的脣角也微揚起來：「放心吧，綺霞已經沒事了。對了，妳給她做的金釵，她挺喜歡的。」

「那就好，我也得加快努力了，希望我們的麻煩能快點解決。」阿南見鏡中的自己已不再難看得像個死人，便朝朱聿恆勾勾手指，捧著薑茶晃出了艙門。

下水斬鯊的人已一一上船。人群中有一條身影按住甲板翻舷而上，身形俐落遠超他人，帶起的水花都比別人少。

那是個瘦長黝黑的少年，大約十七、八歲年紀，滴水的眉眼黑亮似漆。他身量不算高大，身形似一條細瘦的黑魚，每一寸肌膚骨骼都最適合下水不過。

阿南的目光在他厚實而筋骨分明的手腳上停了停，問朱聿恆：「你帶來的？他水性可不錯呀。」

朱聿恆道：「他就是最早發現水下青鸞的疍民江白漣。此次他受邀共探青鸞臺，水下的情況，妳盡可一一對他講述。」

「啊，難怪！」

聽到阿南的話，正在甲板上甩著頭控水的江白漣朝她一笑，露出一口大白牙：「妳也不賴，一個姑娘家居然能隻身從鯊群內殺出來，我們疍民漢子都不敢說比妳強。」

「我還是疏忽了，不然不至於這麼狼狽。」阿南目光落在他腰間的氣囊上，眼睛一亮：「你這個氣囊是帶嘴的？讓我瞧瞧？」

江白漣爽快地解下遞給她：「這是我自己琢磨的。其實就是在取豬脬時多留了一截管子，再貼一根竹管將它撐起硬化。這樣在吸氣的時候既方便，裡面的氣也不會逃逸。」

阿南笑道：「難怪我琢磨不出來，因為我在海上，用的氣囊是大魚鰾做的，那東西可沒管口。」

見他們討論起下水的物什，朱聿恆也不去打擾，回頭吩咐船隻回航。阿南指著海底問他：「這水下，不探了？」

「先讓水軍把守這一帶吧，反正城池就在水下，又不可能走脫。」

阿南遲疑著，似乎有些不想走：「可是……」

「還是得回去做好準備，今日大家的狀態不適合再下水了。」朱聿恆說著，又打量著她的神情，問：「怎麼了？妳要下去？」

阿南嘆了口氣，說：「算了，我今天已經力竭了。」

「江白漣這邊會尋幾個水性最好的疍民一起來，你們詳細探討下水下地勢，等研討仔細再做安排。」朱聿恆道：「此次妳未免太心急了，上一次妳已經受傷了，這次為何不安排妥當再行事？」

阿南只笑笑看向飛濺的浪花，說：「對呀，我太心急了，是我不對，先向你道個歉。」

她那沒正經的模樣，讓朱聿恆無奈地皺起眉：「阿南，我說的是正事。」

「我也是真心誠意向你道歉的。」阿南靠在欄杆上，托腮看著他，臉上的笑容漸漸隱去。

畢竟，她很快要劫走朝廷要犯，以後如何面對阿言也是個問題了。

至少……這一路以來的交情，怕是只能就此結束了。

所以，她真的很希望能多幫阿言一些，如果她能在山河社稷圖上幫到他一些的話，以後想起他時，是不是至少能減輕一些愧疚呢？

見她忽然陷入緘默，朱聿恆便也沒再說話，只和她一起靠在欄杆上，吹著微微的海風，望著海天相接處的燦爛光點。

分開不過三兩天，但他們都覺得有許多大大小小的事情想要和對方說，卻又感覺現在這樣什麼都不說也挺好的。

只有溫熱的海風從她的臉頰邊擦過，帶著熟悉的梔子花香越過朱聿恆的鼻間唇畔，消散在茫茫大海之上，無從尋覓。

飛船快槳，很快便到了海寧，眾人將彭英澤抬下船，送入營中。

他的左腳掌被鯊魚咬斷了，怕是回去後要截掉整隻腳，否則難免傷口潰爛，禍及全身。

所幸彭英澤個性爽朗，只拍了拍自己的腿道：「男子漢大丈夫，這點傷殘不算什麼，比起這回葬身魚腹的劉三他們，我已算行大運。再說，若不是南姑娘，這回我們所有人的命都要丟在海裡，現在這樣已經是邀天之幸。」

阿南望著被抬上岸的傷患們，只覺心下沉重。

朱聿恆開解道：「軍中法度完備，對傷殘的撫恤和家人的安頓，都有定例，妳不必擔心。」

阿南點頭，揮開了低落情緒，走到船艙中鋪開宣紙，喊了江白漣過來，將水下情況一一繪製出來。

「水城在水底十五丈深，日光穿透海水照射，視物無礙。城市介於方圓之問，略呈弧形，約有百丈見方。」阿南在紙上描繪圖形，邊畫邊詳細講解道：「小城東西有入口大門，門內是狹窄道路，左右商鋪林立，後方是坊間人家花草樓閣。順著道路一直上去，是一座斜坡，坡上頂端是個高臺，因為水波遮擋，所以看不清臺上情況，但我親眼看見青鸞從臺上飛出，確鑿無疑。」

江白漣大覺不可思議：「原來青鸞是來自水下城池的高臺？」

「而且，不只是一只、兩只，而是四只一起向四面八方射去。」她掠起自己那綹被削斷的頭髮，展示給他看：「另外，這是我太過接近青鸞時被削斷的頭髮。」

江白漣看著那綹頭髮，尚未明白過來，一直緘默聽他們交談的朱聿恆開了口，問：「看來，得馬上派人去錢塘灣海域，查看各處水下島礁的情況？」

「嗯，錢塘入海口有大小島嶼環衛，粗略看來一個巨大的圓形，而青鸞正在這個圓的中心點，它們向四面八方擾動的水波，已經持續了六十年。」阿南抬手指向後方的錢塘灣，說道：「繩鋸木斷，水滴石穿。六十年來震動的水波，我怕水下屏障難免有了缺失，或許……東海正在醞釀一場大災變。」

江白漣對錢塘灣再熟悉不過，頓時脫口而出：「若錢塘灣這一圈拱衛島嶼有失，那八月十八的大潮，豈不是再也防護不住了？」

阿南點了點頭，看向朱聿恆。

朱聿恆神情凝重道：「『黃河日修一斗金，錢江日修一斗銀』，錢塘江的回頭潮號稱天下第一，若江海橫溢奔騰入城，往往城毀人亡，傷亡無數。前朝便有兩次大災，風雨合併大潮沖毀城牆，全城男女溺斃萬餘。」

想著那全城被沖毀、萬人浮屍的景象，幾人看著面前浩瀚碧海，都覺毛骨悚然。

「若海中地勢真的在這數十年中被緩慢改變，那麼以後每逢大潮水之日，杭州難免淪為澤國，海水倒灌入運河、湖澤，使得杭州府，甚至地勢更低的太湖、南直隸一帶，百姓流離失所。」朱聿恆的面容上失去了一貫的沉靜：「我查過南直隸工部卷宗，近幾十年來，杭州修堤委實越來越頻繁，沖垮的海堤也逐年增多，想來，這也是水下陣法威力初現了。」

江白漣道：「這個我倒是可以找幾個年長的人問問，畢竟我們疍民祖祖輩輩都在水上，老人們對這些年來的水文變化再熟悉不過。」

阿南點頭道：「那就拜託你了。」

船近杭州，疍民聚居江上，江白漣的小船就停靠在埠頭。他一手抓住大船欄杆，一個翻身便躍到小船之上，動作輕捷得讓小船隻稍微晃了晃，蕩起一、兩條漣漪便穩住了。

朝廷的官船繼續沿著江岸往杭州而去。錢塘江兩岸，是巨石堆砌成的海塘，整整齊齊一路排列，在水波衝擊下巋然不動。

阿南與朱聿恆打量著這看似堅不可摧的海塘，沉默估算著下一波大潮來臨時它是否能抵得住那些劇烈衝擊，但最終都只看到了彼此眼中的擔憂。

「不過……這只是我們所設想的最差結果。畢竟海中島嶼暗礁都是千萬年才形成的巨大屏障，我不信關先生能以區區數十年徹底改變。只要我們及時摧毀水下機關，再填補這些年來海下的折損，相信目前不至於釀成大災禍。」阿南安慰朱聿恆道：「相比之下，我倒是更擔心你。若你身上的山河社稷圖真如我們所料在八月十八發作，不知對你的身體，會有多大影響。」

「它既要發作，我們又攔不住，那就讓它來吧。」

那貫穿全身的劇痛、那身上相繼烙下的痕跡、那步步進逼的死亡，都如同蟲般噬咬著他的心，讓他日夜焦灼難安。

可看見她眼中的隱憂，朱聿恆的語氣反而輕緩下來，甚至安慰她道：「與杭州城數十萬百姓相比，我身上的山河社稷圖又算得了什麼？只要這水下機關還有挽救餘地，那便是邀天之幸了。」

「嗯……」阿南點了點頭，想想又詢問起綺霞的事情來：「行宮那個案子，現在有進展嗎？」

「袁才人的屍身已經搜尋到了，此事是江白漣幫忙出力的。此外，在苗永望死去的房內也有一些發現。」

朱聿恆詳細地講述了她走後的調查所見，又道：「還有，在通往高臺的曲橋上，搜尋到了一個我比較意外的東西。」

「什麼東西？」

朱聿恆來杭州尋她，自然早已將東西準備好。那是一根細細的金絲，頂上結著一顆小小的珍珠，在他的指尖微微顫動。

日光與波光匯聚在他們之間，細小的金光與珠光在他們中間閃爍不定。而阿南的眼中閃耀著比它們更亮的光彩：「袁才人所戴宮花的花蕊！」

畢竟，她當時留心過袁才人那豔麗逼人的裝飾，自然也記得她頭上那朵金絲為蕊的絹花。

「對，袁才人是在高臺遇刺的，為何首飾會在橋上殘破掉落？我想這或許就是袁才人獨自跑去高臺的原因。」

阿南點頭沉吟片刻，道：「來杭州的這幾日，我也反覆將當日情形推敲了許久。這兩樁案子最詭異也最重要的地方在於三點：一是苗永望怪異的死法；二是袁才人跑到高臺的原因；三是刺客消失的方法。而尋找線索的關鍵，我認為瀑布那兩次暴漲必定值得研究，你命人查看過了嗎？」

「諸葛嘉帶人查過了，山下水車和山上蓄水池都毫無異常。不過他提出另一個思路，刺客或許是當時在左峰的人，先用瀑布製造混亂，然後沿著那具水車潛入右峰行刺。」

「這不可能。事發後我立即去查看了水車，那具巨大的龍骨水車雖可容納比較瘦小的人，但一是翻板由硬木製成，堅薄鋒利，進入的人或東西必定會被絞得血肉模糊；二是一旦有大一點的東西進入，這水車必定會卡住停止。但事發之時，瀑布水並未停過，因此可以肯定，這水車沒有出過問題。」

說到這裡，她驚覺朱聿恆的目光一直定在她的臉上，未曾瞬視。

她下意識抬手摸了摸自己的臉，問：「怎麼了？」

朱聿恆凝視著她，緩緩道：「阿南，妳有點著急。」

急著下水，急著交代水下情況，急著解決應天的案子——

大概她是，隨時準備，急著離開吧。

「難道你不急嗎？」阿南鼓著腮反問他：「還想幫你早點解決問題呢，看來我是皇帝不急急太監了？」

他轉開了臉，目光微冷，說道：「欲速則不達，太急了往往思慮不周，一切等上岸再說。」

阿南自然也知道自己太露痕跡了，她長出了一口氣，壓下臉上的急躁，可手指還是不住地在欄杆上彈著。

朱聿恆取出袖中的九曲闕山，慢慢地解著。在微微起伏的船身上練習毫釐不差的掌控力，顯然比在陸地上更難了十倍百倍，但他的手異常穩定，影響倒也不大。

「阿言你進步很大啊，看來離你解出那支笛子已不遠了。」阿南撐著下巴欣賞他絕世無雙的手，誇獎道。

朱聿恆略略抬眼瞥了她一眼，低低地「嗯」了一聲。

船即將靠岸，碼頭的水波衝擊得船身更加顛簸。朱聿恆抬手按住了九曲關山，將它收入袖中。

就在下船之時，阿南忽然皺起眉，抬手試了試迎面而來的風，低低道：「風向變了。」

朱聿恆看著她，不解其意：「風向？」

阿南收回手，道：「讓水軍做好準備，如今是夏末，風卻忽然自東北而來，怕是旋風的邊緣已到此間，大風雨就要來了。」

第五章　琉璃業火

朱聿恆此次是微服而來，所以杭州府衙不敢大張旗鼓迎接，只有知府率了幾個要員，與卓晏等人在碼頭等待。

船一靠岸，一群人便誠惶誠恐笑臉相迎，個個提督長提督短的，讓阿南暗自覷著朱聿恆好笑，也不知道這位大爺什麼時候才肯與自己坦誠相見。

再想了想，這樣也好，畢竟阿言要是真成了殿下，到時候場面可能不好收拾。

「有空去驛館找我。」阿南對朱聿恆揮揮手，懶得去看一群男人觥籌交錯。

在眾人錯愕的目光中，朱聿恆略點了一下頭，看了卓晏一眼。

卓晏會意，立即便跑到阿南身邊：「我送妳回去吧，順便帶妳去吃我最喜歡的那家店！」

卓晏這個紈褲子弟找的店自然名不虛傳。

「來，龍井蝦仁東坡肉，這家廚子做得最好的菜，妳嘗嘗看。」

「你怎麼過來陪我？在官場上多轉轉唄，說不定能重回神機營謀個差事。」阿南吃著鮮嫩的蝦仁，笑笑看著他：「你看你整天瞎晃，這也不是個事兒啊。」

卓晏笑道：「一樣的一樣的，我把妳伺候好了，提督大人一開心，我不就有著落了嗎？對了，我一上船就暈所以今天沒出海，聽說當時情形特別危急？」

阿南心有餘悸道：「確實，我差點以為自己要送命了呢，幸好阿言帶人及時趕到，把我救下來了。」

「那可算萬幸。提督大人一到杭州，聽到妳出海了，連水都來不及喝一口便立即調船趕過去了！妳是沒瞧見他當時那焦急的模樣，杭之都驚呆了！」

「是嗎？阿言對我真好。」阿南笑咪咪地吃著，又壓低聲音問：「他在應天不是有要事嗎？為什麼忽然跑來杭州啊？」

卓晏朝她擠擠眼：「關心妳的……不，杭州的安危吧。」

「騙人！我不信他說要來找我，朝廷就能讓他來。」

「這……我還真不知道。我現在白丁一個，哪知道這些內情？」卓晏嘆氣道：「我也就幫忙打打雜，接待接待朝廷不便出面的人了。」

「朝廷不便出面的人，我嗎？」阿南笑著指指自己。

「不是啊，聽說要小心伺候著，我也不知道是什麼人……」

見卓晏略有遲疑，阿南也不願為難他，立即轉了話題道：「算了算了，公務上的事我才沒興趣呢。」

「可不是麼，聊這些幹什麼，吃飯才是要緊事。」卓晏殷勤地把叫化雞外面的荷葉給剝開。

阿南確實餓了，撕個叫化雞的翅膀吃了，又風捲殘雲吃了兩塊東坡肉。

卓晏嘖嘖稱奇：「像妳這麼能吃肉的姑娘，很少見啊。」

「那沒辦法，不多吃點肉，哪撐得住水下的陰寒？」

「先休息幾天唄，反正大家在準備，這幾天應該不需要下水。」

阿南朝他笑了笑，說：「那可說不準。」

一頓飯吃完，卓晏將阿南送回驛館，阿南撫著肚子進了門，想想又悄悄地欺身到巷子口，見左右無人，便翻上牆頭，幾步踏過屋簷，看向長街。

黃昏漸暗的街邊，卓晏阻止了一家皮貨店的老闆關門，進內匆匆付了錢，提著一個竹筒出來，隨手往馬背上一繫，便騎馬走了。

阿南的目光緊盯著那馬上的竹筒，思索著直到它與卓晏消失在巷口，一絲不安難以抑制地湧上心口。

她深吸一口氣，勉強沉下氣，踏過幾道屋脊，翻落在一條冷僻街巷。在街巷的最末端，是個破舊得幾乎要塌朽的破園子。

在破園的圍牆一角，是正在等待她的幾個人。
阿南越過望風的司霖，向司鷲點了點頭，轉到傾頹的牆角：「魏先生，馮叔，久等了。」
「沒事，我們也是剛來不久。」魏樂安從懷中掏出一張紙交給阿南，道：「南姑娘，這是放生池最中心的那個點，確認無誤。」
馮勝道：「妳的棠木舟我已經打理好了，還增大了水下暗格，妥妥的！」
司鷲走過來拍胸脯道：「後撤的路我也已經安排好了，直通三天竺，一路暢行無阻！」
「辛苦魏先生和馮叔了。」阿南驗看了魏樂安的資料，又確定了小船的位置，最後對司鷲點頭表示肯定，說道：「明日辰時，我準時出發。」
眾人聞言都是一驚，司鷲急問：「這麼快？」
「朝廷要將公子押解北上了，而且很可能直接去順天。」不然，朱聿恆不至於連父母的危機都要擱置，親自來到杭州。
「這不是更好？」馮勝一拍大腿，道：「沒有放生池那些陣法，咱們在半道上劫個人還不是易如反掌？」
魏樂安捻鬚點頭，司鷲更是把頭點得跟敲鼓似的。
「但，朝廷的幫手要來了……」阿南低下頭，望著自己不自覺握緊的雙手：「他若是來了，我沒有任何把握救出公子。」

眾人看著她的手，都知道她指的人是誰，一時臉色都難看起來。

司鷲抬手輕輕拍了拍阿南的背以示安慰，又覷著司霖道：「幸好阿南潛伏在官府那邊，及時打探到消息。不然，姓傅的那個混帳一來，我們肯定全軍覆沒。」

司霖面色鐵青，一言不發。

魏樂安則問阿南：「消息確切嗎？」

「九成九。」

畢竟，只有那人能拆解吉祥天、保養內部構造，並且要用到純淨的羊脂——那種東西，只有皮匠鋪才會備有。

「所以，我們必須趕在援兵未到杭州之前，將公子及早救出。」

魏樂安問：「妳真打算一個人隻身前往？」

阿南搖了搖頭：「沒法帶人去。我說過了，那水下的機關，人越多，水波越混亂，造成的擾亂越多。」

幾人雖然都知道阿南的本事，但想到她孤身前去，一時都陷入沉默。

魏樂安躊躇問：「如此冒險，有幾成把握救出公子？」

「放心吧，這些日子，我已將石叔豁命探來的陣法，一再反覆地推算過了。」阿南一揚眉，說道：「放生池這個鬼門關，只要對方陣法沒變，我就有充分信心，絕不會對不起石叔的付出。」

聽她有如此把握，大家都略鬆了一口氣。

確認過了所有事務，阿南最後交代司鷲：「明日你把棠木舟駛到西湖東岸，然後到河坊後街幫我取點東西。」

事情商量妥當，阿南向外走去，一直站在外面望風的司霖抬起胳膊攔住她，冷冷開口：「我問妳，妳現在是不是要去找那些朝廷的人？」

阿南抬手彈了彈橫在自己面前的胳膊：「你操這個心幹什麼？總之明天我會將公子安全救回，少了一根寒毛我認罪。」

「妳天天與官府的人混在一起，叫我們如何不操心，如何相信妳？」司霖目光利得如同針尖，直刺著她：「南姑娘，若妳還對公子忠心耿耿，願意護著咱們這一脈正統的話，妳就該拿出誠意來給我們看看。不然，誰知道明日我們等來的，會是公子還是朝廷鷹犬？」

「笑話，我若是背叛公子效忠朝廷，你還會好好站在這裡？」阿南掃了周圍幾人一眼，提高聲音道：「怎麼，我才剛離開你們幾個月，你們就覺得我會背棄當初誓死效忠公子的誓言、出賣出生入死的兄弟？」

「阿南，別聽司霖胡說八道！」司鷲急道，衝上去就將司霖擠開。「別擋道！阿南既然說了明日去救公子，那咱們安心等著就行！」

魏樂安見司霖面色鐵青，任憑司鷲推擠，依舊一動不動站立著，也有些無奈：「南姑娘，如今公子失陷，群龍無首，司霖急火攻心胡言亂語，確是該罰。只是……明日既然有事，妳今晚不如與兄弟們細細商議大事，何必還要離開呢？」

「我今晚還有事。」阿南不願詳細回答。

司霖冷笑問：「明天一早妳就要出發去救公子，什麼事妳今晚必須要去辦？」

阿南本不願理他，但見司鷲與馮勝也在看著自己，便道：「明日放生池一戰，衝突在所難免。我和阿言還有些事情，需要及早安排好。」

畢竟，她委實不願阿言在場，更不願他捲入紛爭。

「阿言？口口聲聲叫得這麼親熱，妳如今與他形影不離，心裡還有公子？」

司霖死死盯著她，逼問：「妳忘記當初妳快死的時候，是誰收留了妳？又是誰悉心培養妳、多次救妳出險境？誰讓妳這個五歲就應該死在海島賊窟裡的小丫頭，最終成為了叱吒西洋的南姑娘？」

「公子的恩情，我片刻不曾忘記，只要有需要，我為他豁出命都可以！」阿南冷冷駁斥：「不需要你來強調。」

「呵……既然妳還沒有忘記公子對妳的大恩大德……」司霖抬起手，指向杭州府衙所在的燈火輝煌的鳳凰山麓，一字一頓道：「那麼，我教妳一個比妳孤身去救公子更可靠的方法——把那個被所有人尊稱為提督的大人物、那個與妳日日相伴的阿言，綁過來，交給我們，用做人質！」

阿南心下一震，抬眼盯著他。

「相信以妳的身手，不難辦到吧？」司霖見其餘人雖面露猶疑之色，卻並無人出聲反對，對阿南說話的聲音更提高了三分：「這樣，即使妳明天出了岔子，我們手裡也有最後的籌碼，可以確保公子安全無虞地回到我們的身邊！」

阿南盯著他的目光犀利冰冷，與她的聲音一樣鋒利：「你的意思，是不相信我？」

因她這銳利的目光，司霖頭皮忽然一麻。

他終於想起了面前的人是誰。想起了她當年在海上踏浪屠戮、凶光掩日的模樣。

他脖子梗住，一動也不敢動，更不敢發聲。

阿南回頭，緩緩掃過身後的人，又問：「你們呢？信不信我？」

司鷲第一個搖頭，大聲道：「阿南，我明天準時去接妳！」

馮勝大聲附和，魏樂安也懇切道：「南姑娘，公子就交給妳了，我等靜候佳音。」

阿南神情稍霽，冷冷瞥了司霖一眼，手中流光閃動，身影早已躍出了這頹敗的所在。

漸暗的夜色之中，只傳來她留下的最後一句話：「所有一切我自會安排好，你們只要等著迎接公子就行！」

朱聿恆從府衙出來時，沁涼的風夾雜著零星的小雨，已籠罩住整個杭州城。

阿南的預測很準確，大風雨已經登陸杭州了。

他再次詢問杭州都司，是否已經做好應對大風雨的準備。

皇太孫一再示警，所有官員自然不敢怠慢：「布政司已派遣人手加固海塘及城牆，檢查各處危房，堵水、排水通道亦已徹底檢查。城內城外有危險的百姓皆已防範轉移。」

朱聿恒微微點頭，抬頭見雨絲稀疏，但風勢漸大，街上行人寥寥。

此時正有一騎快馬在杭州府衙外停下，馬上人翻身下馬，直衝向燈火通明的大門。

朱聿恒在上馬車之前，拿到了浙江布政司截留的這封飛鴿書。

為防止官方飛鴿傳書被誤擾，江浙一帶歷來禁止民間私人放飛，還在各通衢之處設了攔截，專門射殺、抓捕單飛鴿鳥，以免有人偷偷犯禁。一旦循蹤發現主人，嚴懲不貸。

此次被攔截下來的鴿子早已被射死，只有一捲被雨水和鴿血染得模糊的紙條，傳遞到了朱聿恒手中。

那紙條上排列著幾行怪異的數字，寫的是二七肆庚或是一二五陸中之類的混亂數字，前後全無落款。

唯一特別的，是右上標註著「三拾貳」三個字。另外，便是在左下落款處，印著一個以眉黛畫出的標記，寥寥三抹新月形，似是一朵青蓮。

朱聿恆在燈下轉側這朵青蓮，看到了黑黛內暗暗隱現的青色微光。

他垂下眼，不動聲色地回身，示意杭州知府給自己找尋幾個懂得密信格律的人。

浙江布政司的人便趕到了，接過朱聿恆列出的那幾個數字研討一陣後，很快得出了結論：「提督大人，這混雜相用的數字體例，應該是循影格的密信。」

「循影格？」

「這是民間一種密信法子，拿一本市面上通行的書作為『本』，然後按照數位，去尋『影』即可。」一個吏員指著第一個數字三拾貳說：「三拾貳，這三個字的寫法不一樣，我估計，這個『三』應該是一套書，『拾貳』是指書的第十二本。坊間帶三字的書，唔……《三車一覽》？《詩三百》？但這幾本書那麼薄，怎麼可能有十二本……」

另一個人思忖道：「《三國》？是《三國志》還是《演義》？」

眾人皆以為然：「坊間流行的就那幾種，都拿過來對照翻看，必有所得。」

當下有人跑去尋書，剩下的人繼續研討：「再看這個，二七肆庚，二七是一種寫法，那麼應該是第二十七頁，肆是另一種寫法，應該是第四行。後面的天干地支該用來表示列。第二個數字裡有申字，大概是因為天干不夠，只能往下續數地支數列。」

不多久，市面上通行的三國刊刻本都已送到。這兩部書都很厚，且版本也多，但超過十冊的刻本，唯有松鶴堂的《三國演義》。
不到半個時辰，所有字被翻了出來，眾人都是面面相覷，不敢作聲。
朱聿恒盯著那上面的內容，一貫沉靜的面容也被難以抑制的陰霾所籠罩。
他回到下榻處，立即鋪紙修書。但匆匆寫了幾筆，卻又因為心底湧上來的惶惑與恐懼，而將紙狠狠撕掉。
他死死盯著翻出來的內容，不敢想，也不知如何下筆。
那上面標註的，是一個人的特徵——
肥胖而有腿疾，鎮守應天之人。
南京肥胖的官員不在少數，上面也並未寫明身分。可縱然是萬分之一的風險，他也絕不敢去賭。
因為，那是他二十年來敬重依賴的人，是他這世上至親之人。
幾日前的行宮已潛伏了詭異隱現的刺客，如今再度出現這般描述，他如何能只送一封信去應天，然後自己安坐在杭州等待！
即使，大風雨將至，這一夜必定是艱難跋涉，可他也得以最快的時間，趕回應天去。
他終於下定了決心，霍然而起。

沒有帶太多人，一行二十八騎換了油絹衣，他在疾風中上馬，沿著官道向應天飛馳而去。

零星落了一夜的雨，到凌晨反而停了。只是風越發大了，在杭州城內疾捲而過，隱隱有山呼海嘯的氣勢。

街上唯有零散幾個攤子支在背風巷口，賣著包子饅頭。

阿南一早就到楚元知家中，敲開了門：「楚先生，吃了嗎？我路上買了早點。」

楚元知接過她遞來的荷葉包，打開來看，是兩個紅糖豆沙包，頓時喜不自勝。旁邊他兒子楚北淮正在背書，一眼瞅見，立即不滿道：「爹，你前幾天還牙痛，今天還敢吃甜的！」

「沒事，爹吃完好好漱口。」楚元知扯著兒子衣袖，示意他給自己留點面子。

「來，小北吃肉包子，長得壯壯的。」阿南笑著把另一個荷葉包遞給楚北淮，又打發他給金璧兒送紅棗糕，才對楚元知說道：「我看今天天氣還不錯，來取上次說的東西了，楚先生應該製備好了吧？」

「今天這天氣……」楚元知看著空中的旋風苦笑，心說妳睜眼說瞎話的本事也沒誰了：「南姑娘妳上次吩咐過後，我當然盡快弄好了。只是東西不少，好拿嗎？」

「這倒不必擔心，我和朋友約好了，他過會兒就會推車來，咱們先準備好。」

轉眼司鷲就來了，阿南招呼他將東西搬走，又對楚元知笑道：「麻煩楚先生啦，下次我請你吃飯！」

「哪裡，多謝南姑娘和提督大人的關照，我現在都有官家飯吃了，這些東西——」他說著指了指司鷲的獨輪推車，說道：「也是奉命行事，本是我分內事。」

阿南笑著朝他揮揮手，帶著司鷲出了街巷，前往西湖。

楚元知站在門口，看著那些被運走的東西，只覺心裡湧起一種怪異的不安，總覺得她會惹出什麼大事。

但看著阿南閒散的步履與笑微微的模樣，他又覺得自己多慮了——哪有人去辦大事的時候，會是這副不正經的樣子？

棠木舟早已靠在西湖南岸，阿南回到吳山園子內，換了水靠和一身紅衣，開門招呼司鷲給自己提一壺熱水來。

她將卓晏給自己配的藥丟在茶碗內，想了想又加了一丸，化開後吹了吹涼，一口喝掉。

司鷲一看之下，就要來奪她的藥：「不要命了，妳又吃這個，還吃雙倍劑量！」

「今日一戰，我必須得萬無一失。」阿南一側身避開他，將空碗放回桌上，抿脣道。

司鷲嘴脣動了動，但他知道自己說什麼都沒用，便只嘆了口氣，打量她一身緋色衣裳，轉了話頭：「還有妳這一身紅衣去水上，會不會太顯目？」

「顯目些好，不然顏色在水裡分辨不清。」阿南朝他一笑，取出懷裡一雙銀色精鋼手套戴上，握了握五指。

這雙手套十分厚重，骨節處由精鋼打製，手背上扇形排列著三根細長鐵管，剛好就卡在骨節的凹處，不太引人注目。

手套略微大了一些，畢竟，這原本是她為公子所製。她調整了一下大小，又試著握住雙拳，骨節的精鋼中立即彈出刀鋒，不過兩寸長短，但那鋒利刃口閃出的寒芒，足以令人膽寒。

收回寸芒後，阿南垂下雙手，一拂豔紅衣襬，轉身就出了院門：「每個人都按計畫行事，切勿延遲拖遝。」

眾人站在近水准臺上，目送她離開，就連司霖也不敢再吭聲。

阿南一身紅衣，獨自駕著棠木舟穿出湖邊垂柳。

大風將她緋紅的裙角與髮帶高高揚起，夾雜在萬條柳絲之間，那抹紅色忽現忽失，越發灼眼。

一年四季煙波濛濛的西子湖，此時因疾風而水波粼粼。波浪四下相激，大大阻遏了阿南的小船去勢。

她的船上看似空無一物，可經過改造的船艙內暗藏不少東西，使得她速度更緩慢。

但阿南並不急躁，她慢慢撐著小船，在動盪不安的水面上，向東北方向慢慢而去。

她身上紅衣如此顯目，尚未接近放生池五十丈內，湖上圍巡的船隻便立即發現了她，有幾艘船圍攏過來，向她喝道：「快走，官府在此巡邏，不得靠近！」

大風雨將至，水風激蕩，波浪拍擊之下船身顛簸不已。對方船上的士兵都要按住船舷，才能穩住自己的身子，但阿南本就在海邊長大，立在船頭輕捷平穩，渾若無事。

對面船上的人見她沒搭理問話，便伸出幾根篙杆抵在她的小舟上，企圖驅離她的小舟。

阿南將船身一側，篙杆吃不住力，就從船身上滑到了水裡。握杆的人在船上一個趔趄，差點栽在水中，狼狽中惱羞成怒，忿忿喝斥：「哪來的刁民，趕快離開，不然有得妳好看！」

阿南抬頭看高船上的眾人，眉宇微揚，朗聲問：「西湖是天地所生，放生池是古人所設，怎麼你們能在此處停留，我就不行？」

見她這樣發問，官府那艘船上有個錦衣衛總旗服色的人覺得不對勁，便站起身走到船頭，居高臨下打量她。

見只是一個女子孤身前來，他頓時放了心，不屑道：「此處禁止通行，擅入者休怪我們手下無情！」

湖面水風迴盪，阿南紅衣獵獵，一、兩綹未曾盤起的髮絲散在頰邊，讓她雙眼微瞇，竟似顯出一絲慵懶來：「可本姑娘今日就要來玩賞放生池，你們若是不放我進去，豈不是讓我空跑一趟，無顏見人嗎？」

那總旗手下也有百來個兵卒，脾氣自是不小。見她夾雜不清要闖進他把守的放生池，頓時冷笑一聲，抓過旁邊一個士卒的弓箭，拉弓滿弦，將箭頭直指向她：「大膽！地獄無門妳偏要闖，不給妳點顏色看看……」

話音未落，後面一個「看」字，已經變成慘叫聲。

流光在船頭一閃即逝，那總旗的手上血箭迸射。他手中弓箭掉落甲板，只揮舞著血肉模糊的兩隻手，慘叫不已。

在叫聲中，阿南抬腳勾住船頭一個鐵把，撥開後重重蹬下去。

船身忽然一輕，猛然向上升了幾寸。她鼻中聞到了淡淡的硫磺和油脂的氣味，低眼一瞥，小舟下方艙中洩出無數淺棕色的油脂，此時迅速蔓延向四方水面，又被水浪拍擊著，湧送到各艘船隻下方。

她不由得心花怒放，楚元知做的東西還真實誠，分量十足。

還沒等船上眾人發現異樣，阿南右臂疾揮，臂環中白光飛射，勾住上方官船船頭，整個人借勢向上翻起，紅衣招展間已經站在了對方船頭。

船上人還在查看那個總旗的傷勢，根本未及回神，更不可能察覺到水面的異樣。

而阿南一落在他們船上便即動手，虛幻的光線乍現，與風中粼粼波光混合在一起，似真似幻。

流光所到之處鮮血橫飛，與她豔紅的衣裳交織閃耀，飛散在水風之中。

先下手為強，她操控流光迅疾如飛，片刻間已血洗了半條船。

在一片哀聲中，有一、兩點溫熱的鮮血滴落在了她的臉上。她抬手去擦，臉頰卻只觸到一片冰涼——是她的手套遝邐，鐵與血混合，淡淡的腥味。

只這短短一瞬間，便有兩、三個人欺到她身後，揮刀向她砍來。

距離太近，阿南的流光無法出手。她仗著手套的力量，硬生生抓住向自己砍下來的刀刃，迅疾攻擊對方手肘回手反推。

那一往無前的刀勢被阻攔，對方手中鋼刀立即脫手飛出，連身體都因為此時船身的顛簸而站立不住，翻了兩個跟斗，重重墜入湖中。

水花四濺之時，阿南縱身踢飛了第二個欺上來的人。

那迅疾的大風與起伏的湖面，成了她最好的幫手。在這樣的天時地利之下，她幾乎無人可敵。

片刻之間，倒下了一船哀叫的傷患，躺倒在斑斑血跡之中。

但，跌入湖中的人，已經發現了湖面的怪異之處，大喊了出來。

旁邊船上的人終於反應過來，抓起了自己的刀劍，有的向這邊船上跳來，阻擊阿南的攻勢，更多的人張弓搭箭，箭如飛蝗向著阿南射來。

臂環中精鋼絲網飛舞而出，阿南招手斜拖，擋下第一輪飛箭，轉瞬間第二輪又射到。

她飛速撤了絲網，手撐在船舷上，身體凌空躍起，如一朵紅雲重新落回小船上。

她放矮身子，用船舷擋住身子，然後扳動機括。

船艙內的草篷豎起，暗藏在內的鐵板遮住了鋪天蓋地而來的箭矢。

趁著箭頭叮叮噹噹敲打在船身之際，阿南低頭觀察了一下水面。那些淡淡的棕褐色油膜自船下湧出後，已迅速湮開覆蓋了水面，黏稠地隨著水面起伏，擁住了圍攏來的所有船隻。

但此時湖上哀聲一片，混亂局面之下，大多人只注意著攻擊或防備，雖有落水者叫嚷，但並沒有多少人注意到湖面已經變了顏色。

阿南抬頭看向放生池，思忖著火油是否已經足夠覆蓋這些船隻。

正當此時，一艘細窄的黑船破浪而來，畢陽輝站在高翹的船頭，居高臨下俯視著小舟上的她。

他的肩膀上，站著那只傲首翹望的孔雀吉祥天，湖綠色與豔藍色交織的羽翼，在晦暗的天色中絢麗逼人，如神鳥臨世，懾人心魄。

他振臂抬手，一撥肩上孔雀，那絢爛的大鳥便應著他揮手的姿勢，拖著燦爛的長長尾羽扇動翅膀，在空中以阿南的小船為中心盤旋。

「臭娘們，終於現身了？」畢陽輝居高臨下，冷笑看著她：「前幾次老子不小心著了妳的道，這次妳自投羅網，看我怎麼收拾妳！」

「就憑你，還有這只呆板的死孔雀，也想動我？」阿南冷笑著，瞥了空中的孔雀一眼：「痴人說夢！」

「死孔雀？待會兒它就讓妳死！」畢陽輝獰笑道：「這可是我們閣主特地替妳準備的大禮，妳還不乖乖投降，叩謝他的恩德？」

阿南嗤之以鼻，攏好自己在水風中橫飛的鮮紅裙襬：「是誰死還說不定呢。」

「今日湖上，就是我替兄弟報仇之日！」畢陽輝從肩上卸下長弓，咬牙切齒道。

他的話如同號令，四周船上所有士兵弓箭上弦，一起對準了她。那些箭尖閃耀出的點點寒光，如同即將群撲而來的餓狼之眼。

瀰漫的殺意壓在整片湖面上，一片寂靜。

唯有阿南昂首站在風中，豔紅的裙袂獵獵飛揚，如一朵即將被風吹去的眩目火花。

畢陽輝緩緩舉起了手中的長弓，搭上了二指粗的一支鐵箭，對準了阿南。

周圍的弓箭手盡皆等著他，只待他一箭射出，便是萬箭齊發。

但，畢陽輝遲疑了片刻，手中那支箭卻遲遲未曾射出。

看著阿南臉上那絕不似裝出來的笑意，他心下清楚，既然她有恃無恐，那麼，必定還有殺招。

只是……讓她這麼無所畏懼的，到底是什麼？

「怎麼，不敢動手？」阿南脣角微揚，緩緩舉起了雙手，做出要擊掌的手勢：「天色不早，我急著去見我家公子了，可沒耐心等你了哦……」

水風勁疾，湖面上一片死寂，所有人都聽到她口中的數數聲：「三——」

周圍靜得有些可怕，只聽到湖水撞在水岸和船身上的拍擊聲，空中孔雀翅膀閃動的輕微喀喀聲，還有，每個人的胸膛中，心臟急促跳動的怦怦聲。

她的聲音，還在湖面響起：「二——」

風捲波光，所有人眼前都是一片湖水白光，西湖景色竟似有些失真。

水上火油層的邊緣，終於擴散到了最周邊的船下。

「一！」

隨著這一聲落下，她猛一擊掌，畢陽輝手中的鐵箭也在同時激射而出。

但阿南早有防備，他的弓弦乍動，她於擊掌之前已經臥倒，飛快擲出了火折。

萬箭齊發，如飛蝗急雨，射得阿南的小船猛然晃蕩。

湖面上只聽得箭頭射入船身的奪奪聲如暴風驟雨，也有射在船艙鐵板上的叮咚作響聲。但隨即，更為巨大的聲響吞噬了這一切——

是湖面上混合了磷粉與硫磺的火油轟然起火，迅速騰起一片火海，肉眼根本看不出起火的點在哪裡。湖上所有人只感到熾烈的光驟然升騰，周身灼熱，才知道已經陷入火海。

湖面上大大小小所有船隻，被升騰而起的火海瞬間淹沒。

尤其是官船的油漆和船帆，火舌舔舐所到之處，便如猛獸般席捲撲襲，濃煙烈焰吞噬了所有人。

那原本盤旋在空中的孔雀吉祥天，立時被煙火撩到，歪斜著被風捲走，不見了蹤跡。

剛剛還搭弓射箭的士兵們，此時都在火海中疾呼奔逃，紛紛躍入水中。可水面也有一層火油在燃燒，潛下去的人無法呼吸，不得不重新冒頭，絕望地被火海灼燒皮膚頭髮，發出陣陣哀號。

湖面上烈火熊熊，如人間煉獄。

朱聿恆趕到的時候，看到的便是這般慘烈情形。

他望著火光耀揚的水面，既驚且怒，尋找阿南的蹤跡。

身後的卓晏嚇得臉色慘白，看看阿南的小船又心驚膽顫地看看朱聿恆，不知該如何才好。

他心裡忽然閃過一個念頭——或許，自己不應該跟著皇太孫殿下回應天的，在這邊接待拙巧閣那個閣主不好嗎？

可他牽掛綺霞，又覺得跟著皇太孫肯定有好處，便抓住機會跟著去了。

在暗夜呼嘯的大風中，前路黑暗，無星無月，他們跋涉於泥濘山路之上。

卓晏狼狽地抹著臉上的汗，望著前方的皇太孫殿下背影——他在馬上的脊背筆挺且緊繃，像是有巨大的恐怖即將降臨，一刻都不能拖延，也絕不願被壓垮。

快到半夜的時候，他們經過驛站換馬，一行人抓緊時間休整。

卓晏累得半死，但還是強打起精神，拿著當地的扎肝讓皇太孫嘗一嘗。被拒絕後他便勸道：「雖然油膩了一點，但阿南姑娘昨天跟我說了，要多吃點肉，下水才有力氣。」

「不是讓她最近不要下水嗎？」朱聿恆說著，端茶盞的手忽然頓了一頓。

卓晏看見皇太孫殿下的目光在搖曳燭火之下忽然變得森寒。他像是想到了什麼，抿脣抬手，示意卓晏不要說話。

周圍的人都安靜下來，不敢出聲。

在片刻的沉默之後，朱聿恆忽然一把抓起擱在桌上的馬鞭，大步向外走去。

卓晏膽顫心驚，緊跟了上去，卻只能從後方看到他繃緊的下巴與緊抿的脣角。

驛丞牽著馬站在門口，他抓過轡繩翻身上馬，卻撥轉了馬頭，向著杭州回頭奔赴而去。

所有人都呆了一呆，韋杭之反應最快，立即上馬急奔追上。眾人如夢初醒，紛紛打馬重新扎進回杭州的黑暗山路。

難道，昨晚那苦不堪言的暗夜跋涉，那令殿下不顧一切狂奔向應天的騙局……

卓晏看著面前的西湖，心有餘悸地想，全是阿南設下的調虎離山之計嗎？

大大小小的船隻在水面上燃燒，烈焰熊熊。

阿南的棠木舟上卻沒有一絲火焰，除了扎在船身上的箭已經被焚燒成彎曲的焦黑木桿，未曾受到任何影響。

朱聿恆指揮岸邊僅剩的船隻，命令立即前去搜救湖中落難者。

眾人七手八腳從水裡拉起被燒得全身燎泡的士兵，在他們的呻吟聲中，朱聿恆終於看見了阿南那艘小船微微一動。

一雙戴著手套的手從船艙中伸出，手套上尖銳的寸芒鋒利無比，撐在船頭閃耀著寒光。然後，一條紅色身影從船艙中借力旋身躍出，落在高高翹起的棠木舟船頭。

正是阿南。她穩穩站在這哀鴻遍野的水面之上，目光掃過面前湖面，落在朱聿恆身上時，臉色微微一變。

朱聿恆隔著十數丈的距離看著她，一言不發。

他身邊那幾個剛從水中被拖出的士兵，身上沾的火油還在燃燒。火油是楚元知與阿南一起研製改進的，燃燒迅速，入水不滅。這些士兵本以為跳進水裡能逃出生天，誰知那些火油如附骨之疽，反倒更為慘烈。

激憤之下，他們個個對著阿南破口大罵：「妖女！妳死期到了！」

在眾人的唾罵聲中，阿南反倒大大方方地朝朱聿恆一笑，高聲道：「快走吧，水火無情，待會兒要是傷到磕到了，後悔莫及哦。」

卓晏知道她這話是特地對皇太孫殿下說的，忍不住偷偷地瞧了瞧朱聿恆的臉色。卻見他面沉似水，盯著阿南一瞬不瞬，並無任何避讓的意思。

箭在弦上，阿南撂下話後操起竹篙在水上一點，卸掉了火油的小船此時輕巧無比，在水上如箭一般向著放生池堤岸而去。

朱聿恆一抬手，西湖上僅存的幾艘官船立即圍攏上去，伸出勾鐮，攔截阿南的棠木舟。

阿南回頭瞥了朱聿恆一眼，手中竹篙用力一撐，小舟以間不容髮的速度穿過兩艘官船中間的空隙。

在疾衝過官船尾的一剎那，阿南抬手間流光閃動，兩邊的舵手齊齊抖著鮮血淋漓的手腕大叫出來。

大風之中，相接的兩船無人掌舵，失控地重重撞擊在一處。巨大的碰撞聲中，船上那些手持勾鐮站在船沿的士兵全部落水，鋒利的勾鐮交錯著無法避讓，水面上鮮血迅速湮開，慘叫聲連成一片。

阿南的篙杆在水面上一划，將一切迅速拋到身後，向著放生池闖去。然而就在她離放生池的堤岸不到十丈之時，一支長箭忽然自後方而來，向著她疾射而去。

後方船上的朱聿恆呼吸一滯，下意識地霍然起身。卻見那支箭來自那艘燃燒的黑船上，極其粗大，顯然只有膂力過人的畢陽輝才能用他的長弓射出。

那箭去勢駭人，聲響極大，阿南聽到耳後異常風聲，身形立即向旁邊一傾，整個人向著水面倒了下去。

那支箭擦著她的胸口飛了出去，去勢極為駭人，直插入放生池堤岸的磚縫間，激得碎末紛飛。

眾人皆以為阿南會墜入水中，誰知她手套上的寸芒正好卡住了船身，此時腰身一挺，再度飛旋而起，目光冷冷地掃向後方那艘餘火未熄的黑船。

船上，畢陽輝正手持長弓，再度搭箭上弦。

黑船材質比普通木頭堅固，起火緩慢，而他竟在滿船撲火的人中，不顧逃生，先要殺了阿南。

見他這不死不休的架勢，阿南冷笑一聲，身形在風中急晃，閃過他射來的利箭之時，勾住黑船的船頭，飛身躍了上去：「畢陽輝，姑奶奶正要找你呢！」

畢陽輝手中長弓無法近戰，見她身形詭魅，唯有掄起弓身向她掃去。

阿南仗著自己有手套，抓住抽來的弓身，一個翻身便帶著長弓疾轉了一圈，臂環中流光疾射，畢陽輝捂住臉，高大的身軀立時倒下。

旁邊的士兵早已被火熏得神色大亂，此時見她一個照面就幹掉了畢陽輝，嚇得只敢在周邊持刀作勢，不敢上前。

「臭娘們……我死也不會放過妳！」畢陽輝趴在地上，兀自惡狠狠咒罵。

「你不放過我，我還要找你呢！」阿南一腳踩在他的腿上，冷冷道：「你害得石叔這輩子下不了床，我就讓你這輩子走不了路！」

「阿南！」朱聿恆的聲音在她耳畔厲聲響起。

阿南回頭一看，朱聿恆的船已經接近，他站在船頭，片刻間就要到來。

天空閃過一抹燦綠，隱露吉祥天的痕跡。畢陽輝倉促地伸手入口，似乎要撮口而呼，讓它下來攻擊她。

她轉回頭，毫不遲疑地抬手，握緊手套，將寸芒對著畢陽輝的膝蓋砸了下去。

在骨頭碎裂聲與畢陽輝的慘叫聲中，她縱身而起，帶著一手淋漓的鮮血，落回自己的小船上。

她手中飛揚的血珠，有一、兩滴拋灑在了朱聿恆面前的甲板上。朱聿恆的目光，順著鮮血緩緩移到小船上她的身上。

相識這麼久，她在他的面前總是笑嘻嘻又懶洋洋的模樣。即使在生死一線之時，也還帶著三分不正經地和他開玩笑。

而他從未見過、也沒未想過，她竟有如此狠辣的一面。

阿南回過頭看他，那些鮮血灑在她一身紅衣上，並不明顯。而她的神情亦未曾有多大改變，只瞥了他一眼，說道：「阿言，別過來。」

過去了，會怎麼樣？

朱聿恆盯著回頭撐船離去的她，面容冷峻。

韋杭之站在朱聿恆身後，遲疑地問：「殿下，要去阻攔阿南姑娘嗎？」

朱聿恆尚在猶豫，忽聽旁邊傳來一陣驚呼。他們回頭一看，黑船上本已昏死過去的畢陽輝，居然扒著餘煙未盡的船沿，咬牙爬了起來。

他的衣服被船上未熄的火燼燙出大洞，眼看要燒進他的皮肉去。但他彷彿毫無察覺，只拖著殘腿爬到掌舵人身邊，將他一把推開，然後用力搭上了舵把，右手一扯，將風帆猛然升起。

黑船本就細窄，此時大風已席捲杭州城，那篷帆一經打開，立即在旋風的力量下，急速向著前方衝去，直撞向前面阿南的小船。

黑船上的士兵在太過迅猛的加速中跌倒一片，船上一片驚呼喧譁。

阿南在驚呼聲中回過頭，看見那艘黑船向自己以泰山壓頂之勢急逼而來，似要將自己連同小船一起撞成碎片。

她久在海上生活，最擅操控船隻，手中篙杆疾點，小船在湖面急轉，藉著風勢橫過船身，向著右後側急避而去。

可她沒料到的是，朱聿恆的船正從右後側駛來。

倉促之間，絕無法再次改變航向。阿南手中篙杆立即脫手，整個人向後躍起，如一條紅魚般迅速鑽入了水中。

轟然一聲，她的棠木舟被撞得四分五裂。

而這黑船上的滿帆被大旋風鼓動，在撞碎了棠木舟之後，速度並未稍減，反而與狂風一起攜著浪頭，驟急直衝面前朱聿恆的大船。

韋杭之下意識護住朱聿恆，連退幾步避開高高撲來的水浪。

腳下的甲板劇震，所有人都失去了平衡，失控的黑船衝破水浪，向著他們直衝過來。

即使船上的士兵與水手拚命拉扯船帆，可船頭龍骨已直衝向他們的船身，又在水浪的衝擊下高高直立。

水浪驟傾，黑船向下重重壓跌，眼看要將他們連同下面的船身砸得粉碎。

後方是船艙的板壁，根本沒有退路。

擋在他面前的韋杭之已被水浪沖走，緊急關頭，朱聿恆唯有翻過船身欄杆，直躍入下面激蕩的水面。

驟然落水，朱聿恆被狂浪拍得腦子嗡了一下，下意識就探頭冒出了水。剛來得及吸一口氣，他就看見上頭的欄杆已經被黑船壓碎，斷裂的欄杆和黑船的木板劈頭蓋臉向他狠狠砸下。

正在這生死之際，有人在下方猛然抱住他的腰，將他往下一拽，拖進了水裡。

下意識的，他抬腿就去蹬那拉自己下水的人。

然後對方的身軀立即貼住了他，抱緊他示意他別動。

這熟悉的感覺，讓他立即知道了抱住自己的人是誰——

阿南。

上方是大風之中動盪急湍的水面，驚慌呼救與傷患哀叫交織一片，湖底卻是一片平靜。

阿南帶著他停在一片水草之中，從腰間解下一個小氣囊，示意他吸一口氣。

朱聿恆吸了兩口後，才注意到她的衣袖上有絲絲縷縷的紅色飄出。他以為是她在流血，心中正一驚，再看卻是她衣服上染的紅色，在水中湮渲開來。

阿南拉起他的手，帶著他往放生池邊潛去。

朱聿恆自然不願隨她去那邊，將自己的手抽了回來。

阿南挑挑眉看著他，示意他盡可以自己走。

朱聿恆剛一抬手，驟然間只覺得指尖一涼，水下「沙沙」聲響成一片，水草叢中泥沙亂翻，湖水瞬間紊亂。

距離水草足有二尺遠的幾條魚身形一滯，隨即化為破碎血肉，隨水載浮載沉飄走。

朱聿恆迅速收手，只覺頭皮發麻，想起了之前被水下陣法絞得血肉模糊的那個男人。

阿南輕輕抖了抖手臂，袖子上的紅色隨著水流暈開，他才看到在淡紅色的水中，有如魚鱗般若隱若現的無數薄片。

他立刻就明白了。這是用水晶打磨成的薄片，磨得太薄了，通透如水又鋒利無比，安置在水中便能與湖水渾然一體。除非用手去觸摸，或者像阿南這樣用紅衣將水湮染變色，否則僅憑肉眼絕難分辨。

而看那幾條魚的慘狀，這應該是個連鎖陣，只要觸到一塊，之後就會牽動連鎖攻擊，到時候無數水晶在水中亂割，他們在水下將無處可逃。

阿南懸停在水中，手指著周圍水域示意他，兩人現在已經陷入了這個連鎖水陣，四面上下盡是殺機。他可以離開自己探索出來的這一片安全區域，但，他一定會在水下死得非常慘。

在魚鱗般密密匝匝隨水浮沉的幻影中，朱聿恆清楚地意識到，上天入地，除了跟著阿南之外，他已無路可走。

西湖的水清澈澄淨，如一塊通透水晶凍在他們的周身。

阿南身上的紅色淡淡暈染向四面湖水。水晶鋪設的絞殺陣有時候在頭頂上，有時候在身側，有時候在正前方，有時候又在很遠的邊緣。

順著依稀的紅色痕跡，朱聿恆跟在阿南身後，小心翼翼地在水中穿行。

西湖並不大，他們離放生池也不過短短距離，前方已經接近堤岸。湖水變淺，水草豐茂。草叢中雜質更多，柔軟的莖葉在水中招搖，將平靜的水流攪成一團團一簇簇糾結的雲氣。

阿南停了下來。

她衣上的紅色雖還在緩緩蔓延，但在這樣混亂渦捲的氣息中，已經尋不出隱藏的水晶陣了。

朱聿恆憋不住氣，拿過阿南的氣囊吸了一口氣，看向她。

阿南抬起手，在他面前的水中緩緩招了招，攪動水中顏色示意他，讓他以自己那遠超他人的觸感，追循這些暈染的顏色，逆推出變化的開端，尋找並避開隱藏在水中那些凶器，穿過這片殺機四伏的水域。

朱聿恆望著面前翡翠般的通透世界，只覺得毛骨悚然。

他下意識便搖了搖頭，拒絕替她蹚陣。

阿南見他不同意，也不勉強，只朝他笑了笑。水波將她的笑容拉得恍惚迷離，卻無法模糊那上面的堅定與一往無前。

她回過頭，向著面前的水草游去。在一片紊亂的水域之前，她抬手以自己臂環中的流光試探。

前兩次的光華流轉，都從水中毫無阻礙地去了又回。第三次，她試著將流光在水中斜劃過一道弧形。

頓時，水中湧起無數的水泡泥渣，水草泥漿翻滾如沸，她的流光迅速被絞了進去，那巨大的力道，牽扯得她的身形在水中急速往前直撞，眼看就要被拖進那個絞殺陣之中。

朱聿恆立即拉住她的身軀，可人在水中無法借力，他非但沒有拉住阿南，反而兩人都被疾捲入了水陣之中。

危急關頭，阿南當機立斷，飛快在自己的臂環上一按，撤掉了流光，任由那片如新月般的弧形精鋼被亂流吞噬。

但他們的身體依舊不可避免地向前疾衝，眼看就要硬生生撞入那個絞殺陣中。

在渾濁泥漿的邊緣，阿南用盡最後的力量，拚命將自己的身軀在水中轉過來，橫過來抵消往前衝的力量。

她的背部已經進入翻沸的泥漿邊緣，後背被絞住，頓時痛得在水裡悶哼一聲，口中吐出一串水泡，那口氣再也憋不住了。

朱聿恆顧不上腳下泥漿中是否有陣法，一腳踏進水草叢中阻住前衝的趨勢，一手攬住阿南的腰，把捲進水陣的她狠狠拉了回來。

湍急水流令他們的身形失控，兩人不由自主地緊抱在一起，才能抵消那即將把他們捲進去的力量。

她紅衣的背後，已經被絞出了一個大洞，裡面的鯊魚皮水靠縱然無比堅韌，也被割出了好幾條口子。

朱聿恆的腳踏在水陣邊緣，零星的水晶片將靴子割破數道口子，但他恍如不覺，直到將阿南拉回來後，才急速拔足後退，並在中途將氣囊摘下，按在她的口鼻之上。

兩人在水陣外穩住身子，阿南吸了兩口氣，穩了穩狀態，看了一下周圍。

水陣隨水而設，順流轉移，他們剛剛在水中的一番擾亂，使得原先探索出來的通道徹底轉變。

如今，他們已無法回頭了。

阿南咬一咬牙，轉身再度向放生池方向游去。

她的手被朱聿恆拉住了。

阿南回頭看他，卻見在渾濁幽微的水中，他的目光在她的臉上停了一瞬，又掃過她背後湮染在水中的血痕，然後默不作聲地越過她，向著面前的水域游了過去。

無數道暗流裹挾著微不可見的懸浮雜質，緩緩地在他們面前流淌。

他減小了游動的幅度，讓自己的動作盡量輕緩，竭力避免改變眼前這些微粒的漂浮，減輕回溯的計算壓力。

順著水中微粒的軌跡，他縝密而謹慎，以水流的波動來分析面前這片殺機四伏的水域。

水流從他的肌膚邊滑過時，像凝固的羊脂或者凍乳，又像最溫柔的雲朵簇擁著他和阿南的身體。

因為緊張與水壓，他耳膜發痛，而心臟跳得極快。

他的目光隨著柔軟的水藻在水中載沉載浮，繪出水流方向，迅速尋找偏離了搖擺、脈絡異常的那幾塊地方，回溯出它們穿過薄脆光滑的物體時，那筆直滑動的姿態。

每一縷水波的動盪，每一抹泥漿的流動，都在他的分析與觀察下無所遁形。它們從何而來、前往何處，為何會是這樣的軌跡、下一刻又將會匯聚成什麼樣的流速……

水流無窮無盡，巨量的表象在他的腦中飛速閃過，又一一歸總出最精確最可靠的結論，讓他尋找到帶她逃出生天的那條路。

他們在水下曲折緩慢地前進。為了不觸及周圍潛伏的殺機，他們的身體靠得很近，緊隨著往水草最深處的放生池游去。

即將穿過最後一層水草叢，朱聿恆那口氣終於再也憋不住，因為胸口的窒息感，他身形微微一顫，偏離了自己一直謹慎恪守的毫釐。

周圍水草叢頓時暗潮狂湧，呼啦啦的分水聲令他們肌膚上的寒毛頓時豎了起來。

面前水波紊亂，連鎖陣在瞬間開啟，而他們深陷其中，已無法全身而退。

朱聿恆接觸陣法時日尚淺，面對著倏如其來的變故，在周圍湧動的水波中，下意識抬起手，企圖阻擋那些狂湧的波紋。

一隻手抓住了他的衣領，將他狠狠拽了回來。漂浮在水中的他往後一仰，便撞入了阿南的懷中。

阿南伸出戴著精鋼手套的雙手，擋在他的面前。

耳邊輕微的嘶嘶聲不斷，手套雖然堅韌，但她的衣袖已迅速被絞成碎末，而旋轉的波紋如同鋒利漩渦，已向著他們狂撲而來。

阿南用手肘抵住懷中的朱聿恆，左手搭上了右手的臂環，竭力按下了珍珠機括。

濃紫的黑水自臂環中噴薄而出，在水中藉著水力旋轉噴射，硬生生改變了面前水波的方向。

原本被他們的動作吸引而來的鋒利縠紋，被那股疾利的水流裹挾著，畫出道道銀絲般的痕跡，依附著紫色的水龍捲，向著反方向襲去，最終和紫色一起湮沒在水中，消失了蹤影。

用臂環中的毒霧改變了水流，阿南立即捂住了朱聿恆與自己的口鼻，並且竭力避開那些黑紫色的水。

在生死之間走了一遭，淋漓的汗冒出來，又悉數化在了水中，朱聿恆只覺全身雞皮疙瘩都冒了出來。

他和阿南一時都回不過神。靜靜地呆了片刻，他們才驚覺現在的姿勢，似乎是她自背後緊緊擁抱他。

阿南默然放開擁抱他的雙臂，他也默然轉開頭。

幸好此時已到了放生池邊緣，堤岸旁邊無法布置太多水陣，他們已經穿過了最可怕的地方。

避開最後的一片水陣，他們終於靠近了堤岸。

冒出頭浮停在水面上，兩人勉強平息自己的喘息。

面前是正在燃燒的堤岸，火油已瀰漫到了這邊。

湖面上的油已經燃燒殆盡，現在正在熊熊燃燒的，是岸邊的船隻和放生池周邊堤岸上的草木。

朱聿恆回頭看去，不遠處的湖面上，船隻的餘煙尚在瀰漫，也不知韋杭之和一眾侍衛到底情況如何。

此時岸上人正在努力救火，岸邊水面微燙，滿是漂浮的灰燼，但朱聿恆浮在水上，卻覺得比剛剛下面陰寒的水域要強上百萬倍。

在水下憋氣太久，他們狀況都不是很好，兩人均是狼狽不堪。

阿南摸出一個小瓶，倒出解藥，自己吃了一顆，又遞給朱聿恆一顆。

朱聿恆拿在手裡看了看，阿南聲音嘶啞道：「剛剛水下的毒霧厲害，我怕難免沾染，吃一顆比較穩妥。」

兩人服了藥，略略喘了幾口氣，他聽到阿南的聲音，在耳邊啞聲響起：「多謝你啦，阿言……保重。」

朱聿恆在水下太久，神志有些恍惚。聽著她說的保重，望著她滴水的臉頰和頭髮，他忽然明白過來。

即使此時就在同一圈漣漪之中、即使彼此就在伸手可及的地方，可她道了別之後，他們就是咫尺天涯。

她最後再看了他一眼，對他扯起一個笑容，沒有問他要不要隨自己一起去，轉身便向岸上走去。

她知道他不可能幫助自己去救公子，所以她也並不開口，只撩起溼漉漉的衣服蒙住頭臉，跳上了正在燃燒的堤岸，獨自向著放生池衝去。

第六章　春風流光

旋風正急，催得大火從周邊堤岸燒向十字形的縱橫內堤。饒是阿南剛從水中出來，但在跑到隔絕了大火的石橋邊時，身上也已乾透了。

閣中守衛沿著小徑把守，一路圍攻她。

阿南的流光已經在水下被絞走，仗著精鋼手套空手入白刃，搶過一柄最適合自己的細窄長刀，殺入閣中。

她的身法是與流光一樣的路數，根本沒有人能看清來處與去向，只見她一身紅衣，浴血沐光，雪亮的刀光如鬼魅般閃現，擋者披靡。

朱聿恆此時終於走上碼頭。他不適應水下，只覺身體沉重無比。看著前方阿南的身影，水風將溼透的衣服貼在他身上，冰冷無比。

諸葛嘉站在小閣上，俯瞰下面無人可擋的阿南。

她已經殺出血路，襲入小閣，一身凜冽殺氣讓諸葛嘉這種人都心頭發寒。

抬頭看見朱聿恆，皇太孫殿下對他打了個手勢。諸葛嘉愣了愣，轉身飛速下了樓。

小閣四面門戶俱開，閣外的合歡樹在狂風中癲狂亂舞，絨球般的紅花與血腥氣一起被風捲送進來，瀰漫在閣內。

漫捲的紗簾與橫斜的花朵，被此時的大風席捲著，縱橫飄飛於阿南的面前。

整個世間動盪凌亂，暴雨欲來。

在這風暴的正中間，小閣的屏風之前，靜坐著被牽絲繫住的竺星河。

他是這個動盪世界之中，唯一一顆寂靜的星辰。

他白衣赤足，端坐在案前，目光在她殘破的紅衣上緩緩掃過，面容上那春風般和煦的神情消失了。

「阿南，妳受傷了。」

阿南只覺眼底一熱，一時喉口哽住。

如無數次從屍山血海中爬出來時一樣，無論在多麼緊急的狀況下，他的目光總是最先落到她的身上，溫柔關注。

即使，他自己的脖子上還架著一柄利刃。

持刀的人正是雙腿已殘的畢陽輝，他委頓癱坐，煙熏火燎的面目焦黑，目露凶光。

見阿南的目光落在刀上，畢陽輝面露獰笑，手中原本側壓在竺星河脖子上的刀橫了過來，架在了他的脖頸之前。

因為剛剛外面那場激戰，阿南喘息有些沉重。她的手斜持著長刀，面帶嘲諷地盯著畢陽輝：「姓畢的，命挺硬啊？」

畢陽輝雙目充血，將壓在竺星河肩上的刀又收緊了一分，聲音嘶啞怨毒：「放下武器！」

刀尖割破竺星河的皮膚，殷紅的血滲了出來，在他的白衣上格外刺目。

阿南盯著竺星河，而他神情平靜如常，只略抬了抬自己的手，看了看那上面的牽絲，轉向阿南的眼神一凝。

以微不可見的幅度，阿南略一點頭。

畢陽輝壓在刀上的力度又加了一分，竺星河的鮮血如同梅花一般灼灼開在胸前上。

阿南咬了咬牙，終於丟掉了手中那柄細窄長刀。

見她乖乖聽話，畢陽輝的臉上閃過一絲得色：「手上！」

阿南抬起右手的臂環看了看，然後按住上面的環扣，指尖用力一按，將它脫卸了下來。

「扔過來！」畢陽輝獰笑道，見她真的抬手將臂環扔了過來，他心情爽快之下，握著刀的手略鬆了一鬆。

只這刀尖略鬆的一瞬，金色的臂環光芒閃耀，卻是砸向了卡住竺星河右手的那一根牽絲。

右側的絲線被臂環往下一壓，力道略略一滯。

在這一瞬即逝的空檔，竺星河身形向後微仰，右手疾揮，藉助牽絲的引力，反手擊向了畢陽輝的腦袋。

周圍的人只看見竺星河的手在他頭上一按即收，畢陽輝太陽穴中鮮血立即濺射而出。

豔麗的血花六股橫射，詭異又驚心，如血色六瓣花綻放在竺星河的掌下。畢陽輝一聲不吭，手中的長刀已經落地，立時斃命。

阿南之前在外面殺得聲勢浩大，可其實大都避開了守衛們的要害，哪如竺星河一動手便是殺招，而且還是這般血濺五步的死法。

周圍所有士兵頓時都噤若寒蟬，不敢上前。

誰也料不到，這個霽月光風般優雅從容的公子，一出手竟如此狠辣。

但擊殺畢陽輝的動作畢竟大了一些，即使有阿南幫他緩了一緩牽絲的力量，竺星河的左側手腕還是被深深嵌入，剮開了一個大口子。

阿南立即衝上前來，扶住衣袖被血染紅的竺星河，抬手撕下他的衣袖，將他的傷口緊緊紮住，才放他緩緩倚靠在柱子上。

她查看公子身上的牽絲。公子卻示意她轉過身去，讓他看看她後背的傷。

危急情勢之中，阿南只略側了一側身子，讓他看了一眼。

絞爛的水靠遮不住她脊背上縱橫的割痕，傷口在水中泡得紅腫。竺星河只掃了一眼，便已知道她這一路過來有多艱難。

他神情略有黯然，道：「以前總是替妳包紮傷口，沒想到這次我竟幫不了妳。」

「沒事，小傷，很快就好了。」阿南心中一暖，抬頭對他展顏而笑。

雖然她現在全身溼了又乾，衣服皺巴巴的，頭髮緊貼在額上鬢邊委實狼狽，但那燦爛的神情，還是讓竺星河抬起手，幫她摘去髮間夾雜的一枝水草，順勢輕輕撫了撫她的頭。

周圍的士兵雖然都將刀尖對準了他們，但面對這一雙煞星，他們畢竟不敢貿然衝上來。

窗外狂風呼嘯，周圍刀劍環繞；明明剛才還疲憊不堪，但因為他輕撫她的髮絲，她迅速便恢復了力量。

她抓起臂環，「喀」的一聲重新戴上，手持長刀站起身。

她如今精神大振，而士兵們正因為畢陽輝之死而被震懾，哪裡還敢真的上來拚命，幾下便被殺散，轉眼間閣內撤得只剩下阿南與竺星河兩人。

「走，我們先去解開你的牽絲。我已經託人……託魏先生測算出了放生池的正中心。」

竺星河「嗯」了一聲，伸手給她。

阿南扶著他起身，絮絮叨叨地和他說話，像是要把分別以後該說的話都一起說出來：「公子你也知道的，像放生池這種有水的地方，哪怕只是不均衡的水波，也有可能讓牽絲失去平衡，所以只能選在最中心的那一點，以平衡它所受到的牽引力量……」

說了這一堆後，她又覺得懊悔，心想自己到底在說什麼啊，難道不是應該像正常的姑娘家一樣，說一說自己有多想念他、多擔心他才對嗎？

但竺星河卻十分認真地傾聽著，道：「我在這邊無事之時，也以散步為名義，以腳丈量這邊的地形，計算出了牽絲所在。」

阿南驚喜道：「我就知道，公子的五行決天下無敵！」

他搖頭而笑：「走吧，我們去看看，究竟我和魏先生，誰算得比較準確。」

因為牽絲羈絆，竺星河行走的速度十分緩慢，在湖心疾風中如臨風的玉樹，看似要被風雨摧折，卻始終步步沉穩，依舊是她記憶中堅如磐石的公子。

小閣右側，合歡樹下，在朱聿恆推算出的中心點上，赫然立著一座石質的燈籠柱。石柱雕刻成蓮花模樣，中間挖出碗口大的空洞，裡面插著蠟燭。

阿南舉步從樓閣邊緣而行，測算了一下距離，然後停在燈籠右側半尺處。

竺星河微微一笑問：「魏先生算出來的中心點，是在這裡麼？」

阿南點點頭蹲下來，用手中刀去撬那下面的地磚。

「等一下。」竺星河環顧四周，問：「這麼重要的地方，那些守衛為什麼會輕易被我們殺散，任由我們尋找到這裡？」
阿南悚然而驚，應道：「我知道，公子放心。」
說著，她側身退開了一點，抬起手中長刀，以刀尖在旁邊的青磚上輕敲，確定了空洞之後，將那塊青磚一寸一寸地小心抬起。
在磚塊尚未徹底起出之時，她一手按住青磚，一手刀尖直插入磚縫。只聽到輕微的喀一聲，然後是軋軋聲響起，隨即裡面的機括徹底卡死。
她左右搖晃了一下刀子，確定沒有問題後，才將青磚掀開，看了一眼，立即辨認了出來：「毒針機括。若我們倉促不查，起出磚塊那一刻，便是被毒針籠罩之時。」
竺星河道：「魏先生追隨我左右多年，我想他不會有問題。妳拿到這個計算結果，中間是否有人插手了？」
阿南恨恨地將捲刃的長刀抽回，把磚塊還原，臉色難看道：「是我小覷他了。」
那個插手的人，還是她騙來的。
她以為能瞞天過海利用他，誰知道他才是那隻黃雀，早已將計就計布好了陷阱等著她入套。
是她大意了。即使抽離出了部分資料，可他那麼聰明的人，自然早已察覺了那是放生池，也一眼就看破了她的心思。

阿言，他居然敢這麼不動聲色，布下如此陰毒的手段！

但……再一想她又只能苦笑，先騙他的好像是自己。

見她沒有吐露下手的人，竺星河也不詢問，只緩緩抬手指向旁邊一塊太湖石：「妳試試看那邊。」

阿南快步走到太湖石前。長刀已捲了刀尖，她用手套上的寸芒起出太湖石周圍的磚塊，露出下面的泥地。

果然，那隱藏在地底的五根精鋼線一一顯露出來。太湖石多孔隙空洞，它們穿過石洞，隱入了地下。

阿南將寸芒收回手套中，雙手抓住太湖石上面的孔洞，要將它從泥土中起出。

就在此時，周圍雜遝的腳步聲響起。

阿南一抬頭，便看到從園門處湧進來的士兵，當先之人正是諸葛嘉。

放生池地方狹小，士兵們結好了八陣圖，這一次手中所持是短棍。

阿南笑著站起身，拍了拍手上的灰土：「諸葛提督，你上次擒拿我的陣仗就不小，這次聲勢更大，該是怕自己再失手？」

一聽她提到上次，諸葛嘉灰頭土臉，厲聲喝道：「你們已插翅難飛，束手就擒吧！」

他一揮手，示意擺開陣勢的士兵們收縮包圍。

「等等。」阿南卻毫無懼色，甚至臉上還帶了一絲笑模樣：「你最好還是帶他們退下，先讓你們那位提督大人過來跟我聊一聊吧。」

諸葛嘉清冷的眉眼上，似罩著一層寒霜：「提督大人日理萬機，哪有空見妳？」

「是麼？可是我好擔心啊，畢竟，他得好好保重身子，才能日理萬機呢。」阿南面帶憂慮，嘆道：「不如你回去問問你們提督大人，他剛剛出水的時候，是不是吃了我給的一顆紫色小丸藥？」

諸葛嘉的臉色頓時鐵青：「妳敢！」

「敢不敢他也都吃了，而且這時候，怕是也吐不出來了。」阿南抬頭看了看天上：「那藥叫做朝夕，朝不保夕，夕不保朝，就六個時辰的事兒。諸葛提督，你懂的。」

卓晏在後方「啊」了一聲，心道難道就是阿南讓自己去配的那個毒藥？想到她讓楚元知幫忙搞火油，讓自己幫她配毒藥，卓晏不由得眼淚都快下來了——阿南，妳這麼拖人下水，太沒義氣了啊！

事關皇太孫殿下的生死，即使諸葛嘉知道阿南並不可信，但誰都冒不起這個險，他那指揮結陣的手，還是遲疑了。

阿南笑微微地抬頭看著天空：「還有五個半時辰，得抓緊啊，不然明天的太陽，他是見不到了……」

只猶豫了一瞬，諸葛嘉終究轉過身，向著後方雲光樓快步而去。剩下那些結陣的士兵，一動不動地用手中短棍對準他們，依舊是殺氣騰騰。

阿南卻視若未見，轉身又研究那個太湖石去了。

太湖石雖然不大，但十分沉重，她必須要兩隻手才能擎住。而牽絲的線就從石孔中穿過。若舉起石頭，她就無法去解牽絲，若去解牽絲，則石頭肯定會砸下來，一時她竟無從選擇。

正在兩難之際，耳聽腳步聲響，竺星河走到她身邊。

牽絲的機括始終維持緊繃的狀態，竺星河每走一步，身上的精鋼線便隨著機括輕微的轉動聲而縮短，只會緩慢地予以允許範圍內的力量，一旦超出則立即收緊，極為敏感。

「我來吧。」他抬手幫她接住太湖石，讓她騰出手來。

阿南輕輕捻著精鋼線，循著它小心翼翼地摸進地下去。

還未等她摸到中間機括，周圍那些虎視眈眈的士兵們，忽然放下了手中的武器，陸續後撤。

閣旁樹木在大風中傾折亂舞，風聲與拍擊堤岸的波浪聲震得放生池似是一個動盪的世界。

阿南看見月門外的士兵如潮水般退後，拱衛著新換了一襲玄色錦衣的朱聿恆。

他的目光比一身的玄色還要深沉，落在她的身上，久久未曾移開。

飛揚狂風之中，朱聿恆身上衣服被疾風捲起，可他的目光卻如深淵般，深暗地緊盯在阿南的身上。

竺星河瞥了身旁阿南一眼，對朱聿恆略一點頭，就像第一次在佛堂前見面時那樣，神態舒緩：「靈隱一面之緣後，閣下多次來此與我見面，卻一直遮遮掩掩，不肯露出真面目，不知是何原因？」

阿南頓時心下一凜。

她一直以為，阿言時刻與自己在一起，應當與公子失陷放生池並無關係，可原來，公子在靈隱被擒與他有關，甚至他還一再地瞞著自己過來審訊過公子，唯一蒙在鼓裡的，似乎只有她！

再想到剛剛布置於地下的毒針，怒火頓時衝上她的腦門，阿南臉色頓時沉了下來。

朱聿恆沒理會竺星河，他只盯著阿南道：「妳說那是解藥。」

阿南冷冷道：「那藥用的是以毒攻毒的法子，如果當時已經中毒了，就可以解毒；可如果當時沒有中毒的話，那麻煩就大了。」

朱聿恆神情比她更冷：「把解藥給我。」

「我可沒帶這麼多東西，但你可以隨我和公子回去拿。」

「妳膽敢到官府手中劫人，還以為自己能離開？」

「我不但要離開，還要你幫我們離開。」阿南嗤笑一聲，指了指太湖石下的機關：「你得幫我們找出那五根牽絲，公子解了綁，我才能帶你回去。」

「我不會。」朱聿恆一口拒絕：「這是畢陽輝設置的，現在，他已經死了。」

「你會的，畢竟，只有五個時辰了。」

朱聿恆定定地看著阿南，似乎不相信她就是那個與自己一再出生入死、攜手相依的阿南。

曾為了他而豁出性命、在最危險的地方也要拉住他的阿南，怎麼會是面前這個，為了另一個男人而以性命脅迫他的人？

他的目光，緩緩從她的身上，轉向了竺星河。

竺星河的白衣在風中招展，即使不言不語站在他們身旁，也自有一種疏離塵世的脫俗意味。

「帶不走公子，大家一起死。」見他看著竺星河不說話，阿南在旁冷冷道：「反正我賤命一條，死不死無所謂，倒是你，願意以你的萬金之軀陪我們一起赴黃泉？」

朱聿恆反問：「我怎麼知道妳說的是真是假？」

「按一按胸腹間，鳩尾穴那裡。」阿南道。

朱聿恆遲疑了一下，抬起手，在自己胸口下方輕輕一按。

頓時，一股麻痺的感覺從胸口蔓延開來，他全身的力氣都在瞬間被抽離，整個人虛脫暈眩。

踉蹌扶住身旁的石燈籠柱，他勉強維持自己站立的姿勢，只覺得五臟六腑齊齊抽搐，嘔出一口濃黑的血來。

阿南看著那口血，挑釁地一抬下巴：「信了麼？想活命的話，找出牽繫公子的那五根線，交給我。」

朱聿恆只覺腦中嗡嗡作響，他咬牙等著眼前那陣暈眩過去，才終於穩住身子，握住那束雜亂的精鋼線。

因為裡面五根線長時間的抽動，導致其他線也被拉扯鬆動，散亂地糾結在一起。

他現下心亂如麻，哪有心思細細尋找：「太多了，不如直接砍斷所有牽絲線，省得麻煩。」

「所有的牽絲都是經過精確計算，每股力均衡相剋，才能維繫住機括。不然杭州這麼大，姓傅的為什麼一定要找放生池這邊設置？就因為這裡是個基本規則的圓形，牽絲所受的力最均衡。」阿南抬手撥了撥那些精鋼絲，問：「你一砍，所有鋼線同時收緊，我家公子怎麼辦？」

朱聿恆瞥了她一眼，冷冷問：「這裡足有百來根牽絲線，一樣粗細大小，又都亂纏在機括之上，一被牽動就所有鋼線都震顫而動，如何尋找？」

「百來根也不多嘛，對你棋九步來說輕而易舉。」阿南托著下巴，真摯地望著他：「牽繫著公子的那五根線，和機括連接時顫動的方式肯定不一樣，你將它們挑出來就行。」

朱聿恆冷哼一聲，深吸一口氣，將自己的手指輕探入那些糾纏的精鋼線中。精鋼線糾結在一起，又細又利，只要有一條鋼線略微一動，其他線被帶動抽拉，便會割傷皮膚，甚至整隻手會被它們一起絞得血肉模糊。

他那雙白皙修長的手，緩緩探入了這危機叢生的機關之中。如羊脂玉雕琢的指尖，輕輕按在了第一條鋼線與機括相接的點上，試探震顫的幅度。

這一刻，他的心裡忽然閃過那一夜，從楚元知家中脫險回來時，阿南在樓梯口回身，笑吟吟地將懷中傷藥丟給他。

她說，千萬不要讓你的手留下傷痕啊，不然我會很心疼的。

然而現在，她逼著他為她的公子冒如此大險，就算明知他的手可能因為一時不慎而徹底廢掉，都毫不顧惜。

指尖觸到冰涼的機括，傳來輕微的顫動。

他打住了這些混亂思緒，強迫自己把注意力集中到指尖。他甚至閉上了眼，不再去看阿南和竺星河的面容，也不去看那危機四伏的機括與纏繞在他手邊的鋼線，只屏息靜氣，慢慢地摸索著。

或許是因為阿南這段時間來對他的訓練，如今他的指尖變得異常敏感。閉上眼後，手上觸感更加強了些許，心跳卻比平時劇烈許多，耳朵也在嗡嗡作響，是血脈在體內急促流動的聲響，震顫著他的耳膜。

就像懸絲診脈，極細微的震顫，自某一條滑過指尖的鋼線彼端傳來。

他不假思索，手指俐落地收緊，捏住了那一縷顫動的觸感，睜眼看向阿南：「找到了，第一條。」

「我就知道你沒問題的。」阿南朝他一笑，正要抬手接過，耳邊忽聽到腳步聲急促響起。

她回頭一看，幾個明顯不是官兵服色的人，手持武器衝進了前方天風閣。

隨即，閣內就響起了慘痛呼聲：「畢堂主！」

竺星河緩緩站直了身軀，抬手輕按上自己右手那個尚帶著畢陽輝血跡的扳指。

他這邊略微一動，朱聿恆那邊的牽絲線立即抽動，一條鋼線從他的食指邊擦過，頓時割開一道口子。

朱聿恆立即收手，冷冷回頭瞥了竺星河一眼。

看著那瑩白手掌上迅速沁出的血珠，阿南心頭猛然一抽，手指也不由自主握緊了。

但這是她逼著他幹的活，她抹不開臉慰問，口氣依舊強硬地說道：「小傷而已，別浪費時間。」

她眼中的痛惜低落，蹲著觸摸機括的朱聿恆沒看到，但站在她旁邊的竺星河卻看得清清楚楚。

他垂眼看著地上的朱聿恆，目光從那俊美迫人的面容上，緩緩轉移到那雙天下難尋的手上。

「你這雙手，阿南肯定喜歡。」

曾對他說過的這句話，如今竟莫名其妙在自己的耳邊響起。

他所料不錯，阿南確實喜歡他的手。

只是……

她喜歡的，僅僅只是這雙手嗎？

他沒有深想，也不必去深想。

即使她眼底深藏的情緒讓他感到不悅，但至少，她一直站在他身邊，確鑿無疑。

天風閣內，接應畢陽輝的人已經發現了後方的蹤跡，他們穿過閣門，直撲後院。

知道今日與拙巧閣無法善了，阿南轉頭問朱聿恆：「拙巧閣的人你管不管？」

朱聿恆看也不看她：「管不著。」

「哦，那我自己來。」阿南說著，從懷中掏出一個油紙包，取出六顆烏黑暗器，刮開左右手套上拿六根鋼管的封蠟，塞了進去。

她這雙手套，名叫遐邇。遐是極近，邇是極遠。

她舉手握拳，以自己的骨節為瞄，以凸起的寸芒為準，對準了天風閣的後門。

門內，有個人影一晃便看見了他們，率先衝了出來：「在這裡！兄弟們抄傢伙……」

話音未落，阿南已經按下機括。

鋼管中設有火石，機括啟動，飛射爆裂聲立即響起。

這麼近的距離，根本不需要時間，只在阿南抬手之際，對方的胸前已有一朵火花炸裂燃燒。

砰然巨響壓過了此時的暴風呼嘯，交織著對方的慘叫聲，外面的諸葛嘉立即率人衝進來，查看皇太孫殿下的安危。

阿南卻理都不理他們，只舉手盯著天風閣內的人，冷靜而沉穩。

每根鋼管都只能發射一次，因為用炸藥發射暗器後，爆炸留下的灰燼會堵塞管口，為免炸膛，必須徹底清理才能再次使用。

所以，六根鋼管，她只有六次機會，浪費一次便少了一次。

見同夥一擊倒地，對方自然不敢再直接欺上來，而是隱藏在門後，企圖藉助門窗遮掩身體。

可惜門窗的漏雕出賣了他們。阿南冷靜地瞇起眼睛，瞄著後面那兩道影子，手中又是兩聲發射聲響。

穿透露雕，門窗後兩團火焰炸開，躲在那裡的兩人尚未出聲，便都倒了下去。

阿南吹了吹左手鋼管中未盡的硝煙，回頭瞄了諸葛嘉一眼。

諸葛嘉震驚地看著正在摸索機括的朱聿恆，尚未明白發生了什麼，便聽到阿南的聲音：「看什麼看？有我在，保你家提督沒事。」

朱聿恆抿緊雙脣，微抬下巴對諸葛嘉示意。

諸葛嘉知道他此時被脅迫，看來是無法逃脫這女煞星的手段了。但他又確實無法解救殿下，唯有率眾向他行了個禮，默默退到了一邊。

冰冷的鋼線在朱聿恆的手上滑過，他感覺到食指的傷口上麻癢微痛。抿了抿脣，他乾脆屏棄一切，再也不管身外事，閉上眼睛放開自己的指尖，任由一條條鋒利鋼線從自己的手指上滑過，盡快尋找那幾條震顫幅度不同的牽絲線。

阿南緊盯著天風閣內的人，抬手間又幹掉了一個從側面繞出來的人，才瞥了朱聿恆一眼，問：「找到了嗎？」

「還剩最後一根。」已經陷入恍惚的朱聿恆閉著眼睛，毫不知道外界的動靜，他的動作和聲音都緩得有些遲滯，彷彿正陷在另一個繁雜的世界之中。

而此時從他的指尖一根根流轉而過的鋼線，就是他在另一個世界主宰的線索。

阿南不再打擾他，只盯著面前的天風閣。瞥到在疾風中起伏的合歡樹枝杈之間，一絲與所有樹枝都相逆的搖擺幅度，她不假思索，衝著那糾結的亂枝射出了一團火花。

樹枝之間血花與火花一起噴射出來，一個身影帶著折斷的樹枝直墜落地。

「找到了，最後一根。」朱聿恆也睜開了眼睛，緩慢地將最後那根鋼線拉了出來。

「好。」阿南毫不遲疑，回身抓過朱聿恆手中的五條鋼線，將它們從亂線中抽出，然後手腕一抖，就搭上了朱聿恆的手腕。

朱聿恆只覺得手腕一涼，右手已經被繫上了一條精鋼線。

還沒等他反應過來，阿南一揮手間，竺星河立即推動了手邊的太湖石。

在太湖石轟然落下的同時，被他們拉出又急速回縮的絲綸掃過了朱聿恆的雙腿。

朱聿恆本就因為尋找牽絲而大費心力，此時右手剛要一動，便覺得手腕劇痛，被精鋼線束住的右手已經勒出細長傷口，鮮血頓時湧出。他身體一僵之際，而阿南又驟然發難，牽絆之下他頓時跌倒在地。

阿南立即俯下身，握住他的腳後，手中鋼線一收一拉，繫住了他的腳踝。

被牽絲束住的朱聿恆，躺在地上死死盯著阿南，感覺到四肢上傳來被勒緊的劇痛。

有竺星河的前車之鑑，他不敢動彈，只能死死盯著她，從牙縫間擠出兩個字：「阿南！」

這一下兔起鶻落，實在太快。退在周邊的諸葛嘉雖在她繫第一根牽絲的時候已立即躍起，但到他近身之時，阿南已經舉起手套上的鋼管，對準了朱聿恆的額頭。

「諸葛提督，退下吧。」阿南脅迫的聲音既冷且厲。

諸葛嘉與他手下已經結陣的眾人，正因為她手中火暗器的犀利而心膽俱寒。此時這東西對準了皇太孫殿下的腦袋，他們哪敢上前，即使離她不到三步距離，但誰都不敢再挪動半步。

阿南低下頭，拉著最後那條牽絲，輕輕慢慢地在朱聿恆的左手上打了一個結。

「抱歉啊，阿言。我現在沒法徹底摧毀牽絲的中樞，而且……我不希望和你正面對抗。」

朱聿恆躺在地上，忍著手臂上被牽絲深深嵌入的痛楚，望著俯視自己的阿南，聲音沉喑微顫：「妳早已打定主意，要我李代桃僵？」

「你又沒事的，官府和拙巧閣不敢讓你少一根寒毛。」她朝他微揚脣角，只是笑得有點勉強：「您說是不是啊，皇太孫殿下。」

儘管早有預感，但在此時驟然被戳穿了身分，朱聿恆眸中的光頓時變得徹底寒涼。

他一瞬不瞬地盯著她，一字一頓地問：「這麼說，妳早就知道了我的身分，也早就打定了主意利用我？」

所以，從一開始，就全是假的嗎？

絕境之中她從他懷中躍起的身軀；火海之內她握住他的手；沒頂的水下她擋在他面前的脊背；從生與死的邊緣掙扎過來後，她輕輕哼唱的那一支曲子……

全都是假的嗎？

最終，只是為了將他困在此處，讓他死於朝夕劇毒之下？

他盯著她的目光如此森寒，阿南不願多看，別開頭舉起手套，狠狠地將手背寸芒朝著地上的牽絲線砸下去。

火花四濺之中，五根精鋼線立即斷裂，所有的力量被朱聿恆所承受，迅速收緊了他的四肢。

即使他一動不動，手腕與腳踝上也立即被勒出了深深血痕。

一直被限制了行動的竺星河，身上的鋼線立時鬆脫，終於解開了束縛。

阿南撤身疾退，奔到竺星河身邊，倉促道：「公子，走吧。」

竺星河卻沒有回答她，他的目光定在地上的朱聿恆身上。

阿南剛一撤離，諸葛嘉便立即奔上前來，身邊八陣圖結陣，護住了朱聿恆。

阿南向後方水面看去，低聲道：「快走，司鷲來接應我們了！」

「妳知道我在靈隱寺時，為何輕易就擒嗎？」竺星河的右手緩緩抬起，他那個銀白色的扳指在昏暗的天光之中隱隱發光，與他的目光一樣銳利而奪人心魄。「因為我看見他了。這是我等待了二十年的機會。」

二十年。

二十年前宮闈巨變，一夜之間朝堂傾覆，改變了後來無數人的命運，其中，就有阿南的一生。

她自然深深知道，公子所說等待了二十年的機會，是什麼。

大風雨呼嘯而來，耳邊劈啪聲作響，豆大的雨點終於急促砸落下來。

風雨交加，西湖水浪拍擊在四面堤岸上，仿似整個世界都在動盪。

「司南，妳好大的膽子！」

諸葛嘉闢眾而出，刀尖直指阿南，厲聲喝道：「把解藥交出來！」

聽到解藥二字，竺星河轉頭看了看阿南。

她抿了抿脣，見公子手中的「春風」正閃爍著銀白的光輝，如同春日即將破土的蒹葭。

一觸即發的血戰，顯然已經不可避免。

心念急轉之間，阿南對著諸葛嘉脫口而出：「怎麼，想要朝夕的解藥？那你就憑自己本事過來拿啊！」

竺星河雙眸微瞇，落在朱聿恆身上的目光不覺斂了鋒芒。

朝夕。

一個朝不保夕、即將要死的人，又何須他傾注心神。

對面眾人的臉色則因阿南的一句話全都變了。韋杭之目眥欲裂，長刀出鞘，就要衝上去與阿南拚命。

朱聿恆抬手攔住了他。

牽絲在手臂上剮出細長的血口，朱聿恆卻渾似不覺，只冷冷盯著站在竺星河身旁的阿南，沉聲吩咐韋杭之：「通知周邊兵力封鎖水道，湖面士兵一律登島。匪徒接應船隻，格殺勿論。」

「你不要命了？」阿南一聽，立即揚聲道：「放我們走，我給你解藥。」

朱聿恆冷冷瞥了她一眼，聽若不聞，只提高了聲音：「拙巧閣呢？畢陽輝一死就自亂陣腳了？」

皇太孫殿下放話，湖面上消息立即放出，三長三短尖銳的嘯聲穿透疾風，迅速傳向四面八方。

湖面上救援的船隻立即轉向，齊齊向著放生池而來。

「阿南，妳思慮不周了。他抓住妳自然就可以威逼妳拿出解藥，怎會答應放虎歸山？」竺星河側過頭，微微朝阿南一笑：「看來，今日不能善了，二十年的總帳也終可了結了。」

阿南抬頭看見朱聿恆那冰冷的神情，知道他一貫是寧折不彎的人，只能無奈一跺腳，勸竺星河道：「留得青山在……」

話音未落，她忽覺雙耳嗡的一聲，脊背上頓時冒出了冰冷的汗。

面前的世界，包括圍攻上來的士兵們，全都幻化成了一層層重影，讓她看不分明。

她忽然驚覺，時間到了。

她在出發前喝的那一盞茶，支撐她精神亢奮地殺到了現在，可也到了透支的時刻了。

司鷲來接她之時，就是她計算好的藥力消滅之刻。

竺星河也察覺到了她的不對勁，他轉頭看向她，見她臉色蒼白，冷汗涔涔，低聲問：「怎麼了？」

阿南搖了搖頭，狠狠一咬舌尖，竭力讓自己清醒一點：「沒事……我來之前，喝了一劑玄霜。」

竺星河眉頭一皺，知道玄霜是短暫提振精神的毒藥，但脫力之後藥性發作，她將痛苦萬分。

見她身形搖搖欲墜，他知道她已近虛脫，心口又不由微微一動，低低道：「傻丫頭，這害人東西，妳這是飲鴆止渴。」

阿南低低道：「不喝，我堅持不到這裡。」

竺星河嘆了口氣，抬手輕輕撫了撫她的髮絲：「無妨，我會帶妳走。」說著，他一手攬住她，身形疾退，在暴風中迎向了後方圍上來的攻勢。

諸葛嘉的八陣圖攻擊何其凌厲，可竺星河身形飄忽，縱然陣法再千變萬化，亦難沾到他一片衣角。

被諸葛嘉護著退到後方的朱聿恆，第二次看見了竺星河出手。

與上次不同，這一次他們距離太近，這種窒息壓迫感便也格外清晰刻骨。

而且，上次的竺星河還顧忌著官府，只仗著自己的身形在八陣圖中閃避，並未還手。而這一次，他要帶阿南殺出生天，下手毫不留情。

無論八陣圖多麼嚴密，那些棍棒的集結多麼緊湊，他總有辦法尋到最不可思議的那一個空隙，揮手攻擊向最薄弱的地方。

他的手中似無武器，但右手揮過的地方，阻擋他的任何人身上，都立即爆出大片妖異的六瓣血花。

在棍棒的叢林之中，大片的血花陸續開謝。竺星河的白衣上，迅速染上了大片豔紅的顏色，一瓣瓣一片片，層層疊疊，比春花還要耀眼。

韋杭之幫朱聿恆解著手上的牽絲。但牽絲需彼此牽扯均衡受力，才能維持那種似緊似鬆的狀態，必須要像阿南這樣，尋找到機括中心點將其封住，才能一舉摧毀鋼絲線的力量，若只解其中一條，其他幾條會越收越緊，直至勒斷骨頭為止。

韋杭之竭盡全力依舊白費力氣，而朱聿恆則緊盯著竺星河。

即使懷中還抱著阿南，但他的身形太過飄忽，又在八陣圖中衝來突去，別說圍困捕殺他，就連身影都難以捕捉。

暴雨劈落在場上，濺起的水花都帶著血跡。

身後人替朱聿恆打起傘，遮蔽落在他身上的雨點。

他卻緩緩抬手，示意不要遮擋自己的視線和暴雨的力道，以免讓他的計算產生偏差——

竺星河顯然也無法窺探八陣圖的陣型變化，所以他奇詭的身法，只可能是憑藉五行決對地勢的計算而來。

五行決，雖然朱聿恆之前未曾見過，但從竺星河行動開始，他便一直在觀察他的身法與行動，並且迅速理出了大致的邏輯脈絡。現在，只需要處於同樣的境地之中，驗證他的思維而已。

面前濃豔血光在疾風驟雨之中閃現，如同怵目驚心的猩紅花朵，與哀叫聲一同盛綻。

血雨紛灑在半空之中，即使隔了一段距離，朱聿恆依然能聞到那淡淡的血腥味夾雜的雨風之中，籠罩了當場。

在這血雨腥風之中，他終於開了口，對諸葛嘉道：「攻東南方向，四尺圍徑。」

諸葛嘉一怔，立即便厲聲呼喝：「第五圖第七變，收放勢！」

如臂指使，短棍叢林驟然襲向東南，聚收後又陡然而放，藉著此時風雨之勢，威勢大盛。

竺星河那原本奇詭飄忽的身軀，正向著東南而去，此時等於將自己送到陣法的攻擊正中點。

正抱緊公子的左臂、因為藥效而委靡的阿南，此時也不由得臉色一變，看向了朱聿恆。

朱聿恆的目光，冷冷盯在他們兩人的身上，又似從他們身上穿了過去。

他在看著他們，又或者他看的，其實是下一刻的他們。

綜合千頭萬緒，從竺星河的步伐之中，推算出他最有可能踏出的下一步、下下步，直至最後那一步。

他要以阿南孜孜以求的棋九步，阻截她家公子的五行決，絕不允許他們逃離這場大風雨，逃離這座放生池。

竺星河與阿南已深陷於攻勢之中。萬千短棍如長蛇如游龍，糾纏住他們翻滾不斷，難以掙脫。

但竺星河的五行決畢竟非同小可。他帶著阿南偏轉閃避之時，手腕於棍陣最密集處疾抖。於是，這最難撕破的角度忽然爆出燦烈的血花，染得周圍風雨皆紅。

他們浴血突破，衝擊得八陣圖陣型頓時一散。

朱聿恆早已根據竺星河的行動軌跡，計算出他在突圍之後的下一步落點。他盯著竺星河，口中冷冷地吐出幾字：「西南，一丈三。」

諸葛嘉立即傳令：「第二圖第十一變，絞壓勢！」

他話音未落，竺星河已經帶著阿南落在西南一丈三開外的青磚地上。

身形在半空之中下墜，眼看腳下就是朱聿恆預計的範圍，竺星河臉色微變。可落勢已定，他無法在空中變招，周圍的戰陣也已蜂擁集結。萬千攻勢挾著雨點砸落下來，眼看他們就要被壓為齏粉。

在這千鈞一髮之際，竺星河當機立斷，托住阿南的腰讓她躍上九曲橋畔的柳樹，脫離戰陣，任憑自己深陷於攻勢之中。

見他分心停滯，萬千短棍當即如巨蟒絞纏住他，翻滾不斷。

阿南站在柳樹上看著這威壓之勢，委靡的精神亦緊張起來。她的目光緊緊盯在公子身上，尤其是他受過傷的手腕，關注他的一舉一動。

上一次這麼擔心他，是什麼時候呢……

是老主人去世的時候，她悄悄去婆羅洲最高的斷崖上，尋找獨自僵立了一天的公子。

她聽到公子對著面前洶湧的海浪發誓，他一定要回到故土，一定要手刃仇人，一定要洗雪父母所受的國仇家恨……

那是她唯一一次聽到他痛哭失聲，看到他崩潰無助、卻固執地要在這條世間最艱難的路上走下去的痛悟。

當時瘋狂撲擊在斷崖上的波浪，就與現在衝擊公子的攻勢一般，震天動地，讓面前的人無路可走、無法可擋。

但公子，他終究衝破了那一日的狂浪，迎向了今日這萬千攻勢。

只見間不容髮之際，竺星河拔身而起，身形一旋一轉之間，引得持棍奮擊的眾士兵順勢向上攻擊，卻個個擊向了虛空暴雨。

陣型散亂，那固若金湯的氣勢頓時化為烏有。

「西北，六尺。」

「第四圖第五變，攢心勢！」

散亂的士兵們陣法疾收，於六尺處圍攏。

可惜他們之前的陣勢已被帶亂，而狂風席捲傾盆的暴雨，阻住了他們快速集聚之勢。

在響徹整個天地的暴雨聲中，竺星河身形急速下降，直插入棍陣正中尚未來得及閉合的空檔，就像陡然壓下的巨石，讓湖面所有的水退卻開去——只是他揮手間激起的，是片片血色六瓣花朵。

時間似乎突然慢了下來。

青藍布甲組成的戰陣、風中狂亂起伏的樹木、瘋狂擊打地面的暴雨，碧綠湖水簇擁的堤岸樓臺……在這青綠凜冽的底色上，陡然開出了片片鮮紅花朵。

如絢麗妖異的豔紅色彼岸花，瞬間開遍了這西湖上的小島。

而朱聿恆也終於看見了竺星河的武器。

他的手中有一枚極細的白光，如今上面沾染了無數鮮血，終於顯現出了形狀。

那是一支尖銳的細管，由他那枚素淡的白色扳指上生出，如同春日剛抽出嫩芽的銀白色蒹葭。

蘆葦般的細管上，有無數怪異的孔洞，隨著竺星河揮手傷人之勢，六瓣血花便自葦管的孔洞之中噴湧而出。

疾風獵獵的放生池畔，白光颯遝如流星，紅花綻放如噩夢，持棍結陣的士卒們，隨著鮮血的噴湧，發出此起彼伏的慘叫聲，摔跌一地。

在一片哀叫聲中，朱聿恆聽到了諸葛嘉失聲叫了出來：「春風！」

春風。

這駭人的武器卻有著這般溫柔的名字，只是它催開的，不是嬌豔的花朵，而是六瓣血花。

而阿南的武器，就叫流光。

春風拂流光，他們連武器，都是一對。

想必當初在海上，他們共同進退縱橫馳騁的時候，也是如此這般，春風流光攜手並行吧。

朱聿恆想著阿南臂環之中一轉即逝的新月，看著面前紛飛的血雨，目光下意識穿透已經潰不成軍的八陣圖，射向阿南。

冷雨暴擊，似乎讓她的意識清醒了一些。她從柳樹之上躍下，頭髮散亂，臉頰上全是血汙，身上紅衣遍布泥塵，便如羅剎降世，邪氣瀰漫。

而從八陣圖中殺出，攜帶著血雨腥風的竺星河，此時身上亦被斑斑血跡染成一身紅色。

兩人正向著碼頭邊奔去，企圖脫出八陣圖，逃出生天。

她為了救這個人，誘騙他服下劇毒，要置他於死地。

似有冰冷的寒氣從額頭貫入，朱聿恆只覺太陽穴劇痛難耐，就像兩把刀子正硬生生扎進去。

但，那刻入他骨血的冷靜與驕傲讓他竭力忍耐，不允許他讓自己流露出哪怕一絲一毫的異樣。

他咬牙定定盯著阿南與竺星河逃往的周邊弧形堤岸，那裡有一艘小船正自風浪中而來，駕船者赫然正是司鷲。

朱聿恆沉聲發令：「徹底封鎖四周湖岸及水道，不得讓他們逃脫！」

阿南早已脫力，竺星河亦失了鋒芒，水下又有殺陣，只要隔絕接應，他們絕對跑不掉。

悠長的呼哨聲再度響起，於西湖沿岸四散迴盪。在諸葛嘉的呼喝聲中，八陣圖重新集結，襲向奔逃的兩人。

朱聿恆冷靜地盯著他們的身影，分析著竺星河最有可能的突破方向，以及對他們一擊必殺的角度。

暴雨擊打在他的額上、手上、心上，力道沉重生痛。

朱聿恆的目光，落在了堤岸內側的橋沿，又轉向外側臺階。

隨即，一息之後，竺星河便帶著阿南落在了橋沿內，奔向外側臺階。

腦中虛構的影跡與面前的身影徹底重合的一剎那，朱聿恆終於開了口，嗓音既冷硬且穩定：「東南偏南，三尺……」

他的話尚未出口，便被劇烈的風疾捲而走。

凶猛的雨點砸在他的唇上，旋風呼啦啦猛然席捲過湖面，掀起巨大的浪頭。頭頂劈啪作響，是屋頂的瓦片連同欄杆，全部被風裹挾而去。巨大的氣旋猛然下壓又瘋狂飛升，所有站著的人都被重重地摜在了地上。

只有坐在石椅上的朱聿恆逃過一劫，但他緊抓椅背的手也難免被牽絲剮出兩道口子。

但手腳的疼痛他已無感覺。就在這風雨暴擊之中，他的胸口陡然一震，照海穴上一陣鑽心劇痛順著內踝直衝而上，沿大腿的內側劈向胸腹部，最後直達喉結。

那劇烈的痛楚縱貫過全身，似要將他整個人活生生劈為兩半。是山河社稷圖。

沒有按照他們預想的那般於八月十八大潮日來臨，而是在這一日、這一刻，在大風雨登陸杭城之時，突然發作，讓他的陰蹺脈崩裂了。

一貫挺直的脊背此時再也支撐不住，他在驟雨之中無力委頓了下去。

韋杭之早已爬起，一把扶住他，周圍的人都慌亂地圍上來。

只有諸葛嘉勉強穩住身子，咬牙道：「不惜一切，抓住女刺客，搜出解藥！」

眾人悚然而驚，以為皇太孫殿下是毒發了，個個目眥欲裂，擁向堤岸。

阿南與竺星河已在風暴中艱難起身，奔到岸邊。

湖中船隊早已在大風雨中亂成一片，司鷲的小舟更是在水中失控轉圈，幾近翻覆。

在尖利的呼哨聲中，周圍所有的船都圍了上來。密集的弓箭、火銃與火炮對準了他們。

在這必死的境地之中，阿南與竺星河被團團圍住，接應的船又無法靠岸，已經確定插翅難逃。

竺星河靠近阿南，與她脊背相抵，互為倚仗。

在這般危急關頭之中，阿南不知為何，忍不住抬頭，望向了風雨那端的朱聿恆。

隔了這麼遠的距離，中間又有那麼多風雨，可他痛楚委頓的模樣，她依稀可辨。

心口猛然揪緊，阿南看他的樣子，知道他定是山河社稷圖發作了。

原本她還打算，救走公子之後，她要趕在下一條血脈崩裂前，替阿言拚死下水城。

就當給他賠禮道歉了，可人算不如天算，怎麼他的血脈此時突然發作了，讓她彌補的可能化為烏有。

但事已至此，無可挽回，想再多又有何用。

她聽到公子的聲音，就像之前無數次在海上縱橫時一樣，從耳後傳來：「阿南，跟我再搏一次？」

「好。」她咬一咬牙，將一切懊惱與愧疚拋在腦後，一如過往那般，堅定而確切地回答。

暴雨讓玄霜的藥效稍微消退，面對著面前如林的武器，她貼著公子的脊背，在準備躍入湖中的一瞬間，她忽然笑了笑。

「他們覺得我挑這個大風雨的日子過來，只是為了讓風暴幹掉吉祥天嗎？」

竺星河尚未回答，湖面上巨大的聲響已經傳來，是對準他們的那些火器，一起發射了。

雖然暴風雨讓很多火藥溼透，但畢竟還有些火力殘餘。小船周圍所有的火銃手們，毫不留情地向著他們射出了所有的火力。

朱聿恆眼前的整個世界暗了下來，眼前模糊昏暗，只有滿湖噴射的火焰殘留在朱聿恆的眼中，如一簇簇亮得詭異的花朵。

在這些突兀盛開的花朵之中，面前所有的一切全部傾覆於風暴之中，隨即，是滾滾巨浪滔天而來，席捲了整片湖面。

巨大的濁浪排空而來，從杭州城衝出，如同暴烈的猛獸，向他們洶湧狂撲而來。

是大風雨挾巨大海潮倒灌入錢塘江，沖垮了杭州城牆又直灌入西湖。激浪與大風雨一起，掀翻了西湖上所有一切。

摧枯拉朽的巨浪之中，韋杭之竭力抵住背後的石桌，將殿下護在自己的懷中。

天地動亂，風雨狂暴。劇痛在朱聿恆每一寸皮膚裡、血脈裡、骨縫裡蔓延，像是有人順著陰蹻脈狠狠往他的體內一枚一枚插入刀尖，偏偏他卻連掙扎都不能。

痛苦讓他眼前漆黑一片，可身體的劇痛亦比不上心口湧起的刻骨怨憤。

「接下來一年的時間，你屬於我。」

「我事事村，他般般醜。醜則醜，村則村，意相投……」

片。

「帶不走公子，大家一起死。」

她曾說過的話，唱過的曲兒，在耳邊如同水波般迴盪，又被暴雨聲撕扯成碎片。

眼前的世界越來越暗淡，最終，他的意識再也承受不住那刻骨之痛，任由黑暗席捲了一切。

第七章　山長水闊

豪雨傾盆，水面疾風亂捲。

在槍炮弓箭齊射的瞬間，竺星河與阿南不約而同鑽入水中。上方波浪滔天，下方亦是暗流湧動。

水陣被巨浪摧毀，他們穿過封鎖，向著前方奮力游去。

大風雨遮掩了他們，也裹挾了他們。兩人的身體被激流捲起，猛然拋向後方，又在湖中重重激蕩，全身骨頭都如遭碾壓。

本就虛脫的阿南此時眼前發黑，終於再也堅持不住，失去了意識。

波浪實在太急，竺星河只能緊抱住她的身軀，寧可與她一起失控，隨波浪胡亂沉浮，直到被一陣巨力沖上湖岸，重重摔落。

杭州城內外全是汙濁泥水。竺星河抱著已失去意識的阿南，蹚過及胸的大水，攀上旁邊一棵合抱古木，帶著她暫避浪頭。

她在昏迷中嗆到了水，此時無意識地咳嗽不止。大水沖擊過來，粗壯的樹幹搖晃不已。但竺星河也顧不上了，他半靠在樹杈上，將阿南的身體翻過來，讓她靠在自己的膝上，將水控出來。她吐了幾口濁水，意識依舊昏迷，竺星河探了探她的鼻息，雖然低微但總算均勻綿長，知道她只是因為玄霜的藥效昏睡了，才略略放了心。

上面是疾風驟雨，下面是洶湧濁浪。他抱著她靠坐在樹枝上，見繁急的雨點擊打著阿南的臉頰，讓她在睡夢中都痛苦皺眉，便俯身用脊背幫阿南遮蔽風雨，至少不讓雨水直擊她的面容。

他低頭望著懷中的她，伸手輕輕幫她理著糾結的溼髮。

在漆黑凌亂的頭髮和豔紅血衣的襯托下，她的唇色顯得異常蒼白，完全不是平常鮮潤的顏色。

就像當初他剛撿到的她一樣，脆弱得彷彿隨時可能被風雨摧折。

她似乎不太舒服，嗚咽著側過頭，下意識要找一個躲避風雨的地方。因她這茫然可憐的模樣，他輕攬過她的腦袋，讓她靠在自己懷中入睡。另一隻手伸到她的後背，幫她把水靠略微鬆了鬆，讓她呼吸能更順暢一點。

就在他俯頭貼近她之際，他聽到她的口中喃喃地吐出了幾個字。

他怔了怔，貼著她的唇邊，靜靜地聽了一聽。

她說：「阿言，對不起……」

心口湧過灼熱的一股血潮，竺星河握著她髮絲的手，默然收緊了。

阿言。他剛剛聽她這樣叫過朱聿恆。

但……那個阿言，此時應該已經不在這世上了吧。他這樣想著，終究還是慢慢鬆開了手，只沉默著，緩緩將她擁入懷中。

天色漸漸暗下來，最大的那一輪暴風雨過去。懷中的阿南輕微地動了動。

竺星河低頭看去，發現她已經睜開眼，在他的懷中定定地看著他。

「妳醒了？」風雨淹沒了他的聲音，阿南也不知道聽到沒有，只張了張脣，那脣角似乎微微上彎。

竺星河低下頭去湊近她，才聽到她艱澀的聲音，輕輕地說：「這風雨……和你撿到我那一天，好像啊……」

他和阿南第一次見面，也是這樣的一場暴風雨。

海上的風雨，比陸上更為詭譎可怕。為了不至於船毀人亡，所以在航行之中遇上暴風雨時，他們會盡量尋找海島停靠。

而那一次的風雨海島中，他站在甲板上，看見了一個五、六歲的枯瘦小女孩在荒島砂礫上瘋狂奔跑，撲向海邊礁石。

她後方的空中，一隻巨雕正從高處掠下，向她飛撲而去。

小女孩不顧一切地鑽進粗礪的礁石縫隙之中，雙手雙腳磨得鮮血淋漓，卻依舊拚命蜷著手腳，往礁石下躲藏。

可惜礁縫太小，她的身體有小半還露在外面。那隻巨雕在半空盤旋著，似乎在尋找將她拖出礁石的機會。

小女孩抱頭縮在礁石縫內，嘶啞地哭喊著：「娘，救我，救我啊……」那時，竺星河的母親剛剛過世。或許是她淒厲的聲音觸動了他心底的傷痛，他低低喚了一聲：「石叔。」

石叔幾步走到他身後，看見這樣情形，摘下肩上的弓箭，一箭向著巨雕射去，正中雕眼。

那巨雕一頭栽在沙灘上，翻滾了幾下便死去了。

小女孩顫抖地縮在礁洞內等了許久，才將頭探出來，小臉煞白地看著外面。那雙因為太瘦而顯得奇大無比的眼睛，不偏不倚正與竺星河對上。

竺星河永遠記得，那時瘦弱的她睜著一雙大眼睛，頭髮亂蓬蓬的，像一隻未斷奶的小野貓。

暴風已過，雨勢減小，竺星河的船緩緩調轉，準備駛出這座臨時停靠的海島。

那小女孩像是忽然省悟過來，手腳並用爬上礁石，竭力踮著腳，大聲問站在船上的他：「你是神仙嗎？」

那時的他，其實還只是個十二歲的少年。

只是他一襲白衣，撐著描繪仙山樓閣的杏黃油紙傘，尚帶稚嫩的輪廓上，已經初顯懾人的光華。

他撐著傘看著她，沒有回答。

她又問：「是我娘讓你來救我的嗎？他們說，我娘去天上了……你會帶我走嗎？」

他看了看面前這荒島，又看了看這乾瘦的小女孩，微皺眉頭。

魏樂安看了看她，說道：「這麼小的孩子，在這樣的海島上活不下去的。我們不帶她走，她會死在這裡。」

馮叔則搖頭道：「這種陌生海島，撿一個來歷不明的小孩回去，不妥，不妥。」

大船即將離去，那小女孩急了，跳下礁石，冒雨在沙灘上狂奔，朝著他們的船大喊：「娘，娘！別丟下我！」

她小小的身子撲入水中，固執倔強要追上他們，似乎不懼淹死在海裡。

聽著她的哭喊，竺星河忍不住回頭看她，又聽到魏樂安說道：「我想起來，公輸師傅說，想要找幾個有資質的孩子，培養後人。你們看那小孩的手……」

她已經被海浪撲入水中，卻還在水中沉浮，固執地衝他們招手，企圖讓船返回來。

那時小小的她，便已有了一雙比尋常女孩子都大一些的手。微黑的皮膚下指骨稍凸，帶著常年攀爬礁石留下的傷痕，卻一望可知極靈活又極有力。

竺星河終於開了口，說：「讓她上來吧。」

他們放下了跳板，讓她攀爬上船。

許是因為太累太餓，又或許是那日的雨太大，在跳板的最高處，她腳底打滑，差點跌下海去。

他一手撐傘，伸出空著的另一隻手，握住了她的手腕。

她用雙手緊緊抓住他的手，雙腳蹬在船身上，狠命翻上甲板。

就在跌進他懷中那一刻，她破爛的衣襟被欄杆上雕刻的魚嘴勾住，懷中一個破舊香囊從她的懷中掉出，直直落到了大海裡。

在她失聲低叫中，它被巨浪瞬間捲走，沉入了深不可及的海中，就此無影無蹤。

後來他才知道，那香囊是她父母唯一的遺物，裡面有一張紙條，她娘說，可以用它找到家。

她是遺腹子。父親出海打漁不幸遇害，懷有身孕的母親被海盜擄去，在土匪窩裡生下了她。

她五歲時，海島匪盜火併，母親受波及死去。而她在屍堆中等了半個月，吃著生魚和海蠣子，終於在那場暴風雨之中，等來了路過那個島暫避風雨的、他的船。

竺星河經常回想起那一刻，耿耿於心，難以釋懷。

如果那個時候，他早一點答允帶她走，或者他不是隨意地伸出一隻手，而是用雙手拉住她，也許阿南那個香囊就不會丟掉。

她或許，就能找到自己的家了。

她姓什麼；她從哪裡來；她的父母是誰；她是否還有家人親族……

從此一切都成了永不可知。

只是人生，再也沒有或許。

因為心頭這淡淡的歉疚，他在風雨之中，抱緊了再度沉沉睡去的阿南，就像抱緊十四年前那個喊著娘親的無助孤女一樣，似是永遠不願放開。

劇痛讓朱聿恆從沉沉的黑暗中醒來。

眼前盡是絢爛的光點在無序跳動，伴隨著耳膜中突突跳動的血脈流動聲，讓他狂亂鬱躁。

他躺在床上，盯著頭頂的輕紗帳幔，以及紗帳外流蘇懸垂的宮燈，大腦的陰翳漸漸散開，看出自己身在孤山行宮內。

窗外是浩渺湖光，西湖似大了一圈。

他竭力撐起身子，解開衣襟，看了看自己身上的痕跡。

兩縱一橫，第三條血脈出現了。

這一次崩裂毀壞的，是陰蹺脈。自照海穴而上，橫貫身體內側，赤紅的血線與之前的兩條糾纏相切，越顯怵目驚心。

他抿脣掩了衣襟。

帳外的宮人察覺到他的動靜，立即起身進帳伺候。

瀚泓端來熬好的藥，聽朱聿恆問起外間情況，面帶悲戚：「昨日那場大風雨，摧毀了錢塘海堤，海水倒灌直沖杭州城，城牆在衝擊下塌了好大的缺口！」

大風雨掀起錢塘江巨浪，從杭州城東而進，在城內肆虐，又從城西沖出排入西湖。城內房屋被沖塌了上千間，全城哀聲一片。

幸好朱聿恆從海上回來後便告知會有大風雨，讓杭州府及早防範。皇太孫一再示警，所有官員不敢怠慢，城內及早設了預防措施，百姓轉移及時，人員傷亡倒是不大。

「只是城內如今一片混亂，衙門也不敢迎殿下前去養傷，因此奴婢與浙江布政使商議後，便先侍奉殿下於此休養了。」

屏退了瀚泓，朱聿恆又叫了韋杭之過來，問了杭州及周邊城鎮如今的情況。得知損失不大後，他才問：「那個『朝夕』的毒，怎麼解的？」

韋杭之遲疑著，吶吶道：「殿下……並未中毒。」

朱聿恆凜冽疲憊的神情乍然僵住，在遲疑中透露出了一絲迷惘。

「杭州幾位最有名的大夫已替殿下診斷過了，其他並無問題，就是……身上有幾道血脈瘀紫，不知道是否朝夕引發的……」

他微抬右手，示意韋杭之不必說了：「那些並無大礙，亦與阿南無關，你吩咐下去，不得外傳便是。」

韋杭之錯愕地應了，站著等他吩咐。

朱聿恆大腦混沌，許久，嗓音猶帶暗啞：「可我當時確實吃了她給的藥丸，也確實吐血了。」

「大夫說，殿下遇險落水，又被阿……女匪帶著在水下活動，胸腑本該有瘀血，但如今卻並無異常，可見當時服的應是清毒藥物，吐出來的大概是體內瘀血……」韋杭之遲疑著，又不得不繼續說下去：「大夫們說，吐出來了倒是好事。」

所以，是騙他的嗎？

根本就沒有所謂的毒藥，沒有朝不保夕。

全都是她編造出來恐嚇他的謊言。

朱聿恆這樣想著，一動不動盯著自窗櫺外射進來的波光。

那些光華在他面前如同有形的迷霧，幻覺般波動。就像那奇詭的水面之下，阿南的身影被水波拉扯得失了真，卻又分明決絕地擋在他的面前，替他扛下那些致命的攻擊。

那時她擋在他面前的雙手，堅定而迅捷，哪怕衣袖被水下的波紋絞成碎片，她維護他的姿態，依然毫不動搖。

現在想來，他其實並不知道，究竟是她綁在自己身上的牽絲，還是她在水下擁住自己的雙手，更令他刻骨銘心。

沉默望著窗外許久，他才低低道：「你去準備一下，等我恢復一些，就去海寧一帶看看災情。」

韋杭之急道：「殿下剛醒，身體不豫，還請安心休養，切勿考慮家國大事了。」

朱聿恆沒有回答，靠在枕上閉目養神。

韋杭之無奈，靜立了一會兒，拿出一個東西輕輕放在床頭櫃子上，放慢腳步退出。

朱聿恆聽到了那東西發出輕微的「叮」一聲響。這熟悉的聲音讓他下意識收緊了自己的十指，覺得指尖空蕩蕩的。

那應該是他昏迷之後，失落在放生池的岐中易。

你可要好好練手啊，等我回來，不能偷懶。

阿南說過的話言猶在耳，可她為了救她的公子，已經拋棄了對他許過的所有承諾，是不會回來了。

身體虛弱無比，他用盡所有的力氣，抓過床頭的岐中易，想將它狠狠摔入窗外的西湖。

但最終，岐中易從他虛軟的手中滑脫，墜落於心口，輕微的金屬碰撞聲在他胸前響起，清脆又寒涼。

他死死盯著胸口那發著淡淡金屬光輝的「九曲關山」，就像看見阿南那明媚的笑容。

明知道會灼傷雙眼，可人為什麼總是會被耀眼的事物所吸引，最終意亂情迷，難以自拔。

他終於艱難的、一寸一寸地抬起了手，將那個岐中易緊緊地抓在手中。

就像他在心裡發誓，他以後，一定會將主動權牢牢控制在自己掌中，再也不會蠢到跟隨著她的步伐，以她的節奏行事。

「阿南，妳為什麼這麼拚命？」

「我不拚命的話，如何成為公子手中最鋒利的那把刀呢？」

「做別人手中的刀，又有何意義？」

「就算沒有意義，可至少……在我折斷之前，公子不會放棄我。」

阿南從沉沉的疲憊倦怠中醒來，頭痛欲裂，身體虛軟。

她呆呆地躺在床上，看著頭頂繡著海棠花的紗帳，回想著夢裡那些話——很久很久之前，她與最好的姊妹桑玖說過的話。

到如今，桑玖已經在海底化為了枯骨，而她成了司南，恪守著自己的理想，終於成了公子最有用的人。

只是，人總是貪心的。到了現在，她不再希望自己唯一的用處，是幫他收拾掉來襲的敵人。

尤其這一次，來襲的敵人是阿言。

阿言，他現在一定很恨她吧……

她的眼前一直出現他盯著她的冰冷眼神，在她陷入沉沉昏迷之時，縈繞在她的腦海中，揮之不去。

不願讓低沉的情緒控制自己，阿南強迫自己不再想這些，注意到身下熟悉的起伏，鼻間也嗅到了鹹腥的氣息。

她抓過床邊的衣服披好，推窗向外望去。

果然是大海。她腳下的船正藉著風速在海上航行，穿破千重波浪，駛往蔚藍的遠方。

她怔了一怔，猛地拉開門，光腳朝外面走了出去。

候在廊外打盹的司鷲，聽到她的腳步聲，立即便撲上來：「阿南阿南，妳可算醒來了！感覺怎麼樣？身體難受嗎？餓了嗎？」

「還行，餓。」阿南用乾啞的嗓音回答，看向甲板。

這艘船並不大，卻很快，輕巧窄長的船身破開海面，似乎波浪對它不會造成任何阻礙。

頭頂的船帆潔白輕盈，如同白雲鼓足了風。水手們和她打著招呼，牽拉船帆藉著尚未徹底退去的大風，使船全速前進。

一睜開眼，回到了縱橫十數年的海上。感受著腳下起伏的船身，聽著海鷗的鳴叫與破浪的水聲，張開雙手迎接撲面而來的海風，阿南一時之間竟覺得恍惚，不知是真實還是夢幻。

竺星河正站在船頭查看前方洋流，聽到她的聲音，他放下手中千里鏡，朝這邊看來。

他的溫柔神情和面前的大海一樣，熟悉又令她安心。

她抬手迎風試了試，問：「船行朝北？我們去哪兒？」

「朝廷封鎖了各個南下出海口，嚴查出海船隻。我們商議後決定反其道而行之，既然他們認為我們會南下西洋，那我們就乾脆北上渤海，到時候看他們如何阻截。」

阿南聽到朝廷堵截，心下暗自一驚，偷偷打量公子的神情，卻見他神情如常，才偷偷鬆了一口氣，低頭接過司鷲手中的托盤，先坐下吃點東西。

「鮑魚煨海參，和小米一起燉得又酥又爛，司鷲你手藝大長啊！」阿南端碗喝著，誇獎道。

司鷲幽怨地看著她：「不是我做的，待會兒她送小菜來妳就知道了。」

「唔，是嗎？船上新請了大廚？」阿南也沒在意，吃了半碗，才問竺星河：「現下局勢如何？」

竺星河在她對面坐下，淡淡道：「皇太孫朱聿恆親自調度陸海各衛所，此人手段了得，以賑災之名迅速查抄了江浙一帶所有與永泰行有關的產業，又在舟山結陣，攔截所有南下船隻。泉州、廣州一帶的出海口也結了鐵索陣，眼下看來，必定會殃及我們在海外的船隊。」

阿南熟知阿言個性，但下手這麼快還是超乎她的預料。抿唇思索片刻，她才道：「天高海闊，朝廷海禁多年，也封鎖不住下海的人們，如今我們已經回到海上，船隊倒是不足為慮。只是……公子多年來苦心經營的永泰行，就這麼便宜了官府？」

「永泰在創建之初，我便預見到或許有今日，因此甚少出面。就算被查封幾個明面上的店鋪，暗地裡布的子，朝廷也一時難以徹查，更何況——」他神情雲淡風輕，似是對這些年來心血的折損並不在意：「這麼多年來給朝中那些大人物上的供也不是白給的，他們不保永泰，難免惹火燒身。」

阿南捏著湯匙，默然點頭。

竺星河端詳著她的神情，以盡量輕緩的口吻問：「話說回來，妳當時不是說，他中了朝夕之毒麼？」

阿南只覺得心口猛然一跳，湯匙在碗上叮的一聲敲擊。

她推開碗，坐直了身子小心翼翼回答：「當時局勢危急，為了逃出生天，因此我不得不對他們扯謊，說對他下了毒……」

竺星河神情淡淡地望著她，沒有開口，只等待著她的後話。

明明他神情和煦，阿南卻如芒刺在背：「其實事出緊急，我身上哪有帶那些東西啊，根本也不可能給他下毒的……」

「所以，妳讓公子錯過了斬殺仇敵的最好時機。」一直侍立於竺星河身後的司霖冷冷開口。

阿南與他向來不對付，此時更沒好氣，斜了他一眼問：「當時我們身陷放生池，情勢極為危急，你覺得公子首要的事情，是逃出生天保全性命，還是奮力一擊、和對方拚死相博？」

司霖語塞，惱羞成怒道：「可妳為何不將實情告訴公子，讓他以當時情況來定奪？」

阿南一揚眉，正要反脣相譏，竺星河抬手制止了她，說道：「不必傷了和氣。當時情況危急，阿南確無機會將此事對我挑明。」

司霖悻悻地瞪了阿南一眼，大步走到船尾去了。

阿南心不在焉地吃著海參粥，又聽到竺星河輕聲道：「不過，妳昏迷這兩日我聽大家說，妳與那位皇太孫頗有交情？」

阿南心虛道：「也算不上交情，就是他在追查三大殿起火之事，順著那只蜻蜓摸到了我身上，而我看上了他那雙手，想訓練他幫我對付那個姓傅的，後來……」

她把自己和朱聿恆之間發生的一切原原本本對公子稟報清楚，包括幾次交手、幾次聯手，還有一起破陣的事情，都抖摟了清楚。

只在說到順天地下火陣之時，她略頓了頓，實在羞於讓公子知曉她替別的男人吸瘀血之事，便含糊跳了過去。

「我原以為他是神機營內臣提督，可以趁機打探公子的消息，因此才與他周旋一下，沒想到近日意外發現他的真實身分，原來我一直被騙了！」

「他的手，還有那棋九步的能力，確實很棘手，以至於在放生池給我們造成了那麼大的麻煩。」竺星河想著，端詳著她緊張的模樣，微微笑了笑，並未指摘她什麼，只道：「不過妳膽子不小，居然敢把皇太孫認成太監。」

「是我大意了，本想算計他，誰知卻被他算計了……」

想起那些危急時刻，她毫不在意地與他肢體接觸、雙手交握，心裡不由惱羞成怒。可那羞惱之中，又夾雜著她自己也不明所以的糾結情緒，讓她悶悶地說不出話來。

「妳也不必自責。此人城府極深，我若不是在三大殿中見過他一面，或許也要被騙過去了。」竺星河說著，目光終於從她臉上移開，只盯著遠處海天相接處，低低道：「只是……可惜了。」

可惜，沒能趁機殺了他嗎？

阿南只覺心口微寒，忍不住囁嚅道：「可是，二十年前他才剛剛出生，老主人出海時，他也才三歲……」

說到這兒，她看見竺星河落在自己身上的目光，那一貫的溫柔中透出微寒的意味。

她咬住了下唇，不再說話。

「阿南，他興師動眾設下圈套，還親身上陣潛伏在妳左右，實則是做足了完全的籌劃。果然，連妳都被他欺瞞了。」

阿南沒有回答，只問：「之前，在三大殿簷角之上，被他射了一箭的……真是公子您？」

「嗯，我接到薊承明的消息，知道當日或有動靜，於是便潛入宮中查看。誰知朱聿恆機警異常，竟察覺了我的藏身之處，立即便要置我於死地。我雖險險避過，但……妳送我的蜻蜓，卻因此而遺落了。」

阿南抿脣不語，心想，不但你的，連我的蜻蜓，也落在他手裡了。

但，很快她便想到了更重要的事情，脫口而出：「所以公子早已知道三大殿會起火？」

「知道，只是薊承明並未告訴我順天地下的死陣會發作那麼快，好險當時他並未引燃，否則不但是潛進去查看情況的我，當時在城內治傷的妳，怕也是在劫難逃。」

阿南望著公子，心裡忽然升起一股冰冷的感覺，讓她四肢百骸都僵冷下來。

他們沒事，可城內的百姓呢？

公子知道地下死陣引發之時，便是全城百姓覆滅之日，可他只是選擇了提前離開京城，為自己製造了不在場的證據，而後悄悄地潛入宮中，親眼去看仇敵遇難，或者是……以防萬一，需要他出手。

若不是那一日阿言發現了簷下公子的蹤跡；若不是他射出那一箭讓公子退避，恐怕薊承明未必死在那場大火之中，地下死陣會提前被引燃，她和阿言，也永遠沒有下地去破陣的機會……

京城近百萬的百姓，都已經葬身於九泉之下。

背後的毛孔在一瞬間張開，冷汗一下子冒了出來。

公子見她神情大變，問：「怎麼了？」

阿南慢慢抬頭望著公子。蔚藍海天之上，他依舊白衣如雪，風姿如神。這是她五歲那年看見的少年，如神仙般降臨在她瀕死的那一刻。

他手中撐起的那把仙閣樓臺明黃傘，曾是她十幾年來夢寐以求的遮蔽。

可現在，她彷彿忽然才想起來，那把傘其實早已經褪色殘破了，在公子被尊奉為四海之主的那一刻，它被清理出來，丟棄在了茫茫大海之中。

公子俯頭望著她，那眼睛像是要看進她的心裡一樣：「妳可是在怪我，沒有及早通知妳？」

「不……我是覺得，公子不該以身犯險，這種事交給我就好。」阿南遲疑道：「畢竟連薊承明也不知道，那個地下火陣如此危險吧，萬一發動，後果不堪設想。」

「是我疏忽了，以後這些與機關陣法有關的事情，我會先與妳細細商量過。」公子微笑道。

阿南僵硬地點了一下頭，看著公子溫柔的笑意，又覺得自己不該太多心。

畢竟，公子還命她前往黃河邊保住堤壩，以免造成生靈塗炭呢。只可惜她的手已經回不到過去，以至於差了那麼一點點，失去了挽救的機會。

他是將她從小養護到大，又帶她平定海盜、靖海平波的公子，她怎麼可以因為他一時考慮不周而誤解他。

她收斂了心神，與公子細細商議起前往渤海後如何行事。

忽聽得旁邊傳來一聲呼哨，後方的船加快速度，追了上來。

兩條船並行之時，搭出一塊跳板，馮勝笑容滿面地先走了上來，招呼後方一個少女跟上自己。

那少女手中捧著一個托盤，一身淺碧衣裳，順著顫巍巍的跳板走來，婀娜的身姿似一片輕雲要被海風捲去，令人頓時心生憐惜。

阿南生性最愛美人，自然多看了那個少女兩眼。她肌膚瑩白，笑靨如花，雖然在海上不施脂粉，鬆鬆挽著的髮髻上也沒有任何裝飾，但那動人的容光彷彿足以照亮周身一切。

「方碧眠？」阿南不由「咦」了一聲，詫異地問她：「妳怎麼在這兒？妳的傷好了？」

「多謝南姑娘關心，已經不礙事啦，說起來，我還沒謝過您之前對我的救助之恩呢。」方碧眠朝她抿嘴一笑，將托盤放在她床頭，殷勤詢問：「南姑娘，鮑魚煨海參可還能入口嗎？這兩樣都大補元氣，南姑娘吃了必定能長足精神的。」

阿南忙端起碗向她道了一聲謝，看向竺星河。

他隨口說道：「前日馮叔去應天打探消息時，在水中救起了方姑娘。」

方碧眠撫著自己傷勢尚未痊癒的右臂，輕聲對阿南解釋：「我手傷得太重，大夫們都說沒法彈琴了，嬤嬤怕斷了財路，收了歹人銀子設計讓我賣身，等我發覺時已經被騙上了船。萬般無奈之下，我寧可投河自盡，也不願讓惡人得逞……幸好馮叔將我救起，還有公子願收留我，實屬碧眠再生父母……」

阿南一聽頓時火冒三丈，痛罵了嬤嬤和歹人一通，又對方碧眠道：「我下次到應天幫妳教訓他們！再敢逼妳跳火坑，看我揍不死他們！」

「不，我不會再回去了。如今我已屬溺亡之人，也算是重獲新生，碧眠只求在此處有個安身之所，再不願回去了！」

阿南打量她纖細的身子，問：「我們以海為家，航行漂泊無始無終，方姑娘能適應這樣的生活？」

「能，我一定能的！只要諸位恩公不趕我下船，我一定結草銜環，服侍各位恩公！」

說著，方碧眠提起裙襬含淚盈盈下拜，公子忙抬手扶住了她。

阿南端詳著她那芍藥般嬌豔的面容，心說可惜啊，這樣的美人在海風烈日中多待幾天，遲早和自己一樣晒黑。

等方碧眠收拾了碗筷回船，阿南湊近竺星河悄悄問：「公子為何要留她在船上？雖然她看來不似壞人，但畢竟是教坊司的花魁，交往複雜來歷不明，怕是有點麻煩？」

竺星河搖搖頭，道：「阿南，她的祖父是方汝蕭。」

阿南聞言，愣了一愣，才低聲問：「是當年為護先帝而被……凌遲棄市的方大人？」

竺星河點頭道：「方家男丁抄斬，女眷籍沒教坊司，方碧眠當時尚在其母腹中。她在教坊司出生長大，因為坊間忠義之士敬慕她的祖父，護她到現在，不至於遭受垢辱，但這些年她在教坊司苦苦掙扎，也是不易。」

阿南同情地看看方碧眠背影，又問：「她的身分，公子確實調查清楚了？萬一這是朝廷埋伏的一個棋子呢？」

竺星河微微一笑道：「自然查清楚了，她也確實曾是棋子。在我被關押在放生池的時候，她便對我吐露了身分，告訴我，她是被官府叫來做內應，施美人計的。」

阿南錯愕問：「她那麼輕易就告訴你了？」

「不但告訴了我，而且她還幫我傳遞出了訊息，就是那顆鐵彈丸。只是我當時尚未信任她，所以只隨便寫了一句詩，而她確實瞞著官府，將它原封不動送到了我指定的地方。那顆鐵彈子最後也被朱聿恆費盡心機拿到了手。只是他應該打不開彈子，我也藉此確定了方姑娘與朝廷並無勾結。」

見他如此肯定，阿南「喔」了一聲，道：「我說呢怎麼這麼巧，剛好她就被馮叔救了，肯定是公子吩咐暗地保護她的吧。」

竺星河淡淡一笑，不置可否，只道：「所以妳有空也可多與她接觸，一來海上難得有姑娘與妳作伴，二來妳心思靈透，她若有問題，定然無處遁形。」

阿南立即打包票：「公子就放心交給我吧，一切妖魔鬼怪都難逃我這火眼金睛！」

大風雨過後，夏日熱暑再度籠罩了杭州府。

烈日下的海塘邊，嘈雜喧囂，叮叮噹噹的打石聲和此起彼伏的吆喝聲不斷傳來。運沙子的、裝沙袋的、搬石頭的、砌石塘的……分工明確，熱火朝天。

太子妃從馬車上下來，看見面前這副場景，眉頭緊皺地向江邊臨時搭建的簡陋蘆棚走去。

她十幾歲嫁入世子府，身懷六甲還助丈夫守衛燕京，也是歷經風雨的人。可目光掃過錢塘江，看見災後江邊泥漿及膝，成群蠅蟲繞著死魚臭鼠嗡嚶，骯髒汙穢滿目瘡痍，而她的兒子拖著病體在海堤上親臨指揮，與那些兵卒村漢一起修築堤壩，她眼圈一下子便紅了。

朱聿恆抬頭看見母親，怔了一怔後大步上前，扶她到蘆棚內坐下，問：「不是說應天會有使者到來嗎？怎麼……」

「怎麼娘就不能比使者先到一步嗎？若不是你父王身體不好被我們勸阻，他也要親自過來呢。」太子妃挽住兒子的手，見他大病未癒的面容在風中顯得有些憔悴，忍不住心疼地撫了撫他的面頰，道：「我帶了岑太醫過來，你趕緊坐下，讓他診斷一下。」

「我身體已無大礙，母妃不必擔憂。」

他雖笑著安慰母親，但太子妃怎麼聽得進去，將兒子按在椅上，讓岑太醫好生診斷。

岑太醫專注診脈許久，道：「殿下脈象沉促，鼓動過躁，這是虛陽外浮、內傷久病之兆。老朽以為殿下該好生靜養，切勿為外物所擾，更不該過度勞累，宵衣旰食，以免積勞成疾，將來追悔莫及啊。」

朱聿恆垂眼收回自己的手，只笑了笑沒說話。

將來的事，對他來說太遙遠了，他也未必有機會追悔。

見他這毫不在意的模樣，太子妃心下更為鬱躁。等岑太醫下去後，她按捺住性子，以盡量輕緩的口吻問：「太醫的話你都聽到了？南京工部侍郎已隨我們來到杭州了，一應事務可以先交給他，你先回去休息吧。」

朱聿恆看著烈日下正忙碌修建堤壩的人們，說道：「既然如此，我便在此等候褚侍郎，交接了事情再回去。工地嘈雜混亂，娘還是先回去休息吧。」

「我無法休息，這幾日娘根本無法闔眼，才日夜兼程過來找你。」太子妃端詳朱聿恆日漸清瘦的模樣，嗓音微啞：「真沒想到那個司南居然如此狠毒，不但劫走朝廷要犯，大肆屠戮官兵，還敢給你下毒！」

「她確實劫走了聖上指明要我押解上京的犯人，也確實下手狠辣，放生池一役死傷眾多。」朱聿恆看著外面茫茫烈日，緩緩道：「但她沒有給我下毒。杭州諸名醫皆已診斷過，剛剛岑太醫也確定了，母妃放心吧。」

「但她壞事做盡，還讓你身陷險境，總是事實吧？這麼說，她以前救你、與你一起解決順天的巨大危機，都只是誆你入彀的伎倆？」

朱聿恆沒有回答，只緊握手中的茶盞，一言不發。

太子妃啜了一口茶，勉強鎮定心神，又道：「聿兒，你可知道堂兒前幾日，差點死於非命？」

「七弟怎麼了？」朱聿恆不由錯愕。

朱聿堂是朱聿恆的幼弟，袁才人的兒子，今年才六歲。

他披麻戴孝，在靈堂為母親守靈，因為哭泣脫力而睏倦昏睡，被抱到後堂照看，結果奶娘一時沒有注意，在外面打了個盹，朦朧間聽到花瓶落地的聲音，趕緊跑進去一看，發現朱聿堂滿頭滿臉都是水，正從水盆中掙扎起來，坐在地上哇哇大哭。

「堂兒說，他在睡夢中被一個人拎起，不知怎麼的全身一點力氣都沒有，只能任由對方將自己按在了水盆中。嗆了好幾口水後，他又痛又怕，只能抬腳拚命掙扎，終於踢翻了旁邊的几案，驚醒了外面的人，才得了一條命。」太子妃說著，兀自心有餘悸，那一貫雍容沉穩的面容上，也染上了掩不去的驚懼。「堂兒被嚇壞了，我們好生撫慰追問，但他畢竟年紀小，而且睡夢中差點被溺死，自然無法看清那潛入靈堂的刺客面目，但是……」

說到這兒，她的話語頓了頓，目光緊盯著朱聿恆，一字一頓道：「他在嗆水之時，看見了按住他的那隻手上，戴著一個綴滿各式珠寶的臂環。」

手腕微顫，一點熱茶濺上虎口。朱聿恆直視著母親，脫口而出：「什麼？」

「而且，堂兒還看見了那臂環上，有一顆碩大瑩潤的珍珠。」太子妃意有所指道：「聿兒，明珠暗投雖令人惋惜，但當斷則斷，總比執迷不悔要好。」

聽母親的口氣，朱聿恆便知道她已察覺自己當日騙阿南去行宮的用意，或許也注意到了他送給阿南的那顆珍珠。

朱聿恆只覺心下思緒翻湧，勉強抑制住情緒，道：「這世上戴臂環的人，不在少數。」

「但戴著臂環，又用這種手法殺過人的，卻只她一人。這也證實了之前殺害登州知府苗永望的，必定是她無疑！更何況——聿兒，堂兒是你的親弟弟，袁才人亦是咱們東宮的故人，如今司南對他們痛下狠手，邯王更是因此而步步進逼，我想其中必有關聯！」太子妃嗓音更冷，就連眼中對兒子的慈愛也被肅殺遮蔽了大半：「你難道還不願拋棄幻想，正視那女匪的真面目麼？」

面對母親的殷切哀懇的目光，背負父母兄弟的重託，朱聿恆一時氣息凝滯。許久，他才默然開口問：「刑部的文書下了嗎？」

「她既敢犯下重罪，朝廷便不能不追究，如今海捕文書已下，她落網只是時間問題。」

「罪名呢？」

「劫掠重犯、屠戮官兵、謀害皇嗣，每一條都是殺頭的重罪。」

朱聿恆強壓下心口翻湧的情緒，只是沉默，並不說話。

「聿兒，你可別犯糊塗啊！」太子妃抬手緊按住他收得太緊而青筋隱現的手背，問：「難道你執意要維護一個來歷不明的女匪，將你爹娘和幼弟棄之不顧？」

「國法律條皆在，我不會因一己私欲而偏袒任何人，也不會使無罪之人平白蒙冤，否則，我們又如何對得起堂兒、對得起冤死的袁才人？」他目光堅定，清清楚楚道：「母妃放心，我定會將真凶揪出來，讓所有詭異的案情大白於天下！」

再度回到海上，阿南如魚得水，快樂無邊。

朝陽尚未升起，她睜開眼便跳下床，赤腳跑到船舷邊，縱身躍入水中，讓微涼的海水激得自己徹底清醒過來。

正給眾人準備早點的方碧眠站在甲板上，呆呆地看著她如一條大魚在碧浪中翻騰，手中的托盤差點掉落。

司鷲眼疾手快地幫她接過，方碧眠指著阿南，結結巴巴問他：「南姑娘……這麼一大早就下水，會不會對身子不好？」

「有什麼不好的，她從小就這樣，連傷風感冒都沒有過。」司鷲笑道。

「可這麼高的船上一下子跳下來……」

「那妳真該去看看她之前住的懸崖，幾丈高的地方跳下來，連朵水花都沒有，有時候還能翻兩、三個筋斗，可好看了。」

方碧眠瞠目結舌地看著，直到阿南游過癮了，以臂環勾住船舷飛躍上來，提了水沖洗身子，方碧眠才回過神，趕緊給她拿了毛巾過來，幫她擦頭髮。

阿南用海鹽潔了齒，喝著方碧眠煮的紅棗糯米粥，連聲道謝：「方姑娘，妳太客氣了，這麼照顧我。」

方碧眠笑道：「其實我也是有私心的，我想……既然上了船，以後請南姑娘也教我游水，跟著大家行事也方便些。」

「唔……」阿南看了看她纖小的腳一眼，說：「妳裹腳呢，怕是不太好學。」

「我的腳是為了跳舞裹瘦的，不過以後我不會裹了。」她眼中閃著燦燦的光芒，滿是憧憬：「我娘以前也不許我裹腳的，我五、六歲時，教坊的嬤嬤就逼我裹腳，說這樣身姿好看些，但我娘總是在晚上偷偷幫我放開一些。她跟我說，阿眠，妳是好人家的女兒，就算要裹腳，也不是這種討好男人的裹法……」

說到這裡，方碧眠黯然神傷，聲音有些哽咽了：「可惜我娘鬱鬱而終後，當時七、八歲的我受不了毒打，最終還是……還是把腳弄成這樣了。我娘要是泉下有知，一定會又傷心又失望吧……」

阿南聽她提及母親，又想起自己的母親，不由得眼眶也是一熱，她抬手撫撫方碧眠的後背，給她遞了條手絹：「別哭別哭，其實這東西特別好學，等太陽把水晒得暖和點，我帶著妳游兩圈妳就會了！」

「先別游了，我不是囑咐妳好好休息嗎？」身後魏樂安的聲音傳來：「不遵醫囑，落下病根妳以後別後悔！」

阿南吐吐舌頭，乖乖地入艙坐下，伸手讓他把脈。

魏樂安摸著她的脈門，越摸越鬱悶，最後悻悻地丟開了手。

「怎麼啦？」阿南問。

魏樂安哼了一聲：「底子太好，恢復迅速，老頭我一身驚世駭俗的醫術毫無用武之地！」

阿南不由哈哈大笑，見他起身要走，忙拉住他說：「魏先生，既然你醫術驚世駭俗，那我問你一個病如何救治啊，很罕見的病。」

「哦，說來聽聽？」

「就是有一種病啊，每隔兩個月，身上的奇經八脈會崩裂一條……」

她才剛剛開口，魏樂安臉色大變，脫口而出：「山河社稷圖？」

阿南沒料到他居然一下便知道是這個病，不由得對他豎了豎大拇指：「魏先生，你真是博聞強識。」

魏樂安搖頭道：「不……因為這是我師父在世時，唯一束手無策的絕症，他在臨死前還在念叨著，所以我自然記得很深刻。」

阿南不由失望：「魏先生的師父都沒辦法？那……這病豈不是真的無救了？」

「那倒也是未必，妳聽我說啊……」

六十多年前，魏樂安還是個七歲稚童，他的師兄魏延齡八歲。他們兩人都是戰亂孤兒，師父收養了他們，帶他們在武安山行醫。

有一天，一輛四壁繪著青色火焰的馬車停在他們的草堂前。當時戰亂，耕牛尚且稀少，那馬車卻是由兩匹膘肥體壯的大馬拉著，車身漆色鮮亮，顯然主人身分不凡。

魏樂安和師兄魏延齡好奇地迎上去。錦緞車簾掀起，下來一位二十出頭年紀的少婦，正當綺年玉貌，容顏光華無匹，只是面容上蒙著一層難解憂愁。

她牽著一個五、六歲的稚童下車，說自己聽聞魏神醫大名，跋涉千里過來求醫。

師父將孩子的衣服解開一看，那孩子的奇經八脈已經有七條崩裂成血線，只剩一條任脈尚且完好。

魏樂安師兄弟都還是孩子，一看那血痕，頓覺心驚肉跳，以至於魏樂安在六十年後回憶起來，依舊記得那些可怖血線深紅發紫，如同赤蟒纏身，怵目驚心。

師父驚問女人這是何怪病，見他居然反要詢問自己，女人頓時面露失望之色，顯然是知道他亦無能為力。

因此，她只草草告知，孩子的血脈每隔兩個月便會崩裂一條，發作之時慘痛不已。她尋遍天下名醫，輾轉一年，卻只知道這病叫山河社稷圖，是有人在孩子身上種下的毒，為的就是慢慢折磨他們母子，可究竟如何中毒與控制，無一人知曉。

魏師父最終只能給她開了幾劑消瘀解毒藥，聊做安慰。也在她走後，遍尋古籍，企圖找到山河社稷圖的蹤跡。但直至他去世，並無任何線索。

魏延齡與魏樂安後來繼承師父衣缽，各自成名，但兩人後來縱然救治了千百人，也未再見到任何與山河社稷圖有關的病情。

師父冥壽百歲之時，師兄弟曾共聚草堂，整理師父遺物，發現他臨死之前記下了自己一生中難以釋懷的各種疑難雜症，第一條便是山河社稷圖。

他們都看見了師父在病案的最後寫下的論斷——

絕症。

「後來呢？」阿南見魏樂安說到此處停下，又怕此病真的是絕症，急忙追問。

「後來本朝開國，我師兄在北，任太醫院使，而我隨老主人揚帆出海，時隔三十多年，在西洋大海之上，居然又遇見了那對母子。」

阿南挑挑眉：「那位夫人長這麼漂亮嗎？魏先生與她一面之緣，三十多年後還能認得？」

「倒不是我記性好，而是見過那女子的人，肯定都忘不了——她的眉間有一朵小小傷痕，被她刺成了青色火焰模樣，看來如貼了一片精巧花鈿。」魏樂安瞧著她，捻鬚一笑：「妳說呢，妳能不能認出來？」

「她……她是傅靈焰！」阿南激動之下霍然站起，差點打翻了椅子。

「沒錯，就是妳自小崇敬、百年一遇的棋九步，開創拙巧閣的九玄門天女傅靈焰。」

「她的孩子也遭殃了？後來呢？」

「妳猜怎麼的，傅靈焰當時與兒子在一起，那兒子看起來，大約比我小一、兩歲年紀。」

船身在海中微微一動，波光從窗外射入，在阿南的雙眼上滑過，一片燦亮：「是當時那個得病的孩子？」

「對，我當時尚不敢確定，便找到機會與他搭了一句話，問他，你身上的山河社稷圖後來怎麼醫治好的？」看著阿南一臉急躁的樣子，魏樂安微微一笑：「他說，沒治好。」

阿南按著桌板急問：「怎麼可能沒治好？古籍中不是說，八條經脈盡數崩裂之時，便是殞命之日嗎？」

魏樂安頷首道：「傅靈焰行蹤不定，匆匆一別後我便再未見過他們。事後我也曾對此思索許久，至今不得其解。」

阿南沉吟片刻，忽然問：「傅靈焰的兒子，臉上有血脈崩裂的痕跡嗎？」

魏樂安怔了怔，恍然大悟地一拍大腿：「沒有！所以妳的意思是，他那最後一條血脈沒有崩裂，因此存活？」

「是啊，奇經八脈之中的任脈直沖喉結，上達天靈蓋，如果那條血脈崩裂的話，肯定會顯露在面部！」

阿南之前曾一再想過，阿言長這麼好看，等到任脈崩裂的時候，豈不是要毀容了——因此聽魏樂安並未提起面容的事情，她立即便察覺到了這一點。

「這麼說，傅靈焰應該是找到了阻止血脈崩裂的方法？」魏樂安思忖著，又嘆道：「只可惜四海茫茫，不然，我真想知道她究竟以什麼方法救回了自己的孩子，以慰我師父在天之靈。」

「至少，現在總算有了線索，總比漫無頭緒好。」

「話說回來，妳打聽這個病是為什麼？」

阿南抿脣頓了頓，然後說：「我得罪了一個朋友，想幫幫他當賠禮。」

「那妳這朋友挺慘的。」魏樂安同情道：「而且妳要辦這種大事才能賠禮，得罪得也是夠狠的。」

阿南托著下巴看著窗外蒼茫大海，低低說：「是啊……確實挺狠的。」

第八章　錢塘弄潮

再次來到杭州，綺霞的心情與上回大有不同。

上次她是被請到杭州來教習的，教坊司的人對她客客氣氣的，小姑娘們也都聽話敬她，可說是順心如意；而這回她是因為忍受不了應天眾人的異樣目光，所以接了個饗江神的名額來這邊逃避的。

結果因為她剛吃過官司，人人對她側目而視，甚至教坊司的人在知道了她的情況之後，勸她還是好好保養手指，別勞累了，然後指了個小姑娘頂替了她的位置，讓她孤零零站在了曹娥廟外。

「混蛋！官府都把老娘放了，你們還怕我玷汙廟宇？」綺霞在廟外跺腳，氣得面紅耳赤，又無可奈何。

時過正午，耳聽得鑼鼓喧天，是錢塘江大潮頭馬上就要來了。

「來了來了，弄潮兒來了！」岸邊觀潮的人群紛紛湧向前方。

綺霞無精打采地收起自己的笛子，踮起腳尖向江上看去。

只見江面波濤滾滾，江邊紅旗翻捲，前方人潮湧動，不時發出一陣陣叫好聲。

白浪鋪天蓋地，卻有幾艘小船迎著浪潮直上，如急雨中翻飛的燕子，船身在激流中拉出一道道白線。

每每浪頭撲來就要將小船掀翻之際，小船總能準確地避開浪頭，無論對面是什麼疾風惡浪，都無法損傷這些小船一分一毫。

最令人讚嘆的，是立在那船頭之上的一個個弄潮兒。

他們身著緊紮緊靠的紅衣，手把大旗，穩穩立於船頭之上。浪潮凶險無比，一波波朝著他們撲來，他們卻翻轉騰挪，來去自如。

尤其是其中一馬當先的那個少年，總能在最凶險之時堪堪避開擊打在身上的潮水，始終挺立船頭，手中紅旗不溼，獵獵招展於江風之中。

雖然綺霞正在情緒低落之中，但看見那個少年如此英勇無懼，還是被吸引了注意力。

在山呼般的喝彩聲中，旁邊人指著那少年手中紅旗上繡的「壽安」二字，道：「唷，壽安坊今年請來了厲害人物啊，這個弄潮兒是誰，真是一身好本事！」

即使杭州剛遭過水災，但寧拋一年荒、不捨一季潮是南方人的秉性。剛把海塘修好，八月大潮水來了，各街坊就競相邀請能人出賽，必要爭個高低。

今年端午龍舟賽，壽安坊墊了底，看來是誓要在八月弄潮中掙回臉面了。

「你們不認識他？那是大名鼎鼎的江白漣啊。」旁邊有老人答：「他們疍民一世都在水上，從不上岸的，這水性能不好麼？」

疍民從生到死全在船上，一輩子打漁為生，因此個個水性非凡，而江白漣更是這一輩中的佼佼者。

他仗著一身好水性，自十三、四歲起便成了遠近聞名的弄潮兒，每到大潮之期，他便接受各街坊延請，代為爭流，數年之間無一次落敗，一時成了杭州紅人。

眼看潮水越發湍急，幾艘船迎潮而上，勢頭也更凶猛。船頭的弄潮兒們被風浪所捲，不是站不穩身子，就是丟失了手中紅旗，唯有江白漣在船頭縱橫來去，一翻身、一側背便避過那險險襲來的浪頭，將手中紅旗穩穩護住，始終讓它招展在浪頭之上，贏得岸邊一陣陣此起彼伏的喝彩聲。

就連江邊高地的彩棚之內，坐在最佳位置觀潮的人亦在鼓掌讚嘆。

旁邊那幾個好事者又在問：「這搭彩棚讓這麼多大員作陪的，是什麼人啊？看起來很年輕啊。」

「還能是誰？皇太孫殿下親自趕來杭州視察大風雨，不然災後怎能短時間投入如此多人力，又安排得如此井井有條？」

聽說是那個傳聞中的皇太孫，綺霞忙看向那棚內人，頓時錯愕瞪大了眼睛。

重重護衛正中間坐著的俊美男子，紫衣玉冠矜貴無匹，赫然就是阿南的那個阿言嘛！

綺霞正張大了嘴巴回不過神來，身後忽有人在她肩上一撞，她猝不及防，腳下一滑，眼看就要摔入江中。

綺霞驚叫一聲，正以為自己要完蛋時，一隻手迅速抓住了她的胳膊，將她扯了回來。

綺霞驚魂未定，按住狂跳的心口睜開眼，見拉住她的是個皮膚黧黑的小鬍子男人，正忙不迭道謝，卻聽他笑著開口：「就知道貪看男人，這下出事了吧？」

綺霞一聽這人的口氣，感覺他應該是跟自己相熟的人，可一時又想不起來自己什麼時候見過他，只能訕笑著朝他致謝：「多謝，得虧大哥拉我一把，不然掉下去我就慘了！」

說著，她想起什麼，趕緊抬手扶了扶自己髮上的金釵，確定它還穩穩插在上面，才安心鬆了一口氣。

那人瞧了她髮上花好月圓的金釵一眼，臉上笑容更深：「忘記哥了？上次在順天妳給我吹笛子時，還說我鬍子好看呢！」

綺霞嘴角抽了抽，心道酒桌上的屁話你也信啊？就你那鬍子長這麼猥瑣，我說這話的時候應該是閉著眼的吧！

但人家畢竟救了自己，她也只能陪笑：「是啊是啊，我想起來了，是大爺您啊！」

對方摸著鬍子瞅著她笑：「一看妳就沒良心，我是董浪啊，手下有幾十個兄弟跑船的。」

「哦哦，董大爺，我想起來了！」

綺霞拚命在腦子裡搜索這個人的消息，此時猛聽得江邊人群又是一陣震天價響叫好聲，鑼鼓聲更為喧鬧，兩人說話都聽不到了。

綺霞正不願與面前這男人尬聊，趕緊撇了他，湊到江邊看熱鬧去了。

那個董浪站在她身後，幫著把幾個亂擠的人給擠到一邊去，免得他們又把綺霞擠得跌了腳。

人群中一個眉清目秀的少年擠過來，在嘈雜的人聲中低低問：「怎麼樣？」

小鬍子男朝他眨眨眼，即使面色黧黑長相猥瑣，但掩不住那雙眼睛靈動清澈，比貓兒眼還要燦亮：「放心吧司鷺，論易容改裝，我天下數一數二！」

周圍的嘈雜聲掩蓋了她那低迴略沉的女子嗓音，若綺霞在旁邊的話，肯定能聽出這是阿南的聲音。

可惜她正趴在江邊欄杆上，身處最喧鬧的地方正中心。耳邊更是有無數人激動大喊：「浮木來了，哇，這身手可頂天了！」

阿南也是最愛熱鬧不過的人，一聽之下，立即探頭去看江面情形。

身後司鷺無奈地戳戳她的脊背，警覺地看了看周圍，拉著她擠出人群。

堤岸後方，司鷲見左右無人，才低聲鬱悶道：「我覺得妳也是太任性，妳好不容易和公子重逢，才沒幾天就又跑來了。就算朝廷誣陷妳殺害苗永望和袁才人，還謀害皇嗣又怎麼樣，反正本來妳就被海捕了……」

「我不在乎海捕，不在乎朝廷降罪，可是，阿言他誣陷我，就是不行！」阿南鬱悶道：「我把他當兄弟，他居然潑我髒水，這口氣我死都嚥不下！」

「還有那個綺霞！」司鷲提醒她。

「放心吧，她要是真的為了自保而出賣我、讓朝廷把這黑鍋扣我身上，那她就該知道要負什麼後果。」

司鷲想了想，又憂慮道：「可我聽說，朝廷已經召集江湖好手齊赴杭州，尤其是，那個傅准可能已經到杭州了。上次我們僥倖未曾與他碰面，這次妳務必小心啊！」

「我先查清阿言的事吧。」阿南恨恨道：「如果真的是他對不起我，我連他帶傅准一塊兒收拾了！」

「查什麼查，妳還天真呢！朝廷海捕文書寫得清清楚楚的，不是他下令還能有誰？他是什麼人，妳還指望他能站在妳這個女反賊這邊？」司鷲見她神情忿憤之中尤帶黯然，癟了癟嘴忍住自己後面的話，拍拍她的手臂，與她告別。

「總之，記得妳對公子的承諾啊，一個人在杭州務必小心，我們在渤海等妳。」

「好，讓公子不必擔心我，我這邊事情解決了，立馬就去追你們。」

眼看司鷺的身影消失在後方人群之中，阿南站在江邊沉默了片刻，目光不由自主地望向彩棚之下的朱聿恆，像是要穿透他的身體，看看他的心到底長什麼樣。

忽聽得耳邊山呼聲響，人群也連連後退。她踩在高處一望，原來是大潮已至，潮頭一波波高聳如峰，浪頭揚得極高。

而江心突出的一塊沙洲之上，正設著錦標。只要哪個坊將旗子插在其上，便能贏得勝利了。

只是船衝沙洲難免擱淺，是以各個船頭都趁著大浪，放出一塊塊雕成蓮葉形狀的綠漆浮木。

浮木在浪頭之上隨波逐流，被浪頭高高捧起又重重落下。而弄潮兒手持紅旗，躍到木蓮葉之上，藉助木頭的浮力，在水面保持平衡的同時，飛躍浪頭，招展紅旗。

海浪如同飛速移動的山峰，一層層、一脈脈洶湧推移而來，早有幾個弄潮兒站立不穩，站在蓮葉上拚命扭動身子，免得自己跌落於水中。

在夾雜著「哎唷」的驚叫聲和哄笑聲中，唯有「壽安」大旗牢牢擎在江白漣手中。

他沉住下盤，赤腳緊緊揪住腳下蓮葉，身體隨著波濤的起伏而控制木荷葉隨水而動，挺胸沖上浪頭又俯身順著浪頭而下，彷彿托住他腳下荷葉的不是水波，而是一道透明的牆壁，而他乘著木荷飛簷走壁，來去自如。

阿南雖然在海上見過更大的浪，但見他在錢塘江口倒湧的千里長浪之中如此縱橫自如，也不由得跟著眾人提起一口氣，關切地盯著那條在風浪中時隱時現的身影。

就在所有人的目光都緊盯著江中之際，人群中忽然傳來一聲女子的驚叫。

阿南聽出這是綺霞的聲音，心口一驚，立即轉頭看去。只見洶湧的巨浪撲向岸邊，一條絳紅身影迅速墜下河堤，被波浪捲走。

「綺霞！」阿南想起她剛剛便差點落水，心中一凜，當即撥開人群向著那邊跑去。

人群擠擠挨挨，擁擠不堪，阿南一時竟無法跑到最前面。

只聽擠在前面的人大嚷：「冒出來了，冒出來了！」

綺霞掙扎著從水中冒出頭來，可錢塘江的巨浪非同尋常，尤其現在正是漲潮時刻，她剛剛冒出個頭，還沒來得及呼救，就又被一個浪頭打來，沉入了水中。

鑼鼓喧天，風浪巨大，江上的弄潮兒也都在凶險風浪中急速躲避浪頭，根本沒注意到落水者。只有最前方的江白漣似是感覺到了什麼，他柔韌的腰身一轉，看向了綺霞落水處。

壽安坊的里正跺腳大喊：「江白漣，快衝，把旗子插上去！」

江白漣正在一遲疑之際，綺霞又竭力從水中冒出頭來，雙手在水中擺動，企圖抓住什麼來挽救自己。可惜一個浪頭打來，她再次沉入水中，沒能穩住身子。

阿南終於撥開了前面的人群，急切詢問落水者在何處。

還沒等旁邊的人指給她看，一個大浪打來，前面所有人都驚呼著往後急退，反而將她又向後推了兩步，差點摔倒。

情急之下，阿南再也顧不得什麼了，撥開所有人往江邊急衝。可大浪過後，江上茫茫一片波濤，根本尋不到綺霞的蹤跡。

她極目觀察，卻見踩在蓮葉之上的江白漣在水中劃了一條弧線，劈開波浪，直向著船後而去。

他手中紅旗已經溼透，垂捲在了一起，再也看不出那上面的招牌大字。

壽安坊的里正跺腳大喊：「江白漣，你磨嘰什麼？快點衝過去，將我們的坊旗插上沙洲，去奪錦標啊！」

江白漣卻置若罔聞，他看看前方水浪，又看看手中紅旗，終於將它往水中一丟，執意向著反方而去，任憑浪花在身後拉出細長一條白線。

「江白漣！我們要是輸了，你……你一文錢也拿不到！」壽安坊里正看著他們坊的大旗被浪頭捲走，這次別說奪冠了，怕是墊底的份都沒有，氣得嘴都歪了。

他鬱悶的咆哮聲卻被眾人的驚叫聲淹沒，只見江白漣前方的渾濁浪濤之中，冒出了一個人頭——

正是綺霞，她竭盡最後的力量從水中鑽了出來，再一次掙扎呼救。

激浪之中，她頭髮散亂，撲騰無力，顯然已經脫力，眼看就要被大潮吞噬。

岸上的人都屏住了呼吸，就連那個正在咒罵的里正也閉了口。

阿南瞥了彩棚中的朱聿恆一眼，見他顯然也注意到了落水的人，自己跳下去救綺霞，必定會被沖走偽裝，暴露行跡。

但生死關頭，她也顧不得了，一手按在江堤之上，做好下水的準備，一邊盯著江白漣，看他如何行動。

只見江白漣在水面之上身影如電，飛快滑到了綺霞的面前。

這瀕死之中出現的矯健少年郎，讓絕境中的綺霞重新燃起了生的希望，竭力撲騰著向他靠近，抬手求他抓住自己。

「救……救命……」她一開口，渾濁的江水便湧進了口中，讓她又連連嗆水，更加痛苦。

江白漣站在木蓮葉之上穩住自己的身體，冷靜地低頭看著她。

明明伸手就可以拉住她，他卻並不動作，反而在浪頭將他沖向綺霞之時，身形一扭，不偏不倚從綺霞身邊轉了過去，與她求救的手掌擦過，然後藉著波浪再折了回來。

岸上的人都是大急，議論紛紛，不知道他為什麼不救人。

阿南卻只緊盯著綺霞和江白漣，收回了按在欄杆上的手，那準備下水的姿勢鬆懈了下來。

在絕望中剛冒出一絲希望的綺霞，在江白漣穿過自己身側的時刻，希望再度破滅。渾濁的江水直灌入口，她求援的手無力垂下，再也沒有一絲力氣的身體沉了下去。

在岸上人的驚呼聲中，順著浪頭折回的江白漣終於有了反應。他從蓮葉上高高躍起，筆直鑽入水中，就如一尾穿條魚，未曾激起一絲水花，便已經沒入了水中。

岸上人議論紛紛，江面的波濤依舊險惡。沙洲上的錦標已經被插上，但沒有人再關注究竟是哪個坊贏得了這場勝利。

所有人的目光都盯在錢塘江中心，綺霞沉下去的那一塊地方之上。唯有阿南的目光，順著水流而下，在距離落水處足有二十丈遠的地方停了停，然後又轉向下方三十丈處。

岸邊的鑼鼓依舊喧天，波濤聲與人聲此起彼伏，不曾斷絕。

阿南沿著堤岸，向著下方快步奔去，後方的人不明所以，有幾個下意識便跟隨著她跑了下去。

驀地，江面上忽然出現了一抹絳色與赤紅，兩抹紅色在黃濁的怒潮之中，顯得格外亮眼。

阿南低低叫了一聲「來了」，撿起一根粗大樹杈奔下海塘，向江邊衝去。

「大哥，危險啊！」後面的人看著不時拍擊上岸的浪頭，對她大喊。

這裡是個比較平緩的斜坡，但浪頭翻捲上來的勢頭也不容小覷。江白漣拖著已經昏迷的綺霞，雖然竭力靠近了海塘，但遭海浪反撲，一時竟無法將綺霞抱上去。

阿南跑下海塘，將樹杈遞到他面前。江白漣趁著浪頭上湧的勢頭，終於抓住了樹枝。

身後幾個漢子也趕上來，與阿南一起扯著樹杈，將他們拉出水面，移送到了高處。

阿南立即將綺霞翻過來，趴在自己膝頭控水。

江白漣卻不肯上岸，只浮在水中看著她熟練的手法，又打量她的模樣，開口問：「海上的？」

阿南將呼吸漸趨平靜的綺霞擱在自己膝頭，朝他一笑：「跑船的。」

江白漣控著耳中水，瞥著她懷中的綺霞，忍不住開口問：「這姑娘是？」

「她是教坊的綺霞姑娘，今兒個陪我來看潮頭呢，不想失足落水了。」

「哦……」江白漣意味不明地又看了昏昏沉沉的綺霞一眼，回身便進入了波濤之中，向著前方的船游去。

阿南叫了輛車把昏迷的綺霞送上去，不動聲色地瞥了江對面的朱聿恆一眼。

他的目光早已從這邊的混亂上移開，看向了沙洲上奪得錦標的弄潮兒，似乎只是看了一場不足掛懷的平淡戲碼。

「江白漣那個混蛋！王八蛋！見死不救！得虧我沒死，不然我做鬼都不會放過他！」

綺霞一醒來，精神還委靡著，就先破口大罵。只是她如今有氣無力，難免聲嘶力竭，外強中乾。

坐在她床邊的阿南好笑地將她扶起一點，示意她趕緊喝藥：「他哪有害妳，不是救了妳嗎？」

「他故意不救我，一動不動站在水上看著我沉下去！」

「後來也是他下水把妳救出來的。這是人家疍民的規矩，他們在水上討生活，溺水者必須三沉才救，表示已經給過水鬼機會了，不然江海裡的東西會記恨他們的。」

綺霞氣得根本不聽勸，一邊按著自己疼痛的胸，一邊繼續罵：「我都要死了，他還講究這些臭規矩？要是我沉兩次就被淹死了呢？」

「其實他這樣做是有道理的。」阿南示意她趕緊喝藥，解釋：「三沉之後，溺水者就沒力氣了，此時上去救人的話，對方才不會死死纏著他掙扎，會容易很多。」

綺霞悻悻地接過藥，看著阿南，臉上又露出詫異的神情，想了半天才遲疑問：「你是董……董相公？怎麼是你在這兒？」

「江白漣把妳救起來後，只有我認識妳，自然得我送妳回來了。再說這邊教坊的人好像不願意跟妳親近，我找了半天，也沒個人願意來看顧妳的，只能留下了。」

「別提了，我現在晦氣著呢……」綺霞有氣無力，但還是對她道了好幾聲謝。捏著鼻子把藥喝下去後，她眼淚都快下來了：「什麼藥啊這麼苦，我不就是嗆了點水麼……」

「是蒲公英、苦地丁什麼的，大夫說都是清涼去火的。等妳胸痛好了後還有副藥，是調理身子的。妳是不是身上有月事？裙子都弄髒了，大夫說此時落水，以後對生育怕是不太好。」

綺霞抿唇默然許久，搖了搖頭說：「哎，顧不上了，隨便吧。」

見她這怏怏的模樣，阿南也只能拿走她的碗，說：「那妳先好好休息吧。」

綺霞點點頭，忽然又想起什麼，伸手一摸自己頭上，頓時眼淚就冒出來了：「啊……我的金釵丟了！那可是金的啊！是阿南給我打的啊！」

阿南不動聲色問：「阿南是誰啊，妳相好的？」

「不是，是外頭一個姑娘，她幫過我好多。」

「聽人說妳之前遭了官司，所以這邊姑娘們都不敢和妳接近？」她假裝不經意問。

「是啊，差點我就死在大牢裡了。後來是阿南相熟的阿……一個人幫我找到了新的證據，才算逃得了一條命。」

阿南心想，這麼說來，阿言確實履行了對她的承諾，幫助綺霞洗清了冤屈。所以，阿言為什麼要那麼辛苦替綺霞開罪，又把罪名扣在她的頭上呢？

一時理不出頭緒，她便繼續套綺霞的話：「我聽說妳捲入了登州知府的案子，但現在海捕的女刺客不是另有其人嗎？」

「阿南不是女刺客！她是被冤枉的！」綺霞臉都漲紅了，握著拳頭嘶聲道：「她才沒有幹壞事，她……」

話音未落，溺水後疼痛的胸口猛然咳嗽起來，阻住了她激憤的話語。

門外正有人進來，一見她這模樣，忙衝進來把手裡提的東西一丟，拍著她的背幫她緩氣。

阿南見是卓晏，知道他最多話，怕自己不小心洩漏了行跡，便朝他拱了拱手，說：「既然綺霞姑娘有人關照了，那我便先走了，以後再來找妳。」

綺霞對她千恩萬謝，阿南擺擺手走出門，見四下無人，又趕緊躡手躡腳湊回牆根下，聽聽看他們會不會有關於自己的隻言片語。

卓晏頗有點醋意，揪著綺霞問：「那人誰啊？」

「我以前的恩客，他姓董。」綺霞有氣無力道：「對了，你這些什麼東西啊，怎麼撒我一床？」

「這是我託人買的岷縣當歸和文山三七，妳之前不是在牢獄裡被弄壞了身子麼，現在怎麼樣了？」

「還是一直淋漓流血，停不住啊……」綺霞說著，似乎是按住了卓晏的手，鬱悶道：「別看了，我們女人的病，你們男人懂什麼。」

「應天那群人也太狠了，明知道妳來了月事，居然故意拉妳去水牢中站了兩天兩夜……要不是我知曉了這事兒，跑去找提督大人，妳怕是到死還在那髒水裡泡著呢！」

綺霞咬牙道：「可就算死，我也不能承認啊！我要是按他們說的招了，把所有罪名都推到阿南身上，她不就死定了！」

阿南靠在窗上，默然聽著她虛弱卻懇切的聲音，長長地、輕輕地出了一口氣。

「一樣的。就算妳寧死不招，阿南不還是被通緝了？」卓晏嘆氣道：「妳啊，妳也是笨。反正要維護阿南，妳就咬定自己和阿南一起看到刺客嘛，又說自己眼睛痛沒看清，妳看妳兩邊沒落到好，阿南以後要是知道了，不來找妳算帳？」

「可我真的沒看到啊！我當時被殿內白光灼了眼睛，痛得一直流眼淚，而且那瀑布水不停往下流，亭子內的情形完全看不真切，我就只看到水缸後有個綠影子，其他的我真的沒看清楚。」

情。

阿南挑挑眉，想起綺霞之前確實跟自己說過，被殿外的白光灼到眼睛的事

只聽卓晏又問：「對了，當時妳的眼睛怎麼了？」

「別提了，從殿內出來後，我四下張望找阿南，一扭頭就被一道白光灼到了，那光太刺眼了，我當時還以為自己要瞎了！」

阿南隔著窗櫺看去，時隔半月，綺霞說到當時那一幕，還忍不住去揉眼睛。

卓晏便翻看了一下她的眼皮，問：「是被瀑布的反光刺到了吧？」

「不是啊，我找阿南呢，怎麼會去看瀑布？是看向殿內的時候，不知被什麼刺到的。」

「胡說八道，殿內哪來的白光，難怪官府不肯放過妳了。」卓晏顯然不信，嗤之以鼻。

「可事實就是這樣啊，反正我對官府、對阿言，都是這樣說的。」

「要死了，妳也敢叫阿言。」卓晏輕拍了下她的頭，說：「這世上能這樣叫他的人，妳知道有幾個？」

綺霞想起周圍人的話，想著阿言如果是皇太孫殿下，那麼阿南這個刺客，謀害的皇嗣大概就是阿言了……

這都什麼事兒啊，明明上個月他們兩人還好好的，在一起開開心心的，一轉眼兩人就一副生死大敵的模樣了。

她忍不住低低哀叫：「唉，阿南太慘了。」

「行了，管好妳自己吧，妳就夠慘的了！來，讓我看看妳的手……」說著，卓晏就執起綺霞的手，撫摸上面幾處尚未褪去的傷疤，哀嘆不知道會不會影響她吹笛子。

眼看兩人進入了卿卿我我的狀態，阿南覺得自己實在沒眼看，輕手輕腳趕緊便離開了。

雖然綺霞對江白漣的行為恨得牙癢癢的，但為人處世的道理還是得遵守。因此過兩天她身體好了些，便苦著臉，拎著一籃子雞蛋和紅棗桂圓，到疍民聚居地給江白漣送謝禮去了。

早就暗地等在江邊的阿南，見她在江邊左顧右盼的，便假裝和她巧遇，上前和她打招呼：「綺霞姑娘，還敢來江邊呢？」

「董相公，可巧遇見你了，你知道江白漣住哪兒嗎？你們是我的救命恩人，我來謝你們的大恩大德了！」

阿南心道：妳之前一次差點落水，一次真的落水，一看就是有人背地下手，還敢來這邊呢。

不過她也想看看背後動手的人是否跟那案子有關，便順手幫她拎過雞蛋，說：「我也正在這邊尋人呢，那先幫妳找找江小哥。哎，妳不生他的氣啦？上次妳醒來，不住口在埋怨他呢。」

「當然生氣啊，我當時都快死了呢，好不容易有點活的希望，結果他只站在不遠處盯著我看，我當時真是，有多絕望就有多恨他！」綺霞想到自己瀕死那一刻，咬牙切齒道：「要不是他最後救了我，我恨不得咬他幾口！」

「他也是為了救妳，冷靜點。」阿南笑道，眼前不自覺出現了在西湖的狂風暴雨之中，朱聿恆在最後那刻盯著她的目光。

她心裡忽然閃過一個念頭——

那時候，阿言一定也恨極了她，在心裡發誓永遠不會放過她吧……

「可我也是為了救你啊……」她不自覺地喃喃道。

綺霞莫名其妙地看著她，她回過神，摸著脣上的小鬍子訕笑，一指前方：「到了到了，那不就是江小哥嗎？」

上次大風雨，江邊疍民首當其衝，船全被摧毀得不成樣子。她們過去時，正看到疍民們在撈水上浮木，而江白漣拖了幾根木料在自己船上，正頂著烈日岔開大腿跨坐艙頂，拿著錘子乒乒乓乓釘木料。

綺霞看他咬著釘子的粗野模樣，再看看他這破敗的木船，臉上竭力不露出嫌棄的神色：「江小哥，忙著呢？」

江白漣低頭看了她一眼，把釘子吐出來，笑問：「唷，這不是上次那落湯雞嗎？今天收拾得挺齊整嘛。」

綺霞一聽他這語氣，頓時氣不打一處來，把手中紅紙包的桂圓、棗乾拎起來晃了晃，沒好氣道：「這不是來感謝你救命之恩了嗎？」

江白漣露著大白牙一笑，從艙頂躍下，落到他的小船上，撐過來接她們：「多謝啦，來我家喝杯茶吧。」

上船一看，簡直見者落淚。艙內空無一物，就一個老婦人躺在稻草堆中，看見有客人來了，她扶著腿坐起來，臉上堆笑：「是阿漣的朋友嗎？我給你們燒點茶。」

「阿娘不用忙了，我們是來謝江小哥救命之恩的。」阿南熟稔地盤腿在艙內坐下。

綺霞身上月事一直在流，見船上全是潮氣，一時難以坐下。阿南扯過稻草給她墊了塊乾地，拉她坐下，問江白漣：「聽說壽安坊今年出了不少錢請江小哥爭渡，但小哥為了救人，拚捨了這份錢財，真是高風亮節。」

江白漣指指還沒釘好的艙頂笑道：「嗐，我們疍民要什麼錢財？家財萬貫也全是打水漂的命，這不大風雨一過，有錢沒錢還不全都從頭開始？」

綺霞道：「無論如何，救命之恩，我終身銘記於心。」

江白漣眼見她這勉強模樣，本想嘲譏她幾句，但尚未開口，心裡忽然想起她被自己撈上來時，癱倒在他懷中的綿軟身軀，心裡不知哪個地方有點異樣，便只朝她笑了笑。

江白漣的娘已經在船頭土爐中燒了紅棗桂圓茶，每碗打了兩個雞蛋，端進來當點心招待客人。

綺霞抬手接過，客氣道：「啊，謝謝阿娘替我倒茶。」

一聽到「倒」字，江白漣和他娘的臉色立刻就變了。阿南趕緊給她使眼色，綺霞察覺到氣氛不對，又不知道出在哪兒，忙閉了嘴，埋頭吃起了雞蛋。

「味道怎麼樣，還合口味嗎？」江母在旁邊問。

「很好，阿娘手藝真不錯。」阿南讚道。

綺霞也附和：「是啊是啊，很甜很好吃！」

然後她就看到江白漣和母親的臉色又變了。她莫名其妙看向阿南，阿南無奈把手指在嘴邊按了按，示意她別再說話了。

綺霞鬱悶地閉嘴默默吃飯。誰知雞蛋吃完後，她將杓子拿出來，見無處可放，便倒扣在了船板上，捧起碗喝剩下的湯。

阿南心驚肉跳，一把抓起杓子，正要翻過來，那邊江白漣已經跳了起來，拿起笤帚揮舞著，口中不住念叨：「煞星下船，晦氣消除！」

阿南口中忙不迭地道歉，拉起綺霞就趕緊出了船艙。

可船正在江中，她們也沒地方可去，眼見江白漣在後頭揮著笤帚趕她們，眼前一艘貨船正向這邊駛來，停靠在江白漣的船邊，阿南忙拉著綺霞跳上船，躲避江白漣的笤帚。

運貨的船老大感覺船身一沉，轉頭看她們上了船，詫異問：「江小哥，你家的客人上我船幹什麼？」

阿南無奈道：「唉，我這妹子不懂忌諱，所以被人拿掃帚趕我們下船了。」

綺霞氣呼呼地橫了江白漣一眼：「我又沒說什麼，不就是謝謝阿娘倒茶，又說了茶很甜，還扣了個杓子嗎？別的也就算了，憑什麼『甜』都不能說啊？」

船老大一聽這些字眼，趕緊呸呸呸吐了幾口唾沫去晦氣，一臉悻悻，恨不得把她們也打下去。

阿南無奈在綺霞耳邊低聲道：「疍民的老話裡，『甜』與『沉』是同音的，不能說！」

船老大從船上卸下幾樣東西，堆在江白漣船頭，說道：「江小哥，東西送來了，明日寅時準時出發至錢塘灣，可別延誤了。」

江白漣瞪了綺霞一眼，悻悻地手中掃帚一丟，清點起東西來：「行，那我明天和老五一起過去。」

「別提老五了，他在大風雨中受的傷紅腫潰爛了，這兩天一直高燒不退，怎麼可能出得了海？」

江白漣眉頭一皺，道：「這可怎麼辦？除了老五外，誰還能有那一手飛繩絕技？」

阿南不動聲色聽著，搭船靠岸後，把綺霞擠回教坊，立馬跑回來向江邊漁民打聽老五的事兒。

「彭老五啊，喏，那邊那排水屋，門口晒著青魚的那家就是。」坐在船上織補漁網的阿婆絮絮叨叨，吃著阿南的蜜餞果子，一開口就停不下來。

等聽到彭老五的一個妹子三十年前不知所蹤後，阿南立刻拍著船舷，激動叫了出來：「我娘沒有騙我！我大舅真的是錢塘漁民，我……我可算找到根兒了！」

面對這個送上門來的外甥，彭老五一家如蒙甘霖，感恩戴德。

這外甥一來就喊了最好的大夫給彭老五看病，抓頂貴的藥眼睛都不眨一下，而且又打酒又割肉、又買米又扯布，這要不是親人，哪還有更親的？

一家孩子含著糖叫哥，彭老五和老婆聽說妹子早逝都嘆息不已，知道這大外甥如今在漕運跑船賺得盆滿缽滿，又都欣慰不已。

「聽說大舅擅長飛繩，我也會啊！可能這就是骨肉親情，天生的！」阿南摸著小鬍子得意道：「我在河道上時，長繩繫槍，二、三十丈的目標，百發百中！」

「哦？這可比我厲害！」彭老五讚服道：「話說回來，這回官府正招我去錢塘灣下方探險呢，報酬很豐厚，可惜我去不成了。」

阿南拍胸脯道：「那我就替大舅去一趟，咱舅甥非把這外快給賺回來不可！」

於是，第二天寅時出發前往錢塘灣的船上，便多了一個黑不溜秋的小鬍子男人董浪，頂替了彭老五的飛繩位置。

為了防止下水時身上塗的顏色被洗掉，阿南昨晚特地在烏柏汁裡泡了兩個時辰，這一身黝黑十天半個月是去不掉了。

「都把自己打扮成這樣了，希望能有收穫。」阿南摸著脣上的小鬍子——自然也用不溶水的膠黏牢了——盯著錢塘灣的海水，像是要把下面所有的一切揪出來看個清楚。

初升的朝陽金光燦爛，照在水波之上，將海天上下映照成一片金黃。前方海面逐漸現出一面巨大旗幟，在海風中獵獵招展。

首先出現在他們面前的是一艘千料寶船（註1），足有三十餘丈長，如巨大的鯨鯢坐鎮於東海之上。周圍又有多艘四百料座船巡守，各種輕小戰船穿梭其中。

阿南抬頭看著，不由驚嘆。

饒是她縱橫四海，見過無數大小船隊，但如此氣勢非凡的巨大寶船，亦是她在傳說中才想見過的七寶太監下西洋時的輝煌。

順著高大的船身，她仰頭向上，看見站在飛翹船頭上的那個人。

在夏日陽光與粼粼波光的明亮映襯下，他俯視下方的目光帶著莫名的震懾，令阿南胸口輕微窒息，別開了頭，不敢直視。

註1　千料寶船的「料」為重量或容積單位，千料大船的排水量約為三百噸以上。

怎麼哪哪兒都見到阿言，避都避不開啊！

有一瞬間她甚至懷疑，是不是阿言已經查明了她的行蹤，所以故意設局把她拉到這海上來。

人一旦心虛起來，就會疑神疑鬼。

所以明知自己已經易容偽裝、明知阿言距離自己這麼遠肯定察覺不到異樣，阿南還是鑽進了船艙暫避鋒芒。

江白漣正窩在船艙內拾掇自己的東西，見她進來了便隨口閒聊：「真沒想到，你居然是彭老五的外甥。」

「我也沒想到。爹娘去得早，我也是隨意來我娘說的地方尋摸一下的，誰知居然就找到了。」阿南隨口扯謊，聽到後方有聲響，回頭一瞥，有條船從後方駛來，船上人正朝他們招手。

阿南一眼看見站在船上的楚元知，心下感到又好笑又無奈——要死要死，怎麼到處都是熟人？

「楚先生！」江白漣坐直身子，和楚元知打了個招呼，又對阿南介紹：「這位楚先生可了不得，咱們此次下水的火藥全都是他研製的，聽說在水下威力比旱地更強！」

「厲害厲害！」阿南滿臉堆著敬仰。

此時寶船上已放下軟梯。幾人一起上了甲板，剛剛站定，耳邊便有笑聲傳來，一個長相頗為英俊的青年笑臉相迎，對眾人團團作揖。

「各位有禮了，在下薛澄光，師從鬼谷一脈，如今在拙巧閣司掌坎水堂。此次下海便由區區領隊，諸位若有什麼需要或禁忌的，儘管對在下提出。」

當年的離火堂主楚元知心情複雜，訕笑著朝他點頭。

幸好薛澄光並未注意他，只示意他們將所有武器都卸下，帶著他們向二層船艙走去，穿過兩重稀疏的黑色珠簾。

忽聽得「哎唷」一聲，有一條黑珠忽然無風自動，向著江白漣飛去，砸向他的胸口處。

江白漣「啊」一聲跳起來，捂住自己被擊中的胸口。

旁邊的侍衛立即上前，喝問：「什麼東西，拿出來！」

江白漣鬱悶地解開衣襟，拉出一個銅鎖，說：「我一出生就戴著的，這也不行？」

「哈哈，這個沒事，別擔心。」薛澄光看了看這拇指大的小鎖頭，打圓場屏退了那幾個持刀的侍衛，又幫江白漣把胸前黑珠取下，小心地放回原處，不讓幾條珠簾絞纏在一起。

眾人才知道那些珠簾是由磁石打磨成的，又用極細的線穿成。民間黃銅如江白漣的銅鎖，也含鐵雜質頗多，是以若是誰身上暗藏銅鐵武器，磁珠必定被吸附於身上，無所遁形。

阿南暗自慶幸自己為防萬一沒戴臂環，否則，這些磁珠子老早吸附在那些精鋼之上，暴露自己行蹤了。

他們肅立在二層甲板上等了一會兒，耳邊傳來輕微的「叮」一聲輕響。眾人循聲望去，一個身著金線團龍朱紅羅衣的年輕人，在眾人簇擁下走到了船艙之前。那聲音，正來自他手中的岐中易。

所有複雜的圈環都被他那雙極有力度的手瞬間收住，他的目光在眾人臉上轉過。

海上日光熾烈，他面容粲然生輝，那凜冽與矜貴混合的迫人氣度，令面前眾人一時都不敢出聲。

他目光掃過時，阿南不知怎麼就心虛了，趕緊縮在人堆裡，臉上堆滿諂媚奉承的笑容，努力偽裝成一個普通的中年男人。

朱聿恆的目光，從她的臉上轉了過去，面無表情。

阿南維持著臉上的僵笑，心裡默念：別看我別看我……

薛澄光不便介紹朱聿恆的真實身分，只含糊地帶領眾人拜見過提督大人，然後便作為此次隊長，向朱聿恆一一介紹起此次下水的事宜，以及對各人的安排。

「這位是第一個發現水下異常的江小哥江白漣，此次他主要負責勘探地形水勢，此次行動大家切記要跟牢他，切勿脫隊；這位是楚元知楚先生，水下爆破大行家，待會兒大家領到的水下雷，就是他研製的，不明白怎麼使用的可以盡早討教；這位是彭老五的外甥董浪。老五是錢塘灣最有名的飛繩手，每次出海捕大魚，第一支飛槍都要他先下手，如今他病了，推薦外甥來頂替他的位置，這家學淵源，董大哥身手自然沒得說……」

薛澄光尚未介紹完，朱聿恆的目光落在阿南的身上，意味不明地問：「董浪？」

阿南滿臉堆笑：「是，草重董，水良浪。薛先生之前試過我了，我雖比不上我大舅，但勉強也能頂上吧。」

薛澄光笑道：「董大哥過謙了，你除了臂力稍遜外，準頭和反應速度比你大舅更勝一籌，實是青出於藍。」

朱聿恆不言不語，不動聲色打量著阿南。

黧黑乾黃的皮膚，脅肩諂笑的姿態，頗帶猥瑣之氣的小鬍子。

按理說，這樣一個三十多歲貌不驚人的普通漢子，分明不值得他去關心，以他的身分，也不應該這樣打量一個普通人。

可，一種不知何來的怪異感覺，讓他的目光不自覺在這個「董浪」身上停了許久。

壓下心口的異樣情緒，朱聿恆不再多問，只起身對眾人道：「此次出海，水下危機重重。但既有眾位高手同心協力，相信定能一舉破局，替杭州城解除今後隱患，立下不世之功。」

在眾人轟然的允諾聲中，薛澄光帶著一干人等向朱聿恆行禮退出。

走下樓梯之時，阿南覺得背後有點異樣感覺。明知不應該，但她還是忍不住，盡量不經意地回頭，瞥了朱聿恆一眼。

他們的目光，隔著鹹腥的海風與熾烈的日光，驟然相碰。

但也立即各自轉開，彷彿都只是無意識的偶爾交會。

他轉身便進了船艙。她抬腳便跳下了甲板。

下到甲板，江白漣悄悄問薛澄光：「剛剛那位是什麼提督？」

「總之來頭很大，你們務必謹慎。」薛澄光並不回答，只示意眾人都注意聽自己的囑咐：「大家也聽到了，此次下水事關緊要，水下無論有無發現，你們都要把嘴巴閉嚴點，不可走漏半點風聲，知道了？」

江白漣朝阿南撇嘴笑笑，做了個口型：「當我們傻？」

阿南知道他的意思，畢竟十八日大潮當日，朱聿恆與一群官吏在彩棚中觀禮，眾人看他那眾星捧月的模樣，早已把他身分猜得透徹了。

薛澄光又笑道：「當然了，替朝廷辦事，別的不說，至少賞賜絕對豐厚。不然江小哥之前在海裡打撈到珊瑚，為啥要以祥瑞上貢呢，對不對？」

「別提了，朝廷倒是給了我不少。」還加上幫忙尋找行宮那具屍首的賞賜，江白漣想想便嘆氣：「可惜啊，家財萬貫，見水的不算，大風雨一來，我能護得住我娘就是僥倖，現在又是窮光蛋一個了！」

「嗐，風吹雞蛋殼，財去人安樂，活著就好！」眾人一邊安慰他，一邊穿水靠、裝魚藥，聽之前下過海的水軍們給他們詳細講解水下情況。

楚元知將水雷一一分發給眾人，叮囑要點。

萬事俱備，薛澄光一身青灰色鯊魚水靠，躍上船舷朝他們招手，隨即一個魚躍，當先鑽入水中。

他是拙巧閣坎水堂的堂主，水性自然非比尋常。岸上眾人齊齊叫好，下餃子似地一個個撲騰了下去。

阿南欣賞著眾人的泳姿，慢悠悠地解開自己的外衣，露出裡面早已穿好的水靠——畢竟她還要束胸，甚至還要在水靠內紮一些棉褡子來掩飾身材，肯定不能在船上更換水靠——墜好銅坨，繫上氣囊，活動好身體，站在船舷上，抬起雙臂。

站在二層書房的朱聿恆，此時目光正透過鏤刻魚龍的花窗，定在她的身上。只見她高高躍起，如同一條梭魚般凌空入水，只激起細小的一朵浪花，隨即便鑽入了碧藍大海中。

逆光模糊了她的面容和身段細節，在朱聿恆的眼中幻化成刻骨銘心的那條身影——

是在楚家後院，他曾托舉仰望的那段身形，輕盈似暗夜中穿梭而出的那只蜻蜓；亦是順天地下黑暗之中，被他拋向半空的那抹身姿，肆意如火花照亮他前路叵測的人生。

他的手下意識抓緊了面前雕刻著魚龍躍浪圖案的窗櫺，幾乎要將那堅硬的花梨木折斷。

是幻覺嗎？還是臆想？

明明對方的身形比阿南要粗壯許多，明明是差了十萬八千里的一個男人，明明他們的言行舉止截然不同——

可，為什麼他如此荒謬地，似乎在這個人的身上，尋找到了阿南的影跡？

夏末秋初的日頭雖然炎熱，卻無法穿透深邃的海洋。

阿南躍入熱燙的水面，隨即潛進了微涼的水下。

薛澄光在前方引路，眼看平緩海沙的盡頭漸漸顯現出城池輪廓，眾人看清面前的情形，卻都驚呆了。

隱隱波光中只見亂石狼藉，一片廢墟。這原本華美宏偉的水下城池，已經損毀殆盡。

阿南停在水中，用腳掌緩緩拍水穩定身子，知道這肯定是之前那場大風雨引動了海底機關發作，機關又藉風雨之力掀起風暴潮，以至於釀成杭州那一場大災。

坍塌後的城池廢墟一片死寂，悠長飄蕩的水流從中掠過，似有回音嫋嫋，更覺荒涼可怕。

薛澄光對眾人打了個手勢，示意眾人都要小心謹慎。他與江白漣當先探路，阿南與另一個飛繩手一左一右在側翼護衛，一群人如結陣的魚兒，小心而警惕地游入了城池中心。

一路游去只有死寂。而城池的正中心，石塊高壘的地方，顯然就是原來那座高臺。

原本籠罩神祕光華的高臺亦成一堆廢墟，令她心中暗自惋惜。

水波轉側間，她一眼瞥見石塊縫隙中有亮光閃現，當即向下游去，停在廢墟之上，抬手用力推開壓在上面的石塊。

那石塊巨大無比，人在水中又無法借力，即使江白漣上來幫她推了推，依舊一動不動。

阿南解下腰間楚元知給的水下雷，將它按進了石縫，示意眾人全都遠遠避開。

游到兩丈開外，她將隨身的繩槍解下，向著石縫間的水雷擊去。

炸藥遭受重擊，立即爆開，就如水下綻開大朵的烏雲。周圍水中的人都只覺得胸口猛然一震，血氣翻湧間，耳朵一陣刺痛。

眾人都在心裡暗自咂舌，沒想到楚元知交給他們的東西，威力竟如此駭人。

爆炸的水浪掀開了大石塊，露出了下方被石塊掩埋的東西。

那是一塊被砸扁後已看不出原來模樣的銅製物體，依稀應是一個弧形物事，但那上面又連接著其他奇形怪狀的零件，與下方更大的銅塊連通，上面鑲嵌的寶石早已零落，散在下方石縫中，一時是不可能尋回了。

後方的人游上來，將下方那些古怪的機括一一牽繫於繩索之上。薛澄光指定一個水軍將繩索牽到岸上，把這些東西都打撈上去。

一群人勞師動眾有備而來，卻發現下方水城早已毀滅，未免都有些意興闌珊。唯有阿南和江白漣兩人最喜探尋水下情形，兩人翻動著堆壘的石塊，尋找埋在下方的東西，幫助水軍們將奇怪的東西捆束紮好。

就在一起推開一塊巨大雲石之時，阿南藉著動盪的波光，忽然看見了石頭上雕琢的痕跡，立即抬手示意江白漣停下。

她繞著這塊扁平雲石游了一圈，看出它應該是高臺上方的一塊雕塑。雲石有天然的紋路與顏色，工匠藉助巧思，利用它天然的顏色雕出圖案，在海底雖已有數十年，卻未曾被磨洗太少。

石頭周邊蒼翠的顏色，宛然是一圈蒼茫青山，起伏的地勢之中，包圍著一圈殷紅。而在青紅相交的某一點，是在石頭上刻槽後，鑲嵌進去的細細金絲，描繪出一座高大城樓，飛閣重簷聳立於高高的城牆之上，俯瞰下方大片紅色。

端詳著那地勢和樓閣，阿南只覺得十分熟悉，卻一時未曾想明白究竟是什麼地方。於是她轉開眼，去看前方只剩一角的那幅浮雕。

那塊浮雕選用的是黑黃色雲石，雕刻的是大股海浪挾著空中巨大龍掛撲擊城池，黑色的烏雲和黃色的濁浪直逼江邊，鋪天蓋地席捲了城中所有一切，顯然就是指的杭州府上次災難。

她再看向後面那幅雕刻，猜測著中間那一彎紅色是什麼時，心口猛然一震——

兩道狹長山脈如同手臂伸出，擁抱著中間長圓形的一泓赤水，旁邊城樓上如仙山樓閣般聳立的高大建築……

這是渤海和蓬萊閣。

在東海巨浪之後，接踵而至的，將是血海蓬萊。

第九章　血海蓬萊

從海裡打撈起來的東西，一件件出水，送出海面。

朱聿恒站在高處，看向那些奇形怪狀的物件。散亂扭曲的精銅的機括，即使已經彎曲損壞，但憑藉他的能力，掃一眼便迅速還原出它們原本的樣子——那正是他在關先生留下的冊子上見過的那些機括零件，正好可以組成一只盤旋的青鸞。

當初製造這只銅青鸞的時候，不知道使用了什麼法子，即使六十年過去了，鍍金的外層依舊閃閃發亮，未曾斑駁褪色。

水面嘩啦聲接連響起，下海的人們一個個浮出了水面。

朱聿恒不動聲色地掃過人群，在動盪的海浪之中瞥到了那個董浪。只見他一手扒住船沿，先用力將船晃了幾下，等到船板蕩到對面之際，翻身躍上船，剛好將小船晃動的力量消掉，在浪頭中穩穩當當立在船頭。

板。

朱聿恆的目光在「董浪」身上頓了片刻，然後收回目光，率人下到一層甲

阿南爬上大船，蹦跳著倒耳朵裡的水。她身體有些沉重，畢竟水靠內還紮了棉褡子，一出水格外沉重。但也沒辦法，她的身材與男人相比過於纖細柔韌了，還是搞點東西比較妥善。

朱聿恆打量堆在甲板上的銅製機括，問薛澄光：「水下情況如何？」

「水下城池已被之前的風暴潮水徹底摧毀了，這些都是從廢墟中整理出來的，下面還有一部分，但已被石塊徹底掩埋，怕是很難潛入深水將其撈起。」

朱聿恆吩咐諸葛嘉找人將這一部分先復原出來，又注意到江白漣在旁邊欲言又止，便朝他一注目。

江白漣用手肘撞撞阿南，稟報道：「董大哥在水下石塊上發現了一些挺怪異的雕刻，我看著那畫面，像是渤海地形圖。」

「渤海？」朱聿恆的目光，終於落在了「董浪」的身上。

阿南只覺頭大，本來她一看到朱聿恆就有點犯怵，避之唯恐不及，但此時朱聿恆已經開口詢問，她也只能假裝恍然大悟，道：「可不是麼，我前些年跑船去過渤海，看到水下那石頭上居然刻著渤海，還是紅色的，當時就嚇了一跳。」

她吞服的藥物令聲音嘶啞低沉，但此時下水已久，藥效漸退，只能自己再把聲音壓了壓。

朱聿恆眉頭微皺：「紅色渤海？」

事已至此，阿南也只能豁出去了，她伸手大剌剌比了個斜長圓形狀，說：「這形狀，可不就是渤海麼？那石頭顏色有紅有綠，我瞅著綠的是被雕成山了，紅色被雕成了海，海的西面還有蓬萊閣。那臨海的城牆和上面的樓閣，我認得妥妥的，不會有錯！」

朱聿恆略一沉吟，吩咐薛澄光道：「讓下海的人把石雕弄上來看看。」

阿南道：「那石雕太大，怕是不成，倒是可以拓印一下帶上來。」

旁邊卓晏好奇抬頭，問她：「紙見水就溼，墨在水下轉眼暈散，怎麼拓印？」

薛澄光一直在旁邊聽著，此時說道：「這倒不難。找一塊白布蒙在石雕上，再拿塊見水不會暈染的煤塊或炭塊，在上面按照突起的圖案塗出來就成了。只不過水下拓印那麼大的畫幅，定是十分艱難，要慢慢來才行。」

雖說很難，但朝廷一聲令下，哪有辦不到的事情。

薛澄光去布置此事，朱聿恆則對阿南道：「隨我過來，將水下的情形詳細講一講。」

阿南應了一聲，跟著他就往二層船艙走。但她的水靠內還塞著棉布，滲出來的水滴滴答答往甲板上淌。

韋杭之看見了，抬手攔住她，道：「換件衣服再上去。」

阿南撮著牙花子：「沒帶。」

韋杭之轉頭吩咐士兵拿了一套乾衣服過來，遞到她面前：「就在這兒換。」

阿南「哈」了一聲，抬手接過衣服，又抬起眼皮望了望朱聿恆。

他站在二層高處，淡淡望著她，似乎也在等待著她剝開水靠，露出真身的那一刻。

阿南揚揚眉，心裡盤算著現在從船上跳下去，一個猛子能扎多遠，又需要游多久能到達可供她休息的島嶼。表面上卻不動聲色，笑嘻嘻地抬手按住自己水靠的帶子，說道：「行啊，我也覺得這溼答答的有些悶氣……」

「不必換了，你直接上來吧。」

朱聿恆的聲音，自上方傳來。阿南如蒙大赦，暗舒一口氣，臉上卻露出一副遺憾表情，把衣服扔還給韋杭之，幾步踩著樓梯便上去了。

捏著滴水的髮髻，阿南在冷著臉的韋杭之指引下，走進了主船艙。

千料寶船的主艙室內，鋪著厚重的真絲地毯，阿南滴水的腳步在上面一踩一個痕跡，鮮亮的顏色頓時都糟踐了。

她一邊替阿言心疼，一邊大步穿過沉香木的外廊。

繞過琉璃鑲八寶屏風，拂開墜著珠玉的垂垂紗簾，阿南看見端坐在巨大紫檀書案前的朱聿恆。

他依舊是端嚴而沉穩的模樣，脊背挺直神情冷峻，高傲尊貴的模樣不可逼視。

他抬手示意阿南坐下，她習慣性地往椅子上一癱，順便還蜷起了一隻腳。等回過神已是來不及，朱聿恆早就看到了她這德懶模樣。

她乾脆自暴自棄，盤起兩隻腳靠在圈椅內，目光在艙內轉了一圈，涎著臉道：「大人這船可真不錯啊，哪個船廠造的？要是有錢我也想弄一艘。」

朱聿恆淡淡道：「龍江船廠。」

「那看來小人沒機會了。」聽說是皇家寶船廠，阿南誇張地嘆口氣。

朱聿恆沒接她的話茬，只道：「將你在水下所見到的情形，詳細說給我聽聽。」

「情形和下水前水軍跟我們描述的差不多，就是城池塌了，高臺長啥樣也搞不清楚了，反正就一堆亂石，拖出了些破銅爛鐵。」

「會畫圖嗎？把情形畫下來給我看看。」

「說實話，這我還真不會。」阿南見朱聿恆無動於衷，已經將紙筆推到她面前，也只能接了過來，在紙上亂塗一氣：「就咱一群人游進去，這是坍塌的街道，這是高聳的廢墟，水下城池該是依山而建的，最高處就是城中那座高臺，不過也塌了。那些雕刻是我用水下雷炸出來的，所以斷裂了，不過可以看到前面那塊雕刻的是錢塘風暴潮，和前幾天那場差不多，後面就是蓬萊那個血海了……」

朱聿恆見她畫的內容歪七扭八，實在看不出具體情形，目光便漸漸移向了她的手上。

阿南看人慣來先看手，所以對於自己的手當然也下工夫做了偽裝，那雙手黑黃粗礪，上面的傷疤也都被遮掩不見了，與她之前的手截然不同。

朱聿恆的目光又不自覺移向了她的臉上。

黧黑的膚色，連耳朵都被晒成了古銅色的，就算剛從水裡出來，也顯得乾巴巴的，與阿南潤澤的蜜色肌膚截然不同。

他的容貌與阿南也全不相同，上面兩橫吊梢眉，鼻梁有個歪曲的駝峰，顴骨頗高，加上兩撇小鬍子，帶著股撲面而來的猥瑣勁兒。

那吊梢眉下的目光一動，似要看向他。朱聿恆轉開了目光，沉聲道：「你畫技拙劣，繪出來無用，不必畫了。」

「哦哦。」阿南並不在意，笑嘻嘻地丟下筆，說：「那小人先告退了。」

朱聿恆抬手示意她離開。阿南暗鬆了一口氣，蹬蹬幾步就退了出去。

朱聿恆再看了看案上那張亂七八糟還被滴上了水的畫，冷著臉將它扯起，捲成一團丟棄在字紙簍中。

就在他拿起那枝筆時，有一縷極淡的梔子花香，被他敏銳的嗅覺所捕捉，讓他的目光陡然一暗。

這是……阿南在手腳受傷後，經常塗抹的藥膏氣味。

他看著地毯上殘留著的溼腳印痕跡，遲疑著將那枝筆又在鼻下嗅了嗅。

但，充斥鼻間的，只剩下海水的鹹腥味和墨汁的松煙氣息，剛剛那縷梔子花香，似乎只是他的幻覺，再也難尋。

當天晚上，拓印染色後的畫幅便被送到了朱聿恆下榻的孤山行宮，畫面與水下的雕刻一般無二。

「真是術業有專攻，薛澄光說這畫與水下的雕刻複拓得一模一樣，大小顏色分毫不差。」卓晏將畫鋪設在案上，又將一份卷宗放在案頭：「這是殿下要的，那個董浪的資料。」

朱聿恆瞥了那幅畫一眼後，拿起資料一看，臉色頓時沉了下來。

董浪，持貴州銅仁府路引，於銅仁府跑船廿載，手下有十二條船和百十個船工。自言父母去世已久，如今按照母親遺囑前來杭州府尋找大舅。江灣村漁民彭老五確認其為失散三十餘年的外甥……

「如此說來，這個董浪的身分根本沒有任何憑據，全靠剛剛認親的彭老五保舉？」

卓晏湊過去看看上面的內容，臉都黑了：「海寧水軍究竟有無章法，這種來歷不明的人，居然也能輕易混進下水的隊伍？更何況此次出海還由殿下率軍，他要是有問題還得了？」

「更何況，銅仁山高路遠，若要查證可謂千難萬難，一來一去起碼要一、兩個月時間才能確認。」朱聿恆將卷宗丟下，神情冷峻。

卓晏想了想，臉上露出遲疑的神情：「這……若是殿下信得過，或許，可以讓綺霞去探查一下？」

話一出口，卓晏便感覺不妥，趕緊改口：「綺霞說過董浪曾是她的恩客，不過她南來北往的客人挺多的，而且她現在身體……」

「可以。」沒料到朱聿恆卻只略一沉吟，便道：「綺霞與『他』既然相熟，相處起來必然難以遮掩，露馬腳的可能性就大多了。」

「……是。」卓晏應了，心想殿下你從哪兒知道他們相熟啊，綺霞對這種只見過一、兩次的客人，估計也沒太多印象吧？

雖然是教坊出身，但是綺霞接到任務，頓時眼淚都快下來了。

畢竟，她要是那麼聰明，能勾引男人能套話，至於現在混得這麼慘？

可卓晏說是官府有令，她也只能在杭州教坊旁邊的錦樂樓設了酒，請了「董浪」過來，感謝他的相助之恩。

阿南欣然赴約，還給她送了條松香緞的馬面裙，繡著豔紅海棠花，跟春光一般鮮亮迷人。

綺霞愛得不行，抱著裙子心花怒放，覺得對方猥瑣的鬍子都顯得順眼起來了。

「喜歡嗎？喜歡就換上給哥看看。」結果董浪的內心比鬍子還猥瑣，涎著臉就關了雅間的門，抬手去扒她的衣服。

綺霞趕緊拍開她的手，往後方躲了躲：「討厭，這是在酒樓裡呢！」

「門關好了，酒菜也上好了，沒人進來的。」阿南笑嘻嘻地與她打鬧，扯她的衣襟：「來嘛，跟哥親熱親熱……唔，梔子花味兒的頭油，哥喜歡！對了，妳上次不是說金釵丟了？讓哥快活了，明天就給妳打一支一模一樣的。」

「你才打不了一樣的呢，那可是天下獨一無二的……」

旁邊雅間裡，耳朵貼在木板壁上、聽著這邊動靜的卓晏臉上露出嫌棄的神情，低低罵了一句：「噁心！」

只聽綺霞還在按著裙角抗拒，那個「董浪」則不知道做了什麼，只聽得綺霞低低地「啊」了一聲，聲音低顫：「你……你再這樣，我就要叫人了！」

「妳叫啊，妳叫破喉嚨……咦？妳身上的月事還沒好啊？離上次落水都好幾天了。」董浪悻悻的聲音傳來。

正在考慮要不要過去阻攔的卓晏怔了怔，停下了要踹開門的腳。

那邊傳來綺霞低低的埋怨聲，「董浪」終於放過了她，說：「這可不行，妳這身子骨是不是出問題了？別喝酒了，得好好養養，落下病根可不成——小二！」

小二聽到召喚趕忙進去，還沒來得及詢問，兩塊碎銀就先拍到了他的面前。「替我跑一趟，把杭州最有名的婦科聖手請來，這銀子是他的出診費。這另一塊是你的跑腿費。」

小二樂不可支，揣好銀子跟掌櫃的說了一聲，撒腿就往清河坊跑去，把保和堂的大夫給請了過來。

老頭醫術精湛，捋著鬍子給綺霞把了脈，皺眉道：「這可不只是癸水過多的症狀了，是來了月事後在冷水裡泡久了吧？」

綺霞見他一語道破，也只能無奈點頭，說：「之前我被誣陷下獄，官府拉我去打板子夾手，後來啊……上頭有人下令不許動刑逼供，那些獄卒就趁我來了月事，將我架到水牢裡，讓我在齊腰的髒水裡泡著，逼我誣陷一個相熟的姑娘，說我什麼時候招了，什麼時候放我出去……」

「那妳在水裡泡了多久？」老大夫縱然行醫多年，聽到如此描述，也不由得面露同情。

綺霞流淚搖著頭，想起當時情形，神智卻已經恍惚，沒有了具體的記憶：「我不知道……我當時下身一股股流血，大腿和臀上的傷口又在水中泡爛了，全身的力氣只夠我靠牆站著，我怕一坐下，就淹死在水裡了……好像頭頂的鐵窗亮了兩次又暗了兩次，後來卓少爺說我是泡了兩天兩夜……」

阿南眼圈熱燙，忍不住道：「那妳為什麼不招認了？妳命都要沒了，還幫別人扛什麼？」

「妳胡說什麼？我一個教坊司的賤人，本就沒有成親生娃的指望，活著也沒多快活，就算死，忍一忍也過了，何苦為了自己苟活去誣陷別人？」綺霞白了她一眼，嘟囔道：「再說了，阿南待我很好的，我怎能對不起她。」

阿南別過頭，強自壓抑自己的神情，不讓他們看出異樣。

大夫搖頭嘆息道：「我看啊，妳這身子骨怕是垮了，這輩子得好好調養著，但一是藥材會比較貴，二來能不能有起色也難說……」

「養！無論如何也要把她身子骨養回來！」阿南一把摟住綺霞，不管她的埋怨掙扎，將她攬在懷裡，大聲道：「好好養著！這輩子有哥在，一定讓妳吃香的喝辣的，包妳後半輩子開心快活！」

卓晏回行宮稟報時，頗有些苦悶。別說套話了，綺霞還差點讓那個猥瑣男在酒樓占了便宜，簡直偷雞不成蝕把米。

誰知他難以啟齒地將經過告訴朱聿恆後，卻發現殿下的臉上，一瞬間出現了一種怪異的迷惑，而且他的問話也是古怪之極：「這麼說，董浪確實是個男人？」

卓晏唾棄道：「那混蛋算什麼男人，禽獸不如！要不是綺霞身體不好，差點在酒樓就被他給強……咳咳，哼！」

朱聿恆一言不發，只目光微冷地看向窗外的西湖。

淼淼波光已經恢復了清凌凌的模樣，斷橋白堤橫跨西湖，依依垂柳一如當日他和阿南走過的模樣。

許久，卓晏才聽到他的聲音，低喑中似帶著一絲疲憊：「那個董浪，你們以後慢慢再尋訪確證吧，多加留意即可。」

「是。」

卓晏輕手輕腳退出，走到門邊時，忽聽得屋內傳來輕微的「嚓」一聲。

他回頭一看，一隻黑貓睜著琥珀色的眼珠子，躍上了窗臺，正歪頭朝裡面看著。

他認出這是「母親」當初養過的貓。樂賞園被封後，裡面的貓無人餵養，四散逃逸，而這隻貓竟逃到了這邊。

他正在遲疑，想著是不是幫殿下將貓兒抓走時，卻見那隻貓已經熟稔地朝著皇太孫殿下走了過去，躍上桌案，蹭了蹭他的手，低低地「喵喵」叫著。

朱聿恆將畫卷往旁邊挪了挪，垂眼看了看牠，從抽屜中取出一小撮金鉤蝦放在了桌角。

小黑貓心滿意足地吃著金鉤，就連朱聿恆伸出兩指輕揉牠的頭頂，也只瞇著眼睛晃了晃尾巴。

卓晏躡手躡腳地離開，心中大受震撼——

殿下居然替一隻野貓準備了食物，而且看那架勢，明顯餵牠不是一、兩天了。

可就在短短數月前，他是怎麼說的呢？

「我對貓沒興趣，對她，也沒有。」

他想著當時殿下言之鑿鑿的話語，一時覺得這世界都古怪迷離了起來。

卓晏退下後，朱聿恆覺得心口煩亂。

眼看著貓兒吃完了東西，跳出窗戶消失了蹤跡，他洗了手，合上抽屜之際，看見了裡面那支從楚元知家中得來的笛子。

將笛子取出來，他緊握著沁涼的笛身，另一隻手在上面輕輕滑過。

指尖抹過之前他削過的那個斷口處，他的手停了下來，看著上次自己用薄刃削過卻最終無法剖出的那條細線，沉吟片刻，他又拿起了阿南給他做的岐中易「九曲關山」。

深吸一口氣，他屏除腦中所有雜念，將九曲關山舉在眼前，慢慢地抬手拈住圈環。

確定自己的手穩得沒有一絲微顫之後，又在腦中將它們的移動軌跡、行動後其他八個環的動靜、相撞後的退讓及前進路徑全部在心中推演了一遍，確定自己能將所有最細微的變化控制無誤後，他屏息靜氣，開始移動連接在一起的九曲圈環。

侍立在外間的韋杭之，在這午後的行宮之中，聽到室內傳出極輕微的金屬碰撞聲，清空勻長，混合在西湖波光水聲之中，令他一貫緊繃的神經，也似乎鬆懈了下來。

也不知過了多久，裡面的金屬聲一頓，然後，傳來了幾個圈環叮叮噹噹散落於桌上的聲音。

韋杭之陡然一驚，正猜測是怎麼回事，卻聽到殿下低低喚他的聲音：「杭之。」

他忙應了，快步進內。

只見朱聿恆站在窗前，波光自他身後逆照，令韋杭之看不清他的神情。

朱聿恆抬起手，將面前桌上散落的圈環一個個撿起，慢慢拼了回去，然後吩咐他：「去找薛澄光，替我弄點東西。」

薛澄光畢竟是拙巧閣的堂主，見多識廣，接到消息後不多時，便將皇太孫要的化漆明礬水調配好送了過來，而且看起來和阿南之前用的差不多。

另外，還附上了朱聿恆要的一根牽絲。

朱聿恆回憶著阿南之前的手法，將笛子泡入明礬水中，等露在外面的漆泡軟之後，取出笛子放在面前的案桌上，小心地固定好。

託阿南所製「九曲關山」所賜，他如今的手穩得不再有絲毫遲疑。

用指尖緩慢撫摸，確定了上次的斷口之後，他以軟布將牽絲首尾兩端包住，輕輕地、深深地吸了一口氣之後，凝神靜氣，將細得幾乎只是一絲白光的牽絲抵在斷口處，然後順著笛身的弧度，輕緩無比地刮過去。

一縷清透的白邊捲翹了出來，他察覺到這觸感與上次自己用刀刃切削出來的差不多，手腕微顫，立即控制住自己的手指力度，阻止住牽絲刮削的去勢。

他捏緊手中牽絲，心口沉了沉。

難道，還是不行嗎？

即使日夜不停地用她的岐中易來磨練手部控制力，即使她一再豔羨他的天賦，即使他覺得時機已經成熟，自己已經足以達到要求，不行的，始終不行嗎？

他默然閉眼定了定神，片刻後，再度將牽絲附在了竹笛之上，然後抬手迅速刮去。

被泡得略有鬆動的清漆，帶著一層薄如蟬翼的竹衣，輕輕地揚了起來。

因為太過薄透，竹膜在氣流的湧動中如同無物，只看見一抹似有若無的光影散開來，上面有金漆描的極細線條，仔細看去，是各個分開的字跡，寫在白光般的竹膜之上。

朱聿恆的手略微頓了一頓，等看清楚那一片白光與金字只有細微的黏連破損之後，他知道自己控制的那種幅度是基本正確的。

於是他輕輕出了一口氣，再度收斂氣息，極度專注緩慢地，將這一捲吹彈即破的竹衣一絲一絲地拆刮了開來。

直到天色漸轉昏暗，湖面躍動的波光也消失殆盡，瀚泓率人送進二十四盞宮燈，才發現朱聿恆一動不動站在案前，正俯頭面對著案上一片朦朧的光線，沉默查看著。

他唬了一跳，一邊示意宮女們將宮燈高懸點亮，一邊將一盞燈座挪到案几邊，向殿下問了安，小心詢問：「天色已暗，殿下可看得清麼？」

透明竹衣上的金漆被燈光照亮，光芒流轉如細微的火光，映在朱聿恆的眼中，讓他目光越顯明亮。

彷彿怕自己的呼吸讓面前這片薄透的光消逝，朱聿恆沒回答他，只抬手示意他們都退下。

瀚泓走到門口時，聽到朱聿恆又道：「把卓晏叫過來，讓他帶一把琴。」

號稱兩京第一花花太歲、自詡混跡花叢琴簫風流的卓晏，聽說皇太孫要他帶琴過去，立即奔去七弦名家那兒借了把盛唐名琴，急匆匆趕往了孤山行宮。

但等他抱琴接過朱聿恆給他的幾頁曲譜時，又訕訕愣住了。

「怎麼？這難道不是琴譜？」見他神情猶疑，朱聿恆便問。

這是從拆解開的竹衣上抄錄的幾頁金漆字，他日常不太接觸樂理曲譜，因此叫了精通樂理的卓晏過來。

「這……看起來應該是減字譜沒錯，但是……」

卓晏的手按著琴弦，對照著朱聿恆的曲譜，試著彈奏了幾聲，可那聲音完全不成曲調，怪異至極。

「按照這個譜子彈的，沒錯啊。」卓晏嘟囔著，硬著頭皮又彈了幾聲，琴弦崩一聲，被他又抹又挑的，居然斷掉了。

他「啊」了一聲，羞慚地抬頭看向朱聿恆。

朱聿恆神情卻並未顯露異樣，只道：「看來，這曲譜有問題。」

「對啊對啊，這曲譜古裡古怪的，肯定有問題！」卓晏大力點頭，堅決贊成他的判斷：「減字譜用特定的筆畫代表雙手各個手指，然後將所有手指的動作拼成一個字。比如殿下您看這個字，字內又有木、又有乚，這完全不合常理呀！按照四指八法的規律來說，木為右手食指抹、乚為右手食指挑，這又抹又挑還是同一個音，難道是這人右手有兩根食指麼？」

朱聿恆自然知道於理不合，但他也確定自己絕對不會將那些字抄錯。

思索片刻，他又問：「那麼，還有其他曲譜，與此相似嗎？」

「沒有了吧，減字譜一般就用在琴譜之上……」說到這裡，卓晏忽然想起一件事，忙道：「對了，我之前聽教坊的人提過一嘴，說是擬將所有樂器都弄成減字譜，這樣好傳授管理。我當時並不看好，各種樂器的手法完全不同，這怎麼能推廣得開呢？果不其然，大家都偃旗息鼓了，只有綺霞那個實心眼兒，尋訪到了以前的老笛手，弄出了用在笛子上的減字譜。我嘲笑她為這種事兒費勁，但她說前朝末年時確曾有過的，她就是將過往的舊東西挖掘出來而已……」

「前朝末年？」聽到是六十年前的事情，朱聿恆略一思忖，便道：「將她召來，我們聽聽這曲譜以笛子如何演奏吧。」

可惜，令他們失望了。

用笛子來吹那曲譜，簡直是魔音貫腦，比琴音更令人無法忍受。

「我的天，這能是陽間的樂聲？」卓晏捂著耳朵，痛苦不堪。

朱聿恆亦緊皺眉頭，覺得那笛音怪異，令人頭腦昏沉，十分不適。

「奇怪，明明應該可以用笛子吹出來呀……」綺霞翻著朱聿恆抄錄的那幾頁譜子，舉起笛子又想吹奏。

「求妳了綺霞，別吹了別吹了！」卓晏站起來想去阻止她，誰知一陣不明由來的暈眩襲來，他雙腳一軟，立馬連人帶椅子就摔在了地上。

綺霞忙去扶他，誰知自己也是腳下一軟，跌坐在了他的身上，不由得驚叫一聲。

朱聿恆亦是眼前一花，整個身子陷入虛浮；幸好他早有防備，動作迅速地按住桌子，穩住了身軀。

卓晏摔得挺狼狽，抱頭摸著在青磚地上磕出的大包，直吸冷氣。綺霞也扶著自己的頭，一時站不起來。

一道閃電般的思緒，忽然劈過朱聿恆的腦海，令他一動不動站在窗口夜風之中，良久沒有挪動一步。

見他神色暗沉，韋杭之有些不安，在旁邊低聲問：「殿下？」

朱聿恆緘默抬手，示意他將卓晏和綺霞送出去。

瀚泓給他送上茶水，小心地問他：「殿下，可是天氣太熱了，身體不適？」

朱聿恆依舊沒回答，只抬眼望著面前明亮交織的燈光，想起和阿南在應天十六樓中對坐時，曾遠遠縈繞的那縷笛聲。

那時淅淅瀝瀝的雨聲打在屋簷上，讓人分不清是折楊柳，抑或是其他什麼聲響。

他忽然在瞬間明白了苗永望的死因。

「知照麾下各隊，即刻準備，明日卯時出發回應天。」

聽說自己居然被官府點名北上渤海，阿南心中真是驚喜交加。

喜的是，本來沒藉口跟隨阿言偷查自己的冤案，現在順理成章被安排了。

驚的是，她都在酒樓裡那麼沒臉沒皮調戲綺霞了，活脫脫一個猥瑣急色男，他們不至於還懷疑她吧？不然渤海那邊難道找不到好用的飛繩手？

揣摩不出對方真意，一貫走一步看一步的阿南也就不猜了，還坐地起價狠敲了朝廷一筆竹槓，把猥瑣本質發揮得淋漓盡致。江白漣和她一拍即合，不但拿了一筆銀子給母親，還以疍民不能上岸為由，弄了條新船給自己專用。

阿南當然要求和他一起走，畢竟陸路熟人太多，麻煩更大。

意想不到的是，卓晏居然帶著綺霞，擠上了他們這條船。

阿南看見綺霞喜出望外，當下就湊過去笑道：「唷，兩天不見，氣色好多了！」

綺霞一看見她，立即滿臉堆笑，道：「多謝董相公關心，我好多了。」

阿南也覺得她臉頰有了點紅暈，喜孜孜地捏捏她的臉頰：「看來那大夫的方子不賴，記得要乖乖聽話，好好調養啊。」

綺霞啐了一聲，打開她的祿山爪，低低埋怨道：「哎呀要死了，當著這麼多人動手動腳的，這要在教坊，你早被人踹翻了！」

聽她這又「死」又「翻」的，旁邊傳來「啪」一聲響，正是盤腿坐在船舷上的江白漣，他一拍船板，忍不住就去抓旁邊的笤帚。

阿南就知道他又要遵照疍民的習俗，用掃帚把晦氣的人趕走了，忙一腳踩住掃帚，說：「江小哥別介意，我好好教教她。」

綺霞自覺失言，正想跟江白漣道個歉，誰知對方已抬手驅趕她，像在轟什麼髒東西：「走走走，別靠近我，妳一開口必無好事！」

想起上次他用笤帚把自己從江心趕下船的行徑，再看他這般嫌棄模樣，綺霞也不由心頭火起：「行，那我給您立個長生牌位，天天上香祝禱您福如東海、壽比南山，萬事如意還長生不老，怎麼樣？」

江白漣哪裡聽不出她話裡的嘲諷：「還是留給妳自己吧，瞧妳這路都走不穩的樣兒。」

「我路都走不穩還不是你害的？但凡你當時早點救我，我至於胸口到現在還痛？」綺霞捧著心，幽怨地白他一眼：「把我丟在水裡遲遲不肯救我，知道耽誤我多少事兒嗎？本來我每天舒舒服服地躺著，跟別人哼哼兩聲能有銀子進帳，現在被你搞成這樣，哪還有人找我呀……」

卓晏下意識地捂住了額頭，一時無語。

而江白漣嘴角抽搐，說話也結巴了：「無……無恥！」

「什麼無恥？」綺霞先是一臉詫異，然後才恍然大悟過來：「我說的是我來杭州教小姑娘們吹笛子，靠在榻上隨便點撥幾下就行呀！江小哥你什麼意思啊？你年紀輕輕的，腦子裡怎麼全是齷齪事兒？」

江白漣臉紅得連他黝黑的膚色都遮不住：「我……妳……妳明明是故意說那種話的！」

「哪種話呀？我怎麼不知道？」綺霞笑嘻嘻地貼近他，江白漣急忙往旁邊一縮，卻忘記了自己正坐在欄杆上，失去平衡後一仰身，撲通一聲就掉入了水中。

眾人都知道他水性好，也不在意，綺霞更是靠在欄杆上，笑嘻嘻地看著他從水中冒出頭，朝他揮揮手絹，莞爾一笑：「江小哥你這著急忙慌的模樣，不會還是個雛兒吧？」

江白漣氣急敗壞地抹了一把臉，狠狠瞪了她一眼。

目光碰觸到她那盈盈笑臉，腦中不知怎麼全是懷抱著她時那柔軟的觸感。江白漣只覺心口胸口全是躁熱，怕被別人發現了他的異樣嘲笑他，立刻一個猛子扎進水中，遠遠游到船後去了。

「妳逗小孩兒幹麼呢？看把人急的。」阿南無奈拍拍綺霞的手臂，示意她放過江白漣。

卓晏也趕緊將綺霞拉回了船艙，等出來後，拿了一張渤海地圖攤在桌上。

江白漣此時才悻悻從船尾上了船，按照卓晏的招呼在桌邊坐下，只是臉上依舊有些彆扭。

「江小哥，咱們說點正事。」卓晏指著圖上海峽最狹窄處，說道：「你看，這是渤海與黃海交界處，登州與三山海口如雙臂伸展，扼住入海口。此次我們目的地蓬萊閣，便在海峽最窄相望之處。到時還請你先下水探路，熟悉熟悉水況。」

江白漣定定神把綺霞拋在腦後，全神貫注研究這幅渤海地形圖，問：「我多在東海、黃海這邊打漁運貨，東海多浪，黃海多沙，不知渤海那邊如何？」

卓晏道：「渤海三面被山陸所圍，入海口小，浪潮平緩，加上黃淮泥沙堆積，海水很淺，相比東海來說，我們下去肯定要安穩許多。」

阿南端詳這海圖，笑問：「怎麼，又要下水？」

「這次就是衝著下水才去的。你們猜怎麼的，在東海水下發現那幅石雕之後，朝廷緊急調派人手下渤海打探，就在蓬萊閣與三山海口相望之處、海峽最正中間稍偏西北，發現了與錢塘灣下方幾乎一模一樣、但規模卻更為巨大的一座水城。」

江白漣回想杭州水下那座城池，再想到渤海灣水下居然有座更大的，不由咂舌。

而阿南忙問：「也有青鸞和高臺？」

「不知道。因為城池更大、海水又沒有東海清澈，所以在城外看不清楚。下去打探的水軍也看到了青鸞水紋，本想從上面游過去，卻與杭州水軍一樣，被其所傷，無法接近。」

阿南一拍桌子道：「這倒正好了，在錢塘灣受的氣，咱們正好從渤海灣找補回來！」

杭州到應天，走水路不過兩天。

船從運河過太湖，又入長江轉秦淮河，沿應天通濟門進了東水關，便是六朝金粉地。

綺霞不適應船上生活，悶了兩天整個人都瘦了，眼看前方終於到了桃葉渡，她欣喜地拖著虛軟的雙腿去收拾東西。

看她那軟綿綿的模樣，阿南立即心疼地跟過去：「來，哥幫妳收拾，有沒有什麼重的東西，哥替妳拿著……」

卓晏鬱悶地看著她：「整天甜言蜜語討好綺霞！」

江白漣鄙視地看著她：「屁顛屁顛的，這般獻殷勤有什麼出息？」

說著，兩人相視一眼，惺惺惜惺惺。

綺霞是個挺不講究的女人，阿南一進她住的艙室，就看見丟在床上的衣服、散在被上的曲譜、堆在枕邊的胭脂水粉，亂七八糟。

「哎呀，我先收拾一下，董相公你等等。」綺霞也有些不好意思，趕緊收拾起衣服來。

阿南也不在意，隨手幫她將散落的曲譜收好，看了看上面那些奇奇怪怪的字，問：「這什麼字啊？看起來怪怪的。」

「這是減字譜，我拿來吹笛子用的。」綺霞想起這是皇太孫殿下交付她和卓晏研究的，也不知該不該讓董浪看到。但見對方那神情，完全是不懂曲譜的模樣，便趕緊拿了回來，說：「董相公你看不懂的。」

「可不是，我哪兒懂。」阿南笑嘻嘻道：「妳吹給哥聽聽，哥說不定就懂了。」

「根本吹不出來，我學了十幾年譜子都摸不透這東西。」

阿南懶散地靠在床頭，問：「說起來，昨晚我隔著船艙聽到頂難聽的一段笛子，聽得我頭都暈了，不會就是妳對著這玩意兒吹的吧？」

「確實難聽，我吹兩下也暈。」綺霞抱怨：「可是吩咐下來了，又不能不弄。」

阿南也不問誰吩咐的，只瞥著那些奇形怪狀的字笑而不語。

綺霞將譜子疊好壓到包袱裡，靠在床頭的阿南忽然抬手扯扯她的裙裾，指著上面豔紅的海棠刺繡，說：「妳看，哥給妳送的裙子花樣，這是陰陽手法啊。」

「都說了別動手動腳的，扯人家裙子幹什麼！」綺霞不知道她莫名其妙在說什麼，啪地打開她的手：「陰陽手法又是什麼？」

「陰陽，以兩種不同的顏色填格子，就可以連成線、連成面，變成一幅畫。」阿南指指她的裙裾，說道：「比方說妳這裙上海棠花就是用的黃梅十字挑花法，每個交叉的十字可以看成一個小點，而這種小紅點多了，湊在一起就組成了海棠花。」

見綺霞還是迷惑不解，阿南又笑了笑，道：「兩種不同的顏色啊、形狀啊都行，比方在一個巨大的棋盤上擺開兩色棋盤，只要棋子夠多，那麼遠遠看去，就能組成一幅畫。妳這裙子，不就是在一片松香色的棋子上，用紅色的棋子拼出一朵朵海棠花麼？」

綺霞有些疑惑：「對啊，但是……董相公怎麼忽然注意起我的裙子了？」

「有感而發嘛。世上的東西似乎都可以分個類，然後找出規律來。我看不懂樂譜，所以瞧著妳這紙上的東西，似乎也可以歸類為兩種類型。」阿南說著，抬頭見前方已到桃葉渡，便接過綺霞手中的包袱：「我剛在船上看到金鋪了，這就去給妳打支釵子。妳上次那支挺好看的，就照那個打？」

綺霞本來還想著那些字如何歸類為兩種，一聽到要給自己打金釵，頓時拋到了腦後，口稱的相公立即就變成了哥：「董大哥你對我這麼好？我這就去拾掇拾掇，在旁邊買酒謝您！」

戴上新置的金花釵，綺霞精神大好，回教坊打扮出紅唇黛眉，穿著松香色馬面裙，風風光光在秦淮河邊顯擺了一回。

卓晏過來看見她這得意的模樣，不由得笑了：「收斂點啊，太招搖了要遭人嫉恨的。」

「遭就遭唄，你看碧眠當初多謹小慎微，被推舉為花魁時連謝宴都不敢穿紅衣，可最終……哎，能得意時就得抓緊時間得意，不然活得多寂寞啊！」綺霞晃著腦袋給他看自己閃閃發亮的金釵：「再說了你有資格說我嗎？你看你今天又穿得板兒正，整個應天就數你最招搖！」

卓晏拉拉自己熨貼的衣襟，轉了話頭：「對了，我之前在杭州府不清楚，碧眠出什麼事了？」

綺霞的神情黯淡了下來：「唉，她為了救我，把手傷了，大夫說八成廢了，以後怕是不能彈琴了。教坊嬤嬤怕失了搖錢樹，收了個富商的錢詐她上花船……結果碧眠寧死不從，跳河自盡了，到現在屍身還沒找到呢。」

卓晏也是嘆息不已：「碧眠的琴，在江南可是數一數二的，她去了，應天再也沒有這樣色藝雙絕的美人了。」

綺霞想了想問：「你不跟皇……提督大人說說嗎？那幾個嬷嬷太可恨，結果挨了頓板子、罰了點錢，就這麼逃過去了？」

「別開玩笑了，提督大人日理萬機，哪有空過問一個教坊女子的事情？」

「可提督大人對人挺好的，當初也救了我啊……」

「那是因為阿南的囑咐，否則，他這種九重天上的人，怎麼可能顧及教坊司這種地兒的破事？」卓晏嘆了口氣，見綺霞聽到阿南，情緒更加低落，便攬著她的肩膀安慰道：「放心吧，阿南本事大得很，她沒事的。話說回來，妳那個曲譜，有研究出什麼東西來嗎？」

「怎麼可能呢，那莫名其妙的……」綺霞說著，扯著自己馬面裙上的褶皺，看著上面交織的海棠花，忽然腦中靈光閃現，「咦」了一聲，發起呆來。

「怎麼了？」卓晏擠擠她。

「陰陽手法……紅色的綠色的，可以組成圖案，那麼……減字譜也可以啊！」

綺霞想著「董浪」對自己說過的話，眼睛一亮，轉而對卓晏道：「你發現沒有，減字譜中所有的字，歸納起來只有兩種結構，一種是下方包住，一種是下方開放。假如我們將包圍結構的當成一點黑色，開放結構的當成一點白色，那是不是，也能組成一幅畫呢？」

「咦？」卓晏疑惑地眨著眼，問：「妳的意思是，那曲譜，不是用來演奏的？」

「那一片混亂，我試過很多次了，根本奏不出來的！所以，還不如換個角度看看，或許真的是有人將畫面隱藏在了譜子當中呢？」

「陰陽……手法？」

遵照朱聿恆的吩咐，一有了線索，卓晏立即奔去找朱聿恆，將這個猜測告知了他。

出乎卓晏意料，朱聿恆沉吟思索片刻，不是與他研討可行性，卻先問：「是誰提出的？」

卓晏撓撓頭：「是綺霞忽然想到的。」

朱聿恆便也不再問，屏退了卓晏及眾人後，取出已經裝裱在絹上的那片竹衣——畢竟，原來的竹衣實在太薄脆了，若沒有依託，就算他手腳再輕，也差點讓它破損。

按照包圍和開放兩種結構，他取了張紙小心地塗畫各個點，將整張曲譜轉化為黑墨和朱砂兩種格子，填塗排列好。

然而，兩種顏色湊在一起，依舊是雜亂的，看不出任何具體圖形。

只是偶爾有一、兩條，似乎是山脈的走向，又有一、兩處是筆畫模樣，可整體看來，卻像是被打亂了的圖片隨意組合，依舊是亂七八糟一片。

看來，就算拆解開了笛子，知道了裡面的字如何分析，可不知道具體的分布資料，亦不可能將這幅畫復原出來，挖掘出裡面的深藏內容。

他將竹衣重新捲好，放回抽屜內。

到了此時，他倒也不急了。畢竟，這笛子與山河社稷圖關係是否密切還是未知數，但等待他的渤海水城卻是真真切切的。

他將竹笛放好，聽到門口稟報，太子妃隨身的侍女已到了殿門口。

朱聿恆迎到門口，看見母親牽著幼弟朱聿堂的手，走了進來。

她神情略帶倦意，妝容雖依舊嚴整，卻也擋不住面容上透出的憔悴。

朱聿恆向母親問了安，抬手輕撫朱聿堂的頭頂，他卻不自覺畏縮了一下，躲在了太子妃身後。

「堂兒受驚過度，這段時間一直吃不下睡不著的，見人就躲。我也擔心他再出事，所以一直將他帶在身邊。」太子妃見朱聿堂如受驚小獸的模樣，嘆了口氣，將他抱在懷中輕拍著，直等他入睡了，才小心地交到嬤嬤手中，讓一干人都退下。

「你小時候啊，也是這樣賴著娘，而且還鬧騰，比堂兒更難哄。」太子妃朝他一笑，招手示意他與自己一起在榻上坐下。她抬手摸了摸兒子的臉頰，埋怨道：「回來了也不好好休息，你看看你，又清減了。」

「孩兒身體康健，忙一陣子不打緊的。」朱聿恆見她眼下微顯青跡，眼帶疲傯，便寬慰道：「倒是母妃要注意身體，堂兒固然需要看護，但您也得保重己身，免得父王與孩兒們擔憂。」

太子妃搖頭道：「可憐堂兒小小年紀沒了親母，我若不多照看他，袁才人地下有知，怕也無法安心……也不知那凶手何日可以落網，告慰袁才人在天之靈。」

朱聿恆卻道：「唯有抓到了真凶，才能告慰，若是辦了個冤假錯案，怕是更加無法令亡者安息。」

太子妃端詳他的神情，輕嘆一口氣，沉默不語。

「孩兒已看過了刑部的調查案卷。樂伎綺霞當時招認的，是她因為眼睛有異，並未看清楚水晶缸後的一切。而刑部藉此斷定袁才人被刺客殺死是阿南編造的，怕是太過臆斷。」

太子妃微微頷首，只問：「可當時有能力在行宮內造成瀑布暴漲的，也唯有她一人吧？」

「瀑布暴漲沖入殿中之時，阿南亦是救助了母妃的人。」朱聿恆道：「而且阿南是與我們一起看著袁才人墜水的，事後找到的遺體也已確認無疑。」

太子妃垂下眼，沉默了許久，才輕輕握住他的手，說道：「但是聿兒，司南大逆不道；劫走重犯、屠殺官兵，哪一樁不是千刀萬剮的罪行？更何況，袁才人與堂兒的事，如今所有證據都指向她，三法司早有論斷，怕是已難有翻盤餘地。」

「不一定，苗永望之死已有新的線索出現，孩兒已有證據證明，這幾樁案件與她絕無關係。」

太子妃握著他的手收緊了，她握著兒子的手，欲言又止，卻終究說不出什麼。

朱聿恆看著她的神情，終於明白了她的意思。

他慢慢抽回自己的手，緊握成拳，問：「邯王？」

太子妃艱難地，卻堅定不移地點了一下頭：「是，邯王咄咄逼人，東宮對他的忍耐已到盡頭。此次東宮禍起，邯王來興師問罪，正是咱們藉此反擊的最好時機。」

朱聿恆眉頭微皺，問：「什麼時候？」

「就在前幾日，這個局，已經在兩京布下了。」

畢竟，要給聖上關切倚重了二十年的人重擊，唯有以聖上隱藏了二十年的逆鱗。

至於最好的手段，莫過於讓邯王與海外餘孽竺星河，扯上關係。

從這一點上來說，他的爹娘應對迅速且果斷，不但扭轉了袁才人之死的被動局面，而且極有可能藉此一舉擊潰邯王勢力，再也不會有任何動搖國本的可能。

而反過來，若是他與阿南還牽扯不休，那麼他爹娘對邯王的反擊，就會落在他身上。

他會成為跨越雷池、與前朝餘孽糾纏不休的忤逆太孫，最終影響到父母在朝中的立身，甚至影響到整個東宮。

朱聿恆只覺得心口收緊，有些東西一直在往下沉去，卻怎麼也落不到底。

母親的手輕輕覆在他的肩上，又緩緩移向他的面容。

她的兒子已是高大偉岸，可她輕撫他的鬢髮，卻一如撫摸幼時那個曾偎依於懷的孩童。

「聿兒，東宮同體，生死相守。這世上，唯有爹娘、你，還有你的弟妹們緊緊倚靠在一起，東宮所有人才能活出頭，盼到雲開月明的那一天。」

她哽咽微顫的聲音，將朱聿恆那一直沉墜的思緒拉了回來。

「你……可要謹慎行事，切勿行差踏錯，將整個東宮毀於一旦啊！」

緊抿雙脣，他抬手覆在母親的手背上，頓了許久，才緩緩說：「兒臣明白。」

第十章　隨風入夜

穿過三山海口，便越過了黃海與渤海的交界。

從深藍的海駛入微黃的海中，船隊進入山東地界。黃河帶來的泥沙讓渤海灣變得渾濁，也讓人無法揣度它的深度。

如今山東動亂，民不聊生，海上自然疏於監管，更無巡邏戒備。

竺星河走上甲板，抬眼度量面前的路線。

他自幼在海上縱橫，早已習慣了向著虛無的方向前進。遙遙在望的狹長半島切入海中，潔白的海鳥翔集於海島上空如雲朵聚散，海風迎面，令他從容愉快。

或許是因為已經靠近陸地，一隻蜻蜓從他的眼前掠過，斜斜飛向了前方。

在灼灼秋日之中，這隻蜻蜓閃耀著青綠色的光彩，於碧藍的天空飛舞，孤單又自在。

竺星河的目光追隨著這隻蜻蜓，脣角不由自主地上揚，手也不由自主地摸向了腰間玉珮。

入手只有冰涼的玉石質感，他這才恍然想起來，繫在上面的那只蜻蜓，已經被順天宮殿的大火吞噬，又失落於朱聿恆的手中，再無尋回可能。

而阿南現在，又在何方呢？

面前的海洋變得格外空曠，他忽覺得有些無趣，懶得再看。

頭頂日光消失，是身後方碧眠撐著傘，輕移腳步過來幫他遮住陽光：「公子別看現在入秋了，可日頭還大著呢，前幾日常叔下水游泳，竟被晒脫了皮。不如我幫您設下茶几，到日影下喝杯茶吧。」

竺星河點一點頭，走到艙後陰涼處坐下。

方碧眠為他斟茶奉上。日光照得她白皙的手指瑩然生暈，與白瓷的杯子一時竟難以分辨。

竺星河看著她的手，眼前忽然出現了在放生池時所見過的，朱聿恆那一雙舉世罕見的手。

阿南現在是不是與他在一起呢？

他聞著杯中暗澀的茶香，心裡又升起一個怪異的念頭——

阿南她，有多喜歡那雙手？

耳邊傳來爽朗笑聲，是司鷲帶著常叔莊叔等一眾老人過來了。方碧眠手腳俐落地給眾人一一斟茶，然後便說去後方船上拾掇點心，立即告退了。

莊叔看著她離去的背影，讚嘆道：「船上有了這個小丫頭可真不錯，伺候公子周周到到的，又乖巧又懂事，一看咱男人有事情要商量，立馬主動避開，絕不多事。」

常叔也道：「可不是，我昨日下水晒脫了皮，又乾又痛的，還是她幫我向魏先生討了藥送過來，不然咱們大老爺們哪想得到這些啊！」

「這姑娘賢慧大方，一點沒有教坊司嬌生慣養的模樣，誰要娶了她，真是有福氣了。」

竺星河輕咳一聲，將他們的話頭拉回來：「莊叔，你此次上岸，有打探到什麼消息嗎？」

「有！剛收到了南姑娘的傳書，她已去往應天，據說不日便要北上渤海，與我們會合了。」

竺星河眉宇微揚，道：「這麼快？讓她不要那麼毛躁，孤身一人在外，還是要小心行事。」

「這……南姑娘倒不是一人。」莊叔遲疑道：「她是隨朝廷水軍北上的，是此次被徵召至渤海水下探險的成員之一。」

眾人聞言都皺起了眉，唯有司鷲欣喜讚嘆：「那敢情好啊，阿南畢竟是阿南，這麼快就打入官府隊伍之中，果然能幹的人到哪兒都能混得好！」

「她如今是朝廷通緝的要犯，如此深入虎穴十分不妥。」竺星河雖面帶不愉，但還是對莊叔道：「給阿南傳個話，務必冷靜，不要衝動。」

莊叔應了，又從懷中掏出一封信，鄭重地遞交到他手中，道：「這是先行前往登萊探路的兄弟們收到的訊息，請公子過目。」

朱聿恆打開掃了一眼，神情變得凝重。

眾人關注著他，而他放下信後沉吟許久，才道：「青蓮宗邀我們見面商談大事。」

「青蓮宗？不是最近在登萊鬧得沸沸揚揚的那群亂民嗎？」馮勝臉色大變，壓低聲音問：「究竟是何處走漏了風聲，他們竟會知道我們來了這邊？」

眾人都是驚疑不定，莊叔則道：「手下兄弟將這消息傳遞來時，我也很詫異，但對方似乎很有誠意，甚至願意讓我們選擇地點相見。」

竺星河略一思忖，道：「見一見也好，看看對方究竟掌握了我們多少內幕。而且渤海灣上也算他們勢力範圍，我們拜會一下地頭蛇，亦是禮數。」

他既做了決定，眾人便應了，各自分工準備接洽事宜。

方碧眠手腳很快，已經蒸好茶點送了過來。只見碧綠的瓷盤中盛著十數只雪白天鵝，米粉捏成的身體蒸熟後半透明，顯得晶瑩可愛，甚至還有橘紅的鵝頭與鵝掌，栩栩如生。

等眾人吃完點心散了，司鷲收拾著盤子，對竺星河道：「阿南最喜歡新奇好吃的，她要是在的話，這一盤白鵝可不夠她吃的……公子您說，她什麼時候回來啊？」

竺星河啜著茶沒有回答，只慢慢地轉頭回望南方。

碧波微風，長空薄雲，阿南奔赴的方向，已經是他再也無法望見的彼岸。

日光下有青藍的微光劃過，是剛剛那隻蜻蜓搖曳著薄透的翅翼，飛向了藍得刺眼的海天，最終消失在大海之上。

應天溼熱，午後時節似要下雨，蜻蜓低低飛於水面，紅黃藍綠，為這陰沉的天色增添了幾抹亮色。

朱聿恆快步行過庭院，心中思慮著大大小小的事務之時，一抬眼便看見了在池苑之中飛翔的這些蜻蜓。

他的腳步慢了下來，身後一群人不明所以，也都隨著他站在了這雕梁畫棟的廊下。

他的目光落在這些蜻蜓之上，眼前似出現了那只大火中飛出的蜻蜓。

阿南向他討要了好幾次的蜻蜓，還留在他的手中。也不知出於什麼心情，他就是不想把蜻蜓還給她——

彷彿這樣，她就能永遠是初見時那個鬢邊戴著蜻蜓的普通女子，熱心地為素不相識的漁民傳授弓魚技巧，就像一簇在水邊與蟲鳥為伍的野花，蓬勃而燦爛，年年常開不敗。

他的目光追隨著蜻蜓，放任自己的思緒在其中沉浸了一會兒。

可，母親的話又在他的耳畔響起——

這個局，已經在兩京布下了。

他眸中熱切的光漸漸冷了下來，壓抑住心口那難以言喻的悸動，正要轉頭離去，卻聽後方傳來一陣急促腳步聲。

「殿下，聖上密旨。」

聖上給南直隸傳遞消息甚多，但多是傳給各衙門或東宮的，指定給皇太孫的，卻並不甚多。

朱聿恆拆了火漆，一眼看到密旨內容，心口不覺猛然一跳——這是一份由拙巧閣出具的，關於司南的調查卷宗。

阿南曾與拙巧閣有過恩怨，最瞭解對方的莫過於敵人，因此聖上向拙巧閣垂詢此事也是理所當然。

朱聿恆合上摺子快步回到殿中，屏退所有人，將密旨仔仔細細地看了一遍。

拙巧閣對於阿南的情況講述得十分詳細。

她父母是漁民，出海捕魚時為海盜所殺，五歲時她被公輸一脈收養，十四歲出師後，因其超卓的天賦遠超所有人，原定的十階劃分已不足以衡量她的能力，被眾人譽為三千階。

那時她在海上相助竺星河，縱橫四海未遇敵手，是他手下最得力的人才之一。

十七歲時她隨竺星河回歸故土，並按照她師父的要求，以海外公輸一脈的身分，前往中原各個家族派系拜會切磋。

當時拙巧閣主傅准外出，拙巧閣在她手下連敗六人。長老畢正輝見她如此囂張，急怒之下出手失了分寸，兩人陷入以命相搏的態勢。最終畢正輝敗亡於她手下，她也身負重傷突圍逃離。

傅准回來後得知此事，在她逃亡的路上設下絕殺陣，終於將她擒獲，挑斷了手腳筋帶回閣中祭奠死傷閣眾。

然而司南竟與當年創建拙巧閣的傅靈焰有舊，並以謄寫傅靈焰在海外傳授的機關為藉口，誘騙他替自己接好了手筋，並在傷勢未癒、眾人疏忽監視之時暗地製作逃離的物事，並在某夜消失無蹤。

此後拙巧閣一直在搜尋她的下落，也派出過一些人阻截，但她狡黠機智，又通曉變裝之術，因此一直未曾再度抓獲。

轉過了年，受傷的閣眾傷勢痊癒後，想起她時除了灰頭土臉，大多只能悻悻說一聲佩服；唯有畢陽輝一意要為兄長復仇，因此前次擒拿竺星河、抵抗司南時，他親自率眾前來，並且擺開與她不死不休的架勢，最終死於竺星河手下。

至於竺星河，拙巧閣因未曾接觸過，瞭解得比司南更少。只知道他在海外威名赫赫，他父親的舊人中有軒轅後人。

竺星河憑藉自己的過人才智，少年時便習得了軒轅一脈的「五行決」，並將這千年來未曾有過寸進的演算法推演翻新，自創出了更高一層，以五五演算法破解天下所有山川丘陵、汪洋河流，至此從婆羅洲一路開拓，擋者披靡，山海島嶼盡在屈指之間。

所以——朱聿恆的手，下意識地撫上了自己的心口，似乎可以感受到那幾條崩裂血脈突突跳動的隱痛——竺星河的五行決，可以計算出山河社稷圖的走向，並且他之前也確實曾推算出順天和黃河那兩次災禍。

在放生池上，竺星河曾說過，他的五行決需要阿南配合。

而阿南，她心心念念救竺星河，甚至可以毫不留情對他下手。

於理於情，這兩人……都像是天生一對。

灼熱的憤恨與冰涼的理智交織，朱聿恆的手下意識抓緊了密函，直至將這檀皮紙抓住了褶皺來，才慢慢放開手，盯著那上面的字。

被他捏皺的，正是「狡黠機智，又通曉變裝之術」這一句。

他的眼前，恍然出現了那一日在船上，他看見「董浪」躍入水波的那一刻。

還有，在韋杭之命他更換衣服時，他眼中一瞬間閃過又立即被掩飾住的遲疑。

朱聿恆思忖著，將密函慢慢撫平，鎖入抽屜之中，然後開門大步走了出去。

韋杭之看見他要出門，立即跟上。

但朱聿恆走了幾步，卻又停下了腳步，看了看天色。

要查驗一個人，最好的時機，自然不是大白天。

只有夜晚的睡夢中，突如其來的變故，才會將一個人真實的本性徹底激發出來。

而且，他不相信有人會睡覺時還帶著偽裝，更何況是很長一段時間、每時每刻的偽裝。

於是他低低地，以只有韋杭之聽見的聲音，吩咐：「讓薛澄光帶幾個閣中好手過來——越瞭解阿南的越好。」

月朗星稀，宵禁的應天長街寂寂，空無一人。

朱聿恆雖帶了令信，但盡量還是避開了通衢，在巷陌之中欺近「董浪」居住的房子。

許是為了方便隱藏行蹤，董浪並未居住在官府安排的驛站，而是住在秦淮河畔玄真巷的一處小屋，鬧中取靜，十分相宜。

韋杭之在周圍轉了一圈，並無任何異常，但見皇太孫殿下要潛入這小屋，他還是震驚了：「殿下，您千金之軀，萬萬不可以身犯險！」

「這兩、三丈見方的地方，能有什麼危險？你們在外面候著，若有情況，我會給你發訊號的。」

韋杭之稍一猶豫，還想阻攔，但朱聿恆已一手按在矮牆上，踩著石頭縫縱身躍了進去。

站在門外的韋杭之只能示意所有人散開，團團在周圍設伏。

東宮侍衛們無聲無息散開，韋杭之聽著裡面輕不可聞的落地聲，心中情緒複雜——他家殿下什麼時候變成這樣的？

為什麼溜門翻牆這麼熟練，甚至連落地的聲響都控制得跟貓兒似的，這還是他記憶中那個矜貴沉穩的皇太孫殿下嗎？

輕微的「叮噹」一聲，自阿南的枕下傳來。

初秋暑氣未消，她用的還是瓷枕。租下這個院子時她便考慮了下入侵者最適宜進入的角度，在磚下布置了幾個空心銅扣。

此刻，想必正有人從她選定的方位進入，踏在磚上後觸動了銅扣，銅扣牽動緊繃的細線，扣響了她瓷枕中的小鈴。

雖然是極其輕微的聲響，連身旁的綺霞都未曾驚動，但這聲音一經入耳，阿南自然睜開了眼睛。

停頓了約莫三、四息，小鈴再度輕響了一下。

阿南微微一笑，彷彿看到了潛入進來的人在屏息等待片刻之後，確定周邊沒有任何動靜，於是抬起了腳，使得受壓的銅扣鬆開彈起，於是再度發出了警戒聲響——

這可不是小貓小狗該有的動靜。

她緩緩坐起來，悄無聲息地將窗戶推開一條縫隙，瞇起眼向外看去。

明亮的月光下，她看見那條頎長而端嚴的身影。

他穿著黑衣，月光灑在他的身上，隱約勾勒出他的輪廓。哪怕深夜潛入人家，他依舊是那副凜然冷傲的姿態，未曾改變。

阿南忍不住皺起眉，低低地自言自語：「小貓咪，你怎麼又來了？」

身旁的綺霞發出意味不明的夢囈，翻了個身，鼻息沉沉。

阿南見她沒醒來，又回頭看小心翼翼穿過院子的朱聿恆，脣角揚起一絲微不可見的弧度——怎麼，還想半夜來檢查她有沒有卸妝？可惜啊，她早有準備，不但塗黑了皮膚、黏了眉毛鬍子、弄腫了顴骨，甚至還叫了綺霞過來陪睡！

阿言，驚不驚喜？意不意外？

她輕手輕腳地披衣起身，拉開抽屜取出一粒麻澀丸含在口中，讓自己的嗓音變得低啞。

綺霞被她驚動，囈語問：「怎麼了？」

「我起個夜。」她低低回答，想了想乾脆往香爐中撒了把助眠的香，讓綺霞睡得更好些。

胸口本就束著，她隨意紮好衣帶，出廂房在堂屋門後一張，朱聿恆已經穿過院落，走到了門前。

阿南笑咪咪地往堂上一坐，蜷著身子揉搓自己的手指，活絡筋骨。

朱聿恆在門口停頓了半晌，考慮著如何潛入這屋子。但最終，他似乎覺得已經到了這裡，也不憚驚動她了，拔出了袖中一柄薄薄的匕首，順著門縫探進去，乾淨俐落地向下斬斷了門閂。

這匕首名為「鳳翥」，與他之前的「龍吟」正是一對，一樣吹毛斷髮，無堅不摧。

門閂如同切豆腐一般，無聲無息斷成兩截。長的那截尚掛在門上，短的則掉落於地，在暗夜之中，發出沉悶的一聲響。

朱聿恆的心弦頓時繃緊了。

坐在椅子上的阿南則一動不動，依舊癱在椅中，揉著自己的手指。

唯有她的一雙眼睛，亮得如同看見獵物的貓兒，微微瞇起，緊盯著那即將開啟的大門。

在一片死寂之中，終於，朱聿恆警覺地傾聽著周圍的聲息，然後抬起手，試探著推開了那扇門。

一片黑暗之中，他尚未看清堂屋內的情況，便只見無數朦朧光點撲面而來，迷離的光芒搖曳，一片輝光交織在他的周身，將他整個人徹底籠罩住。

朱聿恆自然想起了當初第一次侵入阿南住處時，那片灑落的螢光。

他立即閉了呼吸，縱身向內急躍，要脫離門口那片光華。

隨即他便發現，這螢光與之前的並不相同。這些螢光已經吸附在他的身上，讓他整個人蒙上了一層幽光，在黑暗之中，無所遁形。

隨即，那被他推開的門關上了。

一片黑暗之中，只有他閃著微光，成為唯一凸顯的存在。

在他看不見的黑暗之中，阿南托腮靠在椅子扶手上，望著他微微而笑。

朱聿恆從月下而來，眼睛尚未適應室內黑暗，耳聽得風聲急轉，似有無數細小的東西朝著他攻擊而來。

他側身急避，察覺到那些東西似乎並不是什麼利刃暗器，而是一條條細線，在他身邊密集穿梭。

他不假思索，揮起手中利刃，向著面前這些糾纏的細線劈去。

可惜再鋒利的刀也只能將纏上刀刃的那幾束割斷，萬千細線在他發光的身軀邊纏繞，就像蛛網籠罩住一隻落單的螢火蟲。

眼看交織的細線越來越密，他在黑暗中無從辨識之際，已經充斥了整個房間。

而他的短刃匕首削斷了近身的幾縷線後，正準備在黑暗的屋內先清理一遍，卻忽覺雙腳一緊，無數絲線纏繞，整個人驟然失去平衡，被倒提了起來。

朱聿恆反應極快，立即在半空中抬手去斬腳上的絲線，可惜他的手上刀上都沾染了螢光，被阿南看得清清楚楚。

她牽過旁邊的線，俐落地一拉一挽，朱聿恆的手尚未抬起，只聽得耳邊風聲響起，整個人已經被倒提了起來。

阿南左右手不停，就像織女牽引無數織機，輕微的軋軋聲中，屋內所有細線同時收緊，如同萬千蛛絲噴薄而出。朱聿恆整個人被牢牢捆縛住，捆成了一隻蠶繭，掛在了梁上。

阿南笑嘻嘻地站起了身，仰頭看向上方一動不能動的他。

而朱聿恆俯瞰著下方黑暗中的她，雖然辨認不出她的身形容貌，但那熟悉的感覺和這熟悉的手法，他怎可能還確定不了她的身分。

只是阿南還要演演戲，聲音聽起來又詫異又驚慌：「哪位賊老爺深夜至此？我租的這房子裡有兩臺織機，我日間剛閒著無事將它拆解了在房中拉線玩呢，你怎麼一頭撞進線堆來了？」

朱聿恆冷冷道：「妳好大的膽子，放我下來！」

阿南仰頭看著上方的他，想像這個一貫高傲的男人此時又狼狽又無能為力的模樣，不覺笑著「嘖嘖」了兩聲。

他身上灑滿的螢光已被重重纏繞的絲線遮蓋，黑暗中只能依稀看見他的身軀，被捆縛住了卻依然是那嚴整的姿態。

這姿態讓阿南的心中忽然掠過一絲不祥的預感——普通人被捆縛住之後，自然而然都會蜷縮起身子，下意識有一種含胸屈膝保護自己的本能。

可是他沒有，他的身子，依舊是充滿警戒的姿態，甚至手中的匕首都未曾脫落。

可惜身體的反應總是不如腦子快，阿南心念剛一轉，朱聿恆身上纏繞的絲線已寸寸散落。

「妳以為只有妳知道房中有織機嗎？可我連屋內有多少線，都已一清二楚！」

如一隻從天而降的鷹隼，他向她飛撲而下，即使如今尚在黑暗之中，他亦已根據她聲音的來源確定了方向，發出凌厲而註定無可躲避的一擊。

阿南在心中暗自叫了一聲不好，看來她是太低估這男人了。

真沒想到，才區區數月時間，他便已不再是上次潛入她房中那個愣頭青了。

可……就算她教導了他這段時間，他也不應該如此徹底地摸清她的手段。

他的身後，肯定站著什麼人……一個，充分透徹瞭解她、能根據官府的情報而迅速摸透她的人。

但情勢已不及思索。到了此時，她避無可避，唯有抬手向旁邊迅捷揮去。

黑暗中一抹流光倏地閃過，卡住牆縫，機括收縮之際，阿南的身形向旁硬生生橫拉出三尺距離，脫開了他必中的那一擊。

流光閃現，她的身分已無法隱藏，因此一經脫出他的攻勢，她立即縱身躍起，撲向旁邊的廂房，準備逃跑。

耳後風聲突起，鳳翥已連同纏繞它的絲線，向著她的腦後射來。

下手如此之狠，阿南在心裡罵了一聲阿言，唯有一個趔趄向前傾去，避開馬上要穿透她腦袋的利刃。

鳳翥扎入半開的門板，隨著朱聿恆手一抖，半開的門被他一把帶上。

而向前趔趄衝去的阿南，額頭剛好撞在了被拉回來的門板上，黑暗中咚的一聲響，痛得她眼淚都快下來了。

棋九步，聽聲辨位，分毫不差。

她恨恨地回頭看朱聿恆，他已經脫開了纏繞在身上的那些細線，正向她一步步走來。

黑暗的屋內，他蒙著一層朦朧的幽光，寬平的肩、細窄的腰、修長的腿，以及以自然的姿勢垂在腿邊的，那一隻握著利刃的手。

螢光勾勒出他那隻手的細緻輪廓，那緊扣著匕首護手的手指，那搭於匕脊的指尖，那因為力度而在手背上輕微突起的筋絡，都被螢光忠實描摹，彷彿上天太過滿意自己的傑作，而讓他的手在黑暗中熠熠生輝。

朱聿恆已經來到了她的面前，抬起的鳳翥對準了她，聲音低緩：「脫掉妳的偽裝，妳已無反抗之力。」

「什麼偽裝？」黑暗中她的聲音充滿了疑惑：「我就是一個跑船的，又沒招誰沒惹誰，我偽裝什麼呀？」

朱聿恆，冷冷的將匕首尖再往前湊了一點，幾乎要抵在她的胸膛上。

「妳以為負隅頑抗，我就會相信？」

「那你又怎麼會以為，因為只是短暫的居所，所以我會只設一道機關護身呢？」

話音未落，就在朱聿恆心頭一凜之際，手中握著的匕首已經微微顫抖了一下。

朱聿恆屏氣凝神，想要將刃尖對準阿南。可惜他身上的肌肉開始僵硬，已經不聽使喚。

阿南拍了拍手，捂住了自己的鼻尖，笑著朝他揮揮手：「不然呢？你以為這些螢光只是為了在黑暗中標記你，讓我更好地捕捉你嗎？」

話音未落，只聽得輕微的噹啷聲響，朱聿恆手中的鳳翥已掉在了地上。

阿南一矮身，抬手要去拿，卻發現面前一動，是朱聿恆抬腳踩在了鳳翥之上。

「好吧好吧，留給你，小氣鬼。」她抬眼看見朱聿恆軟軟坐倒的身影，以及在微光中死死瞪著她的那雙眼睛，笑著收回了手：「那你告訴我，替你制定今晚應對計畫的人是誰？憑著屋內原有的東西，就能料中我會如何設置防護機關的人，在這世上可不多見。」

朱聿恆緊抿雙脣，用足尖將鳳翥撥回自己手邊，冷冷道：「拜妳所賜，我才進境飛快。」

說了等於沒說，阿南知道他既然來了，必定有大堆的人在外面埋伏，自己已經身陷天羅地網之中，顯然無法再偽裝董浪，隨他一起北上渤海了。

時間緊迫，她也無心再折騰朱聿恆，丟下一句「不敢，我董浪又不是小賊，哪敢教你妙手空空」，一溜煙就回了房間，摸黑收拾起自己的東西來，準備立即逃離應天。

就在她掃理櫃子裡的衣服瓶罐，走到床頭要拿銀兩時，耳邊忽有風聲響起。

阿南心中暗叫不好，抓起面前的銀錠，下意識回手便向後方砸去。

鳳翥寒光閃過，銀錠被一劈為二，跌落於地上。在一片黑暗之中，全身依舊散發著朦朧微光的朱聿恆，已經欺近了她。

阿南立即抬手，想要射出臂環中的精鋼絲網。

然而他們距離太近了，她又為了不讓綺霞摸到，將臂環調整好後戴在了手肘上方。

只遲了這電光石火的一瞬，朱聿恆已迅速抓住了她的手，將她狠狠壓在了床上。

阿南的頭撞在了瓷枕上，咚的一聲，額頭於今晚二度受創，痛得她忍不住叫了出來。

即使口中已經含了藥，但這倉促的一聲尖叫，依然難掩她原本的嗓音。

這聲低呼讓朱聿恆終於輕出了一口氣，手下卻更加用力，狠狠按住她的雙手，將她抵在了床上。

阿南抬腳踢他，掙扎著想要擺脫他的束縛。

而他屈膝壓在她的身上，抬起鳳翥，將閃著寒光的刃尖對準了她的咽喉：「妳上次不是騙我吃下妳的毒藥嗎？所以我亦受了妳的教導，提前服食了萬應解毒丹。」

阿南恨恨地盯著他，咬牙道：「好啊，才被我調教了幾天，你就以為自己會飛了，敢奴大欺主了！」

「哼……」朱聿恆將握著鳳翥的手橫了過來，抬手指撫上她的脣：「終於承認了嗎？妳以為貼上了這撇鬍子，我就不認得……」

「你們……在幹麼啊？」

旁邊傳來綺霞迷迷糊糊的聲音，隨即，她揉著眼睛從床上坐了起來，推開了窗戶，讓月光灑了進來，照亮了床上糾纏的兩人。

阿南和朱聿恆都僵住了。

這一番大動靜，終於吵醒了在助眠香中甜睡的綺霞，讓她醒了過來。

然後，她看見面前發著微光的朱聿恆，又看見被他壓在床上動彈不得的「董浪」，再看見朱聿恆手中寒光四射的匕首，以及他正撫摸著「董浪」雙脣的手，整個人都嚇傻了。

足足過了三、四息，綺霞才捂著臉尖叫出來：「救命啊！歹人入室劫色啦！」

暗夜中，綺霞的尖叫聲驚起了街坊四鄰，更讓候在外面的東宮侍衛們面面相覷，不知該不該衝進去。

韋杭之的手按在院門上，掙扎糾結，感覺自己遇到了人生中最艱難的一個抉擇——進，還是不進？

殿下這大半夜的闖入民宅，難道……真的是要幹什麼出乎他們意料的事情？

還未等他做出抉擇，門已經被從內一腳踢開。

一條黑影從門內倉促撲出，差點撞到了韋杭之懷中。

韋杭之下意識抓住了對方的手腕，要將其制住，卻聽門內傳來他家殿下的聲音：「看好她。」

韋杭之這才發現被從院中推出來的，是衣衫不整的一個姑娘，他認得是教坊司的樂伎綺霞。

這麼說，剛剛在裡面大喊「劫色」的人，應該就是她了。

韋杭之黑著臉，示意她蹲到牆角，命令士兵們看好她。他抬頭看向院中，小屋已經再度闔上了門窗，窗縫後只透出幾絲隱約的燈火，外面的人再未聽到任何聲息。

掩好了門，撥亮了燈，朱聿恆往屋內一望，發現阿南居然還倚坐在床上，揉著自己撞出一塊紅腫的額頭，氣呼呼地瞪著他。

他提著燈，冷冷回望她。可惜橘色的燈光不給他面子，縱然他臉罩嚴霜，可那溫暖的光芒依舊讓他的冷肅消散了大半。

「司南，妳目無法紀、濫殺無辜，如今海捕文書已下，妳居然還敢偽裝潛入應天，是嫌自己的命太長麼？」

聽他疾言厲色的喝問，看著他板著卻未能板成功的臉，不知怎麼的，阿南揉著自己的額頭，靠在床頭竟有了點笑模樣：「恰恰相反啊，我就是想活久一點，所以才回來的，不然，我怎麼洗清自己的冤屈呢？」

「妳有什麼冤屈？大肆屠戮官兵、劫走朝廷要犯的人，難道不是妳？」

「是我，可我對不起朝廷對不起官府，唯獨沒有對不起你。」她理直氣壯道：「我早就對你提過，不要朝廷賞賜只要換公子平安，甚至我在去放生池之前，還費盡心機調虎離山，希望你不要受到波及。你說，我從始至終，有沒有做過任何傷害你的事情？」

朱聿恆沒回答，只緊盯著她抬起手，將手腕上被牽絲剮出的傷口展示給她看。

那已經癒合卻尚未褪去顏色的傷口，雖已不再有痛楚，但每每看到，卻總令他的心口生出一種隱隱作痛的酸澀感。

暴風驟雨之中，她帶著竺星河離去的背影，至今還在他的眼前。這是他此生遭遇過的，最刻骨銘心的背叛。

而阿南站起身走過來，抬手握住他的手腕。

朱聿恆心下湧起一股惱怒，下意識要抽回來，她卻收緊了十指，說：「別動，讓我好好看看。」

她的掌心溫度比他的手背要高一些，有幾縷溫熱順著他的肌膚滲進手臂，又順著汩汩的血脈而上，令他的胸口都溫熱了起來。

一瞬間那籠罩在他耳邊的暴雨聲遠去了，他僵直地抬手任她握著，只垂眼盯著她的面容。

燈光暗淡，她又染黑了皮膚，在一片暗沉之中，只有她異常明亮的眸子在濃黑的睫毛後閃出亮光，然後那雙異常明亮的眼睛一轉，抬眼看向了他。

「是手背上刮傷了，沒有傷到筋骨。」她的指尖在他的手腕上撫了撫，心疼道：「幸好我當時把你綁起來了。不然的話，你這個死心眼肯定追上來拚命阻攔我，到時候不管是你傷了我還是我傷了你，我們都會難過的……」

朱聿恆將臉別開：「什麼我們，只有妳。」

「好好好，只有我，誰叫我有情有義，而你冷血無情呢？」阿南將他的手放開，鼓起腮幫子有點委屈：「話說回來，我還沒找你算帳呢！你憑什麼把袁才人和苗永望的死都栽贓到我頭上？」

朱聿恆想要解釋那並非自己的決定，但想到父母的決定，緊抿雙脣頓了片刻，才僵硬地回答：「妳觸犯朝廷法律，濫殺官兵，我絕不可能放過妳。」

「西湖邊救公子的事，我認罪，我伏法，我罪有應得隨便你處置。」阿南一股腦兒全應了，俐落地回道：「可是阿言，我對得起你，你卻對不起我！一碼歸一碼，你不能把別人的罪名扣到我頭上！」

朱聿恆冷冷道：「若妳不服這些罪名，可以去大牢中與三法司好好講清楚。」

「怎麼講清楚？三法司當時在場嗎？他們對這兩樁案件的瞭解比我深嗎？他們知道問題關鍵點在哪裡嗎？」阿南一連串發問，臉上那些不正經的笑容收斂了，神情甚至顯出一絲凌厲來：「你知道我逃出生天之後，又孤身回返是為什麼嗎？我冒險扮成男人回來又千方百計混進下水的隊伍，難道我是因為捨不得杭州的美景、捨不得清河坊的蔥包檜？」

朱聿恆沒有回答，畢竟，他已經瞭解她要說什麼。

見他只死死盯著自己，一言不發，阿南站起身，問了最後一句話：「說吧，你要一個幫你破謎團、下渤海的董浪，還是要一個被通緝的死敵司南？」

朱聿恆依舊沒有回答，只是那一貫堅毅不拔的眼中，閃過了些微猶疑。

「行，那就這樣。你們潑在我身上的髒水，我會用自己的方式洗清的。以後我們青山不改綠水長流，就此別過！」

阿南等了他片刻，見他並無回應，她又張了張口，想說什麼，但最終只長出了一口氣，道：「別看我剛剛一時疏忽被你制住，我現在要走，你和門外的人，絕攔不住我，告辭！」

說罷，她抓起自己打包好的東西，抬腳就向外走去。

但，還未走出兩步，一隻手從後方伸過來，將她的手臂緊緊地抓住了。

她低頭看著這隻緊握住自己的的手，頓了頓後，轉頭看向朱聿恆。

即使在這麼近的逼視下，朱聿恆依舊緊緊抓住她的手臂，沒有任何鬆開的跡象。

燈光下一切有些恍惚，但他的手如此堅定地握著她，讓阿南的心口微微一動，有一種未曾被辜負的欣喜湧上心頭。

她丟開包袱，噘起嘴甩開他的手：「幹麼抓這麼緊？」

朱聿恆沉默地將手鬆開了一點，目光落在她的包袱上，語氣有些僵硬：「之前，妳曾救過順天百萬民眾，這次大風雨也因為妳的緣故，提前示警杭州府，避免了更大災禍……」

「所以呢？」阿南偏轉頭看著他。

「所以，此次血海蓬萊或許也潛伏著一場大災難。若確到了那一步，我希望妳能將功折罪，守護渤海，佑得百姓周全。」

阿南抱臂揚頭，驕傲道：「放心吧，這天下能辦得成這事的，捨我其誰！」

卓晏覺得，他的眼睛肯定有哪裡不對勁。

為什麼那個猥瑣的董浪，居然受了皇太孫殿下垂青，成了他左右寸步不離的人。

「綺霞，那個董浪……」一群人站在苗永望出事的樓中，趁著大家在複查當時現場，卓晏小心地用手肘撞撞旁邊的綺霞，壓低聲音問：「他昨晚不是耍醉硬拉妳去陪他嗎？怎麼一夜過去，小人得志了？」

「這……」綺霞看看「董浪」，再看看與他站在一起的皇太孫，面上神情痛苦：「我、我也不知道。昨晚殿下忽然過來找他，然後我就被趕出來了，不知道他們說了什麼，總之……」

總之，她腦中至今還盤旋著睜開眼時那巨大的震撼感。

皇太孫壓在一個男人的身上！

還低頭貼著他說話！

還抬手摸他的唇！

此時此刻，綺霞的心中只燃燒著一個念頭——阿南妳在哪裡？我好想給妳通風報信，妳知不知道妳的阿言扭曲了！

屋內的朱聿恆瞥了綺霞一眼，見其他人都在門外，便低低地問正在查看青蓮痕跡的阿南：「那個綺霞，她的口風緊嗎？」

「不緊，簡直口無遮攔。」阿南一看就知道他想問什麼，笑道：「但是放心吧，她又不是傻瓜，哪些話該說哪些話不該說，她分得清楚。」

朱聿恆「哼」了一聲，忍不住又問：「妳一個假男人，怎麼晚上還要找人陪睡？」

「錯了，不是她陪我，是我陪她。綺霞接連遇到了意外，我懷疑有人要對她下手。」

「她一個教坊女子，會結下這麼厲害的仇敵？」

阿南拍拍手站起身：「你說呢？」

朱聿恆略一思忖：「行宮裡，她目擊到了什麼重要事情？」

「不然，我也實在想不出她能有什麼值得別人對她一再下手了。」阿南說著，將當日在行宮的事情又在心頭過了一遍，然後一揚眉，看向朱聿恆，問：「你說，她在行宮時，有什麼事情會令別人很介意並且記在心中呢？」

「白光……」朱聿恆心中與她所想一模一樣，緩緩道：「在被刑部收押後，她其餘的供詞都與妳一模一樣，唯有問到高臺上的情形時，她說被一道白光刺了眼睛，所以對臺上的情形，並未看得像妳一樣清楚。」

「嗯，那道白光，絕對是凶手很在意的事情，值得關注。另外，關於白光的事情，綺霞應該只在刑部招供過，知道此事的人，應該並不多吧？」

「我會讓人查探一下。」說到這兒，朱聿恆又忽然想起，面前這個提出疑問的人，正是本案已經被判定的凶手，而且，他的父母都堅信不疑，她是罪大惡極的女刺客。

見他神情有異，阿南也回過神來，朝他一笑：「怎麼，和海捕女犯合作，心的坎還有點過不去？」

朱聿恆避開她的笑顏，沉聲道：「只要說得有理，哪怕死囚的話，該採納的也可以採納。」

見他底氣不足地撂這種狠話，阿南噗哧一笑，正想回他兩句，耳聽得下方傳來鑼鼓聲響，一派喜氣。

她湊到窗邊一看，下方有十幾條披紅掛綠的小船正划過秦淮河，船上的人正喜氣洋洋向岸上的孩子們撒糖，引來一片歡笑聲。

「咦，娶親用船接送的，這可少見。」阿南見此間也沒什麼線索可供查探了，便邁出房門和綺霞一起趴在欄杆上看起了熱鬧。

朱聿恆也隨她走了出來，看著她一副男人裝扮卻隨隨便便歪在綺霞身上，不由皺起眉頭。

綺霞也沒個正經，毫不在意地抬手一指船頭一個紮著紅頭巾的少年，驚喜道：「是疍民啊，你看那個送親的，不就是江小哥嗎？」

阿南低頭看去，江白漣站在船頭，後方一群人正將一身紅衣、頭髮用紅緞子紮得緊緊的新娘拉出來。

岸邊的人頓時轟然叫好：「疍民要拋新娘了！這水面看來足有三尺，新娘這邊敢拋，新郎那邊敢接嗎？」

疍民歷來有拋新娘的習俗，娘家人這邊將新娘拋去後，意為拋卻心頭肉；夫家將新娘接走，意為接到無價寶。女婿要跪在丈母娘前苦苦哀求，丈母娘還要當眾訓女婿，讓他指天咒地才肯將女兒拋過去。

應天疍民不多，這般場面哪有那麼容易見著，因此岸邊所有人都聚攏過來圍觀，呼喝著歡笑著，一時熱鬧非凡。

江白漣被娘家人請去拋新娘，大家信任他身手，因此也不用牽繫繩索保安全，直接便抱起了新娘。

船上花炮大放，招呼對面新郎做好準備。

新郎矮著身子，緊張地抬手準備著，生怕妻子掉入水中。雖然疍民無論男女都有一身好水性，但大喜的日子落水，以後肯定要遭人嘲笑一輩子的。

在火炮聲中，江白漣雙臂一展，那新娘身材纖細，在他手中如同一朵紅雲拋起，飛越過兩船之間的水面，穩穩落向對面船頭。

新郎一個猛撲，趕緊將妻子抱在懷中，可惜勢頭太猛，接到人後一個趔趄摔了個屁股墩，看起來倒像被新娘壓在了船頭一般。

眾人看新郎抱著新娘爬起來，一溜煙跑回了船艙，忍不住個個鼓掌大笑。

在花炮聲中，綺霞一邊笑著，一邊偷瞄了身旁的「董浪」一眼，心想，那新娘壓新郎的姿勢，和昨晚那一幕可真像啊……呸呸呸，亂想什麼！為了小命，求求老天還是趕緊讓自己忘了那一幕吧……

阿南哪知道她在想什麼，指著下方笑道：「嫁給疍民也挺有趣的，這對小夫妻以後肯定恩愛。」

綺霞白了她一眼：「恩愛有什麼用啊？疍民又窮又苦，妳知不知道疍民的女人叫什麼啊？大家叫她們曲蹄婆呢，因為她們一輩子都在船上，只能蜷著腳在船艙內睡覺，而且天天在水上，老了腳還會變腫變形，太慘了！」

「有情飲水飽，他們亦有他們的歡樂。」阿南說著，卻見綺霞的目光一直在下方轉來轉去。

順著綺霞的目光看去，拋完了新娘的江白漣正幫忙運送新娘的嫁妝去夫家船上。燥熱的日頭讓他只穿了件無袖的衫子，日光晒得他黝黑皮膚蒙上一層光澤，年輕蓬勃的軀體柔韌健碩，賁起的肌肉線條煞是好看。

而綺霞目光游移，有時候看看水，有時候看看船，又有時候飛快地瞥一眼江白漣，立刻移開。

阿南笑了笑，忽然道：「疍民不外娶的。」

綺霞「咦」了一聲，詫異地轉頭看她。

「疍民男人只娶疍民女子，他們祖祖輩輩都嚴格遵守這個戒律，不然，外娶的疍民便會失去立足之地。」

綺霞看著她怪異的眼神，漲紅了臉，結結巴巴道：「廢話麼！不、不然呢，哪有正常姑娘願意去當曲蹄婆啊！」

阿南拍拍她的肩，笑道：「我知道，妳就更不行啦，就算妳被人拋過去了，江小哥也沒空接呀。」

「沒空？什麼沒空？」綺霞詫異問。

「手沒空，因為他急著拿掃帚呢！」

綺霞愣了一愣後，嬌嗔頓時化作怒吼：「董大哥你要死啊，不許再提掃帚兩字！」

司南

逆鱗卷

司南

逆鱗卷

司南逆鱗卷（上）

作　　者／側側輕寒
執 行 長／陳君平
榮譽發行人／黃鎮隆
協　　理／洪琇菁
總 編 輯／呂尚燁
執行編輯／陳昭燕
美術監製／沙雲佩
美術編輯／陳聖義
國際版權／黃令歡、梁名儀
企劃宣傳／陳品萱
內文校對／施亞蒨
內文排版／謝青秀

國家圖書館出版品預行編目資料

司南．逆鱗卷 / 側側輕寒作 . -- 1 版 . -- 臺北市：城邦文化事業股份有限公司尖端出版：英屬蓋曼群島商家庭傳媒股份有限公司城邦分公司尖端出版發行 , 2023.07
冊；　公分
ISBN 978-626-356-784-9（上冊：平裝）

857.7　　112006431

出版／城邦文化事業股份有限公司　尖端出版
台北市 104 中山區民生東路二段 141 號 10 樓
電話：（02）2500-7600　傳真：（02）2500-2683
讀者服務信箱：7novels@mail2.spp.com.tw
發行／英屬蓋曼群島商家庭傳媒股份有限公司城邦分公司　尖端出版
台北市 104 中山區民生東路二段 141 號 10 樓
電話：（02）2500-7600　傳真：（02）2500-1979
劃撥專線：（03）312-4212
戶名：英屬蓋曼群島商家庭傳媒（股）公司城邦分公司
劃撥帳號：50003021
※ 劃撥金額未滿 500 元，請加付掛號郵資 50 元
法律顧問／王子文律師　元禾法律事務所　台北市羅斯福路三段 37 號 15 樓

台灣地區總經銷／中彰投以北（含宜花東）　楨彥有限公司
電話：（02）8919-3369　傳真：（02）8914-5524
雲嘉以南　威信圖書有限公司
（嘉義公司）電話：（05）233-3852　傳真：（05）233-3863
（高雄公司）電話：（07）373-0079　傳真：（07）373-0087
馬新地區總經銷／城邦（馬新）出版集團 Cite（M）Sdn Bhd
電話：603-9057-8822　傳真：603-9057-6622
E-mail：cite@cite.com.my
香港地區總經銷／城邦（香港）出版集團 Cite（H.K.）Publishing Group Limited
電話：852-2508-6231　傳真：852-2578-9337
E-mail：hkcite@biznetvigator.com

版　次／ 2023 年 7 月 1 版 1 刷